KB058843

버트

메비스

마일

레나

폴린

저,
능력은 평균치로
해달라고
말했잖아요!

God bless me?

②

【브란델 왕국】

모레나

왕국의 제3왕녀.
아델에게 흥미를 느낀다.

마르셀라

아델의 친구.
귀족이며 마법을 잘 쓴다.

올리아나

아델의 친구.
평민의 딸.

모니카

아델의 친구.
상인의 둘째 딸.

【티루스 왕국】 · · · · · · · · · C등급 파티 '붉은 맹세'

이세계에서 '평균적'인
능력을 부여받은 소녀.

신인 헌터.
공격마법이 특기.

신인 헌터.
연약한 소녀지만······.

검사. 신입 파티
'붉은 맹세'의 리더.

지난 줄거리

아스컴 자작가의 장녀, 아델 폰 아스컴은 열 살이 되던 어느 날, 강렬한 두통과 함께 모든 것을 기억해냈다.

자신이 예전에 열여덟 살의 일본인 쿠리하라 미사토였다는 것과 어린 소녀를 구하려다가 대신 목숨을 잃었다는 것, 그리고 신을 만났다는 사실을……

너무 잘나서 주변의 기대가 커, 자기 생각대로 살 수 없었던 미사토는 소원을 묻는 신에게 부탁했다.

"다음 인생에서 능력은 평균치로 부탁드립니다!"

그런데 뭐야, 어쩐지 이야기가 좀 다르잖아!

나노머신과 대화를 나눌 수 있고, 인간과 고룡(古龍)의 평균이어서 마력이 마법사의 6800배?!

처음 다닌 학원에서 친구도 사귀고 소녀와 왕녀님을 구하기도 하고.

마일이라는 이름으로 입학한 헌터 양성 학교에서는 졸업 시험에서 A급 헌터와 호각을 다투기도 하고.

이런저런 일이 있었지만 동료들과 함께 신인 헌터로 평범하게 살아간다!

그야, 나는 지극히 평범한 보통 여자아이이니까!

God bless me?

C O N T E N T S

제10장 원더하고 미라클한 매직 소녀들·········012

제11장 지극히 평범한 C등급 헌터·········032

제12장 새로운 무기··············044

제13장 한계에 도전하다··············064

제14장 의뢰주············139

제15장 호위 의뢰··············160

제16장 과거·············204

제17장 싸움·············226

제18장 심문············265

제19장 보상, 그리고 귀로··············289

보너스 신작 가정교사··············305

제10장 원더하고 미라클한 매직 소녀들

"찾지 못하였느냐……."

"네, 정말 면목 없사옵니다……."

왕의 집무실에는 몸을 굽신거리며 보고하는 호위대장 베글과 떨떠름한 표정의 국왕, 그리고 제3왕녀 모레나가 있었다.

자작가의 영애, 아니, 지금은 아스컴 자작가의 당주인 아델 폰 아스컴 자작이 행방불명이 된 지도 벌써 한 달 가까이 경과했다.

"어린 소녀의 보폭인지라 반나절 정도면 바로 따라잡을 수 있으리라고 생각했사옵니다만, 수색대를 모든 길로 보냈건만 길에서도, 도중에 나오는 마을에서도 발견하지 못하여……. 몇 명을 먼저 보내어 소녀의 발걸음이나 마차로는 절대 도달하지 못할 지점부터 거꾸로 샅샅이 훑도록 시켰사옵니다. 그러니 아마도 길로 다니지 않고 숲이나 산에 들어갔거나, 혹은 소녀 혼자 하는 여행이니 어쩌면 이미 도적이나 악질 여행자를 만나……."

"그건 아닐 것이다. 위험이 닥치면 그것이 나오지 않겠느냐."

"아……."

여신님을 그것이라고 부르다니, 왕도 담력이 대단하다.

"그 후, 친구들에게 남긴 편지에 있었던 '어딘가 한적한 시골마을에서 행복하게 살아갈 테니 너무 걱정하지 말라'는 내용을 근거로 시골 마을을 이 잡듯이 샅샅이 뒤졌사옵니다만, 역시 발견하지 못하고……. 아무래도 어느 숲이나 산속에서 혼자 살고 있거나 아니면 이미 국외로 나갔을 가능성이……."

국외로 나갔다면 병사를 풀어 수색하는 것은 언감생심으로, 자국 사람이 다른 나라에서 수색 활동에 나섰다는 사실이 알려지는 것조차 문제가 된다. 또, 설령 소녀를 찾아낸다고 해도 억지로 데려오려고 했다가는 그 나라와의 외교 문제로 번질 가능성이 있다.

그렇다고 은밀히 납치하는 것은 논외다. 여신님이 나타나기라도 하면 나라가 망하고 말 테니까.

"그분은 집안 문제가 정리되었다는 것을 모르셔서 도망치신 거잖아요? 그러니 사실을 전해드리면 되지 않을까요? 전국에 알리는 거예요, 악인이 잡혔으니 마음 편히 돌아오시라고."

왕녀가 그렇게 말하자 국왕과 베글이 씁쓸한 표정을 지었다.

"그렇게도 할 수 없는 노릇이다……. 이번 일은 나라의 수치야. 소문이 퍼지는 것은 어쩔 수 없지만 굳이 나라에서 공식적으로 사실을 인정할 수도 없는 것 아니겠느냐."

왕의 말에 이어 베글이 설명을 덧붙였다.

"실은 그녀의 행방을 알 수 있는 단서가 될까 하여 학원의, 그녀의 반 친구들에게 이것저것 물어보았사옵니다만, 그 결과가……."

"어땠나요?"

"하아, 이것이 그 청취 기록이온데……."

왕녀는 베글이 가방에서 꺼낸 종이 더미를 건네받아 읽어보았다.

『그 아이는 어디에서든 잘 살 수 있어요.』

『그 아이가 잘하는 거요? 남자의 자존심 짓밟기, 이려나?』

『갈 만한 곳이요? 손님으로라면 천국, 운영하는 쪽이라면 지옥이 아닐까요…….』

『저야말로 묻고 싶어요!』

『그 아이는 제가 돌봐줄 예정이었는데!』

『드디어 자유를 얻었군요. 달아난 작은 새가 스스로 새장에 다시 돌아올 리 있겠어요?』

『계속 도망가겠죠~. 아마 절대로 붙잡히지 않을 거예요.』

『평민 속에 완전히 녹아드는 아이예요. 진짜 귀족이 맞긴 한가요, 그 아이……?』

"이, 이게 뭐예요…….”

"도대체 어떤 아이인 것이냐…….”

왕녀와 왕, 부녀가 동시에 아연실색했다.

잠시 후 왕녀가 돌연 소리쳤다.

"저, 그분의 친한 벗이었다는 분들과 만나고 싶어요! 그리고 그분이 어떤 분이셨는지, 여러 이야기를 듣고 싶어요!”

"으음, 그것도 좋을지 모르겠구나……. 수색에 힌트가 될지도 모르고, 모레나도 뭔가 얻는 것이 있을 터이니.”

잠시 고민한 뒤 왕이 말하자 베글은 묵묵히 고개를 끄덕였다.

*　　*

삼 일 후, 왕궁 안의 어느 아담한 방에 테이블을 둘러싸고 앉은 11명의 모습이 있었다.

아담하다고는 하지만 왕궁에 있는 방치고 작다는 의미로, 멋진 실내 장식이 갖춰진 아주 호화로운 회의실이었다. 고급 의자와 장식품, 그리고 테이블 위에는 과자, 과일, 홍차가 담긴 잔 등이 빈자리 없이 놓여 있었다.

모인 사람 중 왕궁 측은 국왕, 올해로 16살인 제1왕자 아델베르트, 15살 제3왕녀 모레나, 그리고 모레나의 남동생이며 13살인 제2왕자 빈스까지 왕족이 네 명. 그리고 재상, 호위대장 베글, 특별히 부른 본햄 백작 부부를 더해 총 여덟 명이었다.

본햄 백작 부부가 동석하게 된 데에는 백작이 지난번 알현 때 했던 역할과 백작 부부, 특히 부인이 아델의 어머니와 절친한 학교 동기여서 아스컴 가에 대해 자세히 안다는 점이 작용했으며, 친한 벗이 남기고 간 딸 아델에 대해 알고 싶으리라는 국왕의 배려도 있었다.

그리고 나머지 참석자는 아델에 대해 가장 잘 아는 사람들.

그렇다. 굳이 말할 필요도 없이 원디하고 미라클한 매직 소녀

삼인방이었다.

"저, 저기, 오늘은, 초, 초대해주서……."

"아아, 인사는 되었다. 오늘은 비공식적인 다과회이니 너무 예의를 갖출 필요는 없느니라. 딸이 처음 초대한 친구가 궁금해 보러 온 평범한 아버지. 그런 느낌으로 잘 부탁하마."

"네, 네에……."

세 사람을 대표해 인사하려는, 하급 귀족이라고는 하나 일단은 귀족 가문의 셋째 딸인 마르셀라조차 잔뜩 얼 정도니 평민인 모니카와 올리아나는 당연히 아직 한마디도 입을 떼지 못했다.

그리고 모니카와 올리아나가 입을 열지 않은 것은 그저 긴장해서라는 이유가 전부는 아니었다.

삼 일 전.

학원으로 왕궁의 사자가 찾아와, 세 사람에게 왕녀가 보내는 다과회 초대장을 건네고 돌아간 후.

"이건 그 아이에 대한 정보 수집이 틀림없어요. 절대 비밀을 누설해서는 안 돼요!"

마르셀라의 말에 모니카와 올리아나가 고개를 끄덕였다.

"그 아이는 어디까지나 재능이 아주 살짝 뛰어날 뿐인 평범한 여자애인 거예요. 이상한 마법도 안 쓰고, '만약에 이런 세계가 있다면' 하는 식의 황당무계한 이야기 따위도 안 하는, 어디에나 있는 평범한 보통 여자아이요. 본인이 늘 그렇게 말했던 것처럼……. 진짜 평범한 여자아이는 그런 말을 굳이 매일 입에 달고 살진 않는다, 라는 사실은 제쳐두고요."

끄덕끄덕.

"지금부터 그 아이의 설정, 그리고 우리가 무슨 말을 하면 되고 무슨 말을 하면 안 되는지 철저하게 머리에 새겨 넣어요. 또 혹시 모르니까 그쪽에서 하는 질문은 대부분 제가 대답할게요. 다 같이 대답하면 모순이 생길 수도 있고, 무심코 하면 안 될 소리를 내뱉을지도 모르잖아요. 알겠죠?"

모니카와 올리아나가 고개를 끄덕여 동의했다.

그리고 맞이한 삼 일 후 오늘.

대답은 거의 마르셀라에게 맡기고, 모니카와 올리아나는 맞장구를 치거나 스스로 신중히 생각하고 음미한 발언만 하면서 고비를 넘길 예정이었다.

국왕을 비롯한 어른들은 따로 그룹을 지어 아이들에게서 살짝 거리를 두었기 때문에, 아이들끼리 대화를 나누는 체제가 형성되어 마르셀라 삼인방과 왕녀, 왕자들이 테이블을 마주 보고 앉아 있었다.

이 자리에 왕자들이 와 있는 것은 왕녀 혼자 세 사람을 상대로 대화를 나누기 어려워할 것이라는 명목이었지만, 물론 어른들의 의도는 그것과 다르다. 두 왕자에게 아델의 됨됨이를 이해시킨 다음 아델을 찾았을 때 넌지시 인사를 시키겠다는, 여러 가지로 앞일까지 계산에 넣었던 것이다.

왕녀는 셋 중 당사자인 제3왕녀 모레나밖에 없는 반면, 왕자는 둘 다 참석시키다니. 조금 노골적이다.

"저기, 저는, 제3왕녀 모레나라고 해요……."

"나는 제1왕자 아델베르트다."

"제2왕자 빈스입니다."

다음으로 마르셀라 일행의 자기소개가 이어졌다.

"애클랜드 학원 2학년, 마르셀라라고 합니다."

귀족가의 일원이기는 하나 지금은 귀족으로서가 아니라 학원 학생으로 초대되었기 때문에 마르셀라는 다른 두 사람에게 맞추어 가문명 없이 이름만 밝혔다.

"같은 반 모니카입니다."

"저는 올리아나라고 합니다……."

그리고 찾아온 정적. 어른들은 동석자에 지나지 않으므로 자신을 소개하거나 말을 끼어드는 일은 없었다. 그것이 필요하다고 판단하기 전까지는 말이다.

"저어, 오늘 여러분을 초대한 것은 아델 씨에 대한 이야기를 이것저것 듣고 싶어서예요……."

(((역시 왔다!)))

뭐, 이미 짐작했으니 별로 놀랍지는 않았다.

이 세 사람이 왕궁에 초대될 때에는 그것 말고 달리 짐작할 만한 이유가 없었다.

어느 날 갑자기 종적을 감춰버린 반 친구, 왕궁 관계자의 집요한 청취 조사, 왕궁 관계자가 은밀히 누군가를 찾고 있다는 소문, 그리고 어느 자작가에서 일어났다는 불상사 이야기…….

애클랜드 학원에는 아무리 하급이라고는 해도 귀족이 많다. 그래서 귀족가와 관련된 소문, 그것도 스캔들의 성격을 띠는 소문이라면 어느 정도 이야기가 귀에 흘러 들어온다. 또 빌려준 편지를 돌려받으면서 베글에게 대략적인 설명도 들었다. 편지를 빌려주는 조건으로 '나중에 사정을 알려줄 것'이라는 항목을 달았기 때문이다.

여신님과 관련된 내용은 빠지고 아스컴 자작가의 집안 소동에 한해 진실을 대강 알게 된 세 사람은 아델에게 들었던 이야기와 조합하여 거의 정확하게 상황을 파악했다. 그리고 마르셀라는 어떤 소문까지 들었다.

그것은 '제3왕녀 전하가 신의 사자님을 만나셨다고 한다'라든가, '왕도에 여신님이 강림하셨다고 한다'라는 황당무계하고 미심쩍은 이야기였지만, 복수의 루트를 통해 같은 이야기가 귀에 들어왔다. 마침 그날은 아델이 빵집에 일하러 가는 휴일에 아델이 늘 기숙사로 돌아오는 시간대였으며, 아델이 다니는 대로에서 벌어진 일이었다. 게다가 은발의 앳된 소녀, 신의 조화.

'아아, 그 아이가 벌인 소행이군요…….'

이야기를 들은 순간, 마르셀라는 그렇게 생각했다. 그리고 언젠가는 이런 순간이 올지도 모른다고, 왠지 모르게 각오하고 있었다.

'정말이지, 우리한테는 그렇게 입단속을 시키더니, 정작 자기가 그러면 아무 의미도 없는데…….'

그런 생각을 하는 마르셀라였다.

"아델 씨는 어떤 분이시고, 평소에 어떤 말씀을 많이 하셨나요?"

처음부터 대뜸 본론으로 들어가는 모레나.

모레나는 왕녀로서 다양한 교육을 받았고 올곧게 자랐기 때문에 언뜻 단순하게 보이지만 결코 바보는 아니었다. 자신보다 서너 살 어린 소녀들에게도 정중한 말투로 대했고, 상대방을 가볍게 보는 행동은 하지 않았다. 물론 모레나의 눈에 마르셀라 일행이 단순한 학원생이 아니라 '그분의 친한 벗'으로 보인다는 것도 적잖이 작용하겠지만.

그런 모레나의 진지한 표정과 반짝이는 눈을 바라보며 마르셀라는 다짐했다.

'아델 씨의 비밀을 반드시 지켜낼 거예요! 그리고 이 제3왕녀 전하를 아델 씨에게 도움이 되는 존재로 만들기 위해 저, 마르셀라는 온 힘을 다할 거예요!'

어느새 마르셀라는 가늘게 떨렸던 몸이 진정되어 평소대로 돌아왔음을 알아차렸다.

'제3왕녀 모레나, 지금부터 승부라고요!'

"아델 씨는 어떤 분이셨나요?"

왕녀 모레나는 곧바로 본론을 꺼냈다.

자신보다 어린 학원생에게 달리 궁금한 것이 있을 리 없었고, 공통 화제가 있는 것도 아니었다. 그러니 당연한 일이다.

마르셀라도 그 점은 충분히 알았다. 그래서 미리 생각해둔 이야기를 처음부터 꺼내기로 했다.

그녀는 아델에게 들은 이야기와 편지 내용 등으로 한 추측이며 상상이 어느 정도 가미되어 있다고 미리 양해를 구한 다음, 아스컴가 시절의 아델에 대해 이야기를 시작했다.

다만 아델의 집안 사정에 대해서는 아델이 별로 이야기하고 싶어 하지 않았기 때문에 내용이 얼마 되지 않았다.

"여덟 살 때까지는 아버지, 어머니, 외할아버지와 함께 지극히 평범하게 살았다고 해요. 그러다가 여덟 살 무렵에 어머니와 외할아버지가 도적을 만나 돌아가셨죠. 이 도적에 대해서는 여러 가지 의문이 있었던 모양인데, 그 부분은 이미 왕궁에서 밝혀진 것으로 알아요. 여하튼 그 후로 아델 씨의 아버지, 아버지가 집에 데려온 불륜 상대, 그녀의 자식에게 무시 받고 괴롭힘당하면서 저택에서 연금당하다시피 살았대요. 그러다가 열 살 때 가문명을 밝히는 것을 금지당한 채 애클랜드 학원에 무일푼으로 보내졌고, 자작가 영애의 자리는 불륜녀의 자식이 대신 차지했다고 들었어요……. 그다음부터 아스컴 가의 금전적인 지원이고 접촉이고 일절 없어서, 지지리 가난하게 휴일이면 빵집 일을 하면서 겨우 입에 풀칠하고 지냈어요. 아델 씨의 집안 사정에 대해 제가 아는 건 여기까지예요."

조사한 결과, 어느 정도 사실을 알고 있었던 국왕, 재상, 베글 그리고 본햄 백작은 살짝 침통한 표정을 지을 뿐이었지만, 전혀 처음 듣는 이야기였던 모레나와 두 왕자 그리고 본햄 백작부인은 깜짝 놀라 눈을 동그랗게 떴다.

"그, 그럴 수가……. 내 친구가 남긴 아이가 그렇게 지독한 일을 당하다니……. 어째서 난 그 아이를 보러 가지 않은 걸까요?!"

백작부인이 눈물을 글썽거렸다.

아들레이 학원에서의 3년을 포함해 졸업 후에도 줄곧 친하게 지냈던 가장 가까운 벗, 아스컴 자작의 외동딸 메이벨. 그녀와 아버지의 납득할 수 없는 최후에 대해 남편으로부터 진상을 전해 들은 그녀는 "아아, 역시" 하고 분노와 슬픔에 휩싸였다.

그리고 사건의 흑막인 전 자작과 그 후처가 붙잡혀 갔다는 이야기에는 그나마 속이 뻥 뚫린 기분이었지만, 설마 친구의 아이가 그런 고초를 겪었으리라고는…….

몰랐다고는 하지만 어쨌든 아이를 방치한 셈이니, 천국에 있는 메이벨에게 사과하고 또 사과해도 모자랄 것 같았다. 입장을 바꿔 만약 그녀였다면 분명 자신의 아이에게 마음 써주고 도와주었을 테니까.

그렇게 생각하니, 남편에게서 "그녀의 딸에 대한 이야기를 들을 수 있소" 하는 말을 듣자마자 기뻐하며 부리나케 바보 같은 얼굴을 내민 자신이 부끄러워서 참을 수가 없었다. 미안함과 후회 때문에 흐르는 눈물이 멈추지 않았다.

왕녀와 왕자들도 표정이 어두웠다.

이야기는 드디어 마르셀라가 아델을 만난 이후로 넘어갔다.

"아델 씨와 처음 만난 건 입학식 날이었죠……."

마르셀라는 아델의 자기소개, 마르셀라 삼인방이 인기녀 아델을 질투해서 기숙사 방으로 쳐들어 간 에피소드 등을 아델의 특이성은 생략하고 재미있게 들려주었다. 아델이 유쾌하고 좋은 아이라는 인상을 심어주기 위해서였다.

이야기는 계속 이어졌다.

"……그리고 아델 씨가 저희에게도 만들어주겠다고 했던 수제 팬티가 있는데, 그게 정말이지……."

"푸하하하!"

어른들에게 '조신하지 못하다'며 혼나는 일 없이, 왕녀는 입을 크게 벌리고 박장대소했다. 제1왕자 아델베르트는 태연한 표정이었지만, 화제가 화제인 만큼 제2왕자 빈스는 얼굴이 새빨개져서 고개를 푹 숙였다.

웃다가 찔끔 흘린 눈물을 닦으며 왕녀가 물었다.

"그래서, 그 자작 팬티를 주려고 한 것처럼 마법 가호도 해준 거겠죠?"

"""……헉?"""

갑작스러운 왕녀의 폭탄 발언에 입을 쩍 벌린 마르셀라 일행과 놀라서 목소리를 높이는 왕자와 어른들.

"그야, 여러분은 어느 날 갑자기 마법을 쓸 수 있게 되었거나 마법 실력이 확 늘었잖아요? 절친한 세 사람이, 그것도 동시에 말예요. 그런 우연을 믿을 바에야 '누군가 공통된 존재의 관여'를 의심하는 편이 훨씬 더 자연스럽지 않나요? 그리고 처음에는 동정심에 아델 씨를 도와줬다고 치더라도, 무슨 영문인지 여러분은 그 후에 급속도로 친해져서 아델 씨를 여러 가지로 감싸주고 있죠. 단지 동정하기 때문만은 아니라는 생각이 들 정도로요. 그래요, 마치 은혜를 갚겠다는 듯……. 여러분은 아델 씨의 비밀을 아시는 거죠?"

지금 들은 이야기와 사전에 읽어둔 조사 보고서를 통해 왕녀는 한없이 정답에 가까운 결론에 도달했다.

"기다리거라!"

그때 초조한 듯한 국왕의 목소리가 울려 퍼졌다.

"그대들은 모두 나가라!"

""""그런…….""""

돌연 퇴실을 명받은 재상, 본햄 백작 부부, 그리고 왕자들이 깜짝 놀라 목소리가 커졌다.

"하, 하지만……."

"나가라고 했다!"

항의하려는 재상과 아직 상황 파악이 안 된 본햄 백작 부부, 그리고 모처럼 이야기가 재미있어지려는 찰나 쫓겨나게 되어 불만스러운 표정인 왕자들을 손을 들어 막은 국왕이 그들을 방에서 내보냈다.

"모레나, 참으로 어리석구나! 다른 자에게 알려서는 안 된다고 그토록 말했거늘!"

"아……."

순간, 방에 있던 모두가 사정을 전부 알고 있다고 착각해버린 왕녀의 얼굴이 새파랗게 질렸다.

"이미 뱉어버린 말은 어쩔 수 없지. 다행히 핵심까지 가진 않았으니 나중에 적당히 얼버무려 둘러대면 될 것이야. 허나 앞으로는 조심, 또 조심해야 한다!"

"알겠어요……."

하마터면 나라를 망하게 할 뻔한 왕녀는 아직도 새파랗게 질린 얼굴로 마르셀라 일행을 다시 쳐다보았다.

"어쨌든 아시는 거죠? 아델 씨의 비밀을……."

'이, 이 여자! 얼굴은 순진무구한데 만만치 않군요!'

왕녀의 공격에 평정을 가장하면서도 비지땀을 흘리는 마르셀라.

모니카와 올리아나는 모든 것을 마르셀라에게 맡기고 입을 꾹 다물었다.

아델의 능력을 대충 둘러대 숨겨야 했으므로 마르셀라가 필사적으로 변명을 생각하고 있는데.

"아시는 거죠? 아델 씨 속에 여신님이 깃들어 있다는 사실을!"

"""엥……."""

왕녀가 성대하게 자폭했다.

"여신님이 깃들어 있다는 걸 아델 씨 본인에게 숨기고, 여러 가지로 감싸고 도와주는 대가로 마법 가호를 받은 거죠? 괜찮아요. 이곳에 있는 사람은 모두, 여신님에 대해 다 아니까……."

'이게 다 무슨 소리일까요?'

마르셀라는 생각했다. 필사적으로 생각하고 또 생각했다.

'아델 씨가 무슨 짓을 저지르고는 이상한 쪽으로 둘러댄 게 틀림없어요! 도대체 뭐라고 둘러댔기에……. 아마 말도 안 되는 마법을 보였겠죠. 그 아이라면 그걸 어떤 식으로 둘러댔을까요? 그 아이의 수준까지 지능을 낮추어서, 상식과 눈치를 다 제쳐두고,

깜박하는 성분을 다섯 배로 끌어올려서 그 아이가 생각할 법한 걸 예상해보면…….'

마르셀라는 아델의 행동을 아주 잘 간파할 수 있게 되었다. 이 '아델 시뮬레이터'로 변신하여 아델의 생각을 모의해봄으로써.

최근에는 대화 도중에도, '아, 뭔가 불온당한 말을 하려는 것 같네요!' 하고 알아차리고 미리 아델의 입을 틀어막는다거나, 아델이 움직이기 직전에 팔이나 목덜미를 붙잡아 비극 혹은 희극을 몇 번이나 사전에 방지했다. 그 근원인 '아델 시뮬레이터', 전력 가동이다.

'지금까지 들은 소문을 종합하면…… 여신 강림, 신의 사자. 그리고 방금 들은 이야기. 여신이 깃들었다니? 아델 씨는 도대체 뭐라고 허풍을 떨어 사람들을 놀라게 한 걸까요? 붙잡혀 격리되거나 황당무계한 요구를 받지 않도록, 마치 자기 가슴처럼 밋밋한 그 아이의 뇌는 과연 어떤 생각을 짜냈을까요? …………, 그건가?!'

"아아, 여러분도 여신님에 대해 아시는 건가요?!"

"역시……."

마르셀라가 깜짝 놀라 묻자 자신의 추리가 적중했다며 만족스럽게 고개를 끄덕이는 왕녀.

"그럼 그 아이에게 관여해서는 안 된다는 사실도 아시는 게 아닌지……."

"관여하다니요! 여신님과는 상관없이 그저 위험을 무릅쓰면서까지 제 명예를 지켜준 용감한 소녀에게 감사를 표하고 친구가

되고 싶을 뿐이에요. 그게 무슨 문제라도 되나요? 설마 여신님도 아델 씨는 친구를 만들면 안 돼, 하고 나오시진 않겠죠?"

그렇게 말하는 왕녀의 목소리에는 이겼다는 듯 의기양양한 울림이 있었다.

'이, 이 여자가! 아델 씨에게 도움이 될 존재가 되기는커녕, 아델 씨를 자기 쪽으로 끌어들일 속셈이군요!'

마르셀라가 국왕 쪽을 슬쩍 쳐다보자, 국왕과 베글이 둘 다 맞장구치듯 고개를 끄덕이고 있었다.

'다들 한패네!'

마르셀라는 속으로 이를 갈았지만, 왕족 앞에서 표정에 드러낼 수는 없다.

그래도 뭔가 한마디 쏘아주지 않으면 속이 풀리지 않을 것 같았다.

"하지만 제일 중요한 아델 씨를 못 찾으면 다 무슨 소용 있겠어요!"

"에구구……."

"그, 그러면."

왠지 형세가 불리하게 흘러가자 어쩔 수 없이 국왕이 끼어들었다.

"아델……, 그러니까 아스컴 자작의 행방에 대해 뭔가 짚이는 부분은 없는가?"

""전혀 없습니다!"""

마르셀라 삼인방이 입을 모아 대답했다.

수십 번 연습했던 그대로.

그 후로도 아델과 대화를 나누다가 어떤 나라명이나 마을 이름이 나온 적은 없었는지, 친구가 있다는 이야기는 들어보지 못 했는지 등 여러 가지 질문이 날아왔지만, 진짜로 모르는 것들이었기에 솔직하게 대답해도 아무 문제없었다.

그렇게 상당한 시간이 지나고 마르셀라 일행은 드디어 해방되었다.

아무리 마법이 늘었다고는 하나 C등급인 헌터 중에는 고만고만한 수준으로, 아델이 없으면 왕궁 입장에서 그들은 아무런 가치도 없었기 때문이다.

마르셀라는 왕녀를 끌어들여 언젠가 아델에게 도움이 되게 하겠다는 계획은 이루지 못했지만, 아델에 대한 정보는 원래 왕궁 쪽이 가지고 있던 잘못된 정보 말고는 일절 넘기지 않았다.

'뭐, 우리로서는 성공적이에요.'

마르셀라가 그렇게 생각하며 모니카, 올리아나와 함께 회의실에서 나가려는 순간 등 뒤에서 목소리가 들려왔다.

"저, 저기! 다음에 또 물어봐도 되나요?"

"아, 네에, 그렇게 하세요……."

왕녀님의 부탁을 가난한 남작가의 셋째 딸이 거절할 수 있을 리는 없었다.

*　　*

며칠 후.

마르셀라가 기숙사의 자기 방에서 세 친구와 대화를 나누고 있는데 노크 소리가 들렸다.

"마르셀라 씨, 아버님께서 찾아오셨네요!"

"네, 지금 가요!"

마르셀라가 급히 자리에서 일어나 문을 열자, 그곳에는 기숙사 사감님과 흥분해서 숨을 헐떡이는 마르셀라의 아버지가 서 있었다.

"아버지, 갑자기 무슨 일로⋯⋯."

"마, 마르셀라! 너, 너 왕궁에 불려갔다는 것이 사실이냐!"

"아, 네에, 사실인데요⋯⋯."

"왜, 왜 불려갔니? 어떻게 된 일이야!"

딸이 왕궁에 불려가는 것은 좋게 생각하면 가문의 경사이지만, 안 좋게 생각하면 행동하기에 따라 가문의 존속이 좌지우지된다고 할 수 있다. 그러니 아버지가 잔뜩 흥분한 것도 무리가 아니었다. 그는 방에 있는 딸의 친구들 따위 무시하고 쉴 새 없이 말을 퍼부었다.

"으~음, 제3왕녀 전하께서 꼭 친구가 되고 싶다, 라고 말씀하셨다네요⋯⋯."

"뭐, 뭐라고?! 아니, 만약 그 말이 진짜면 경사도 그런 경사가 없지만, 왜? 도대체 왜 일면식도 없는 너한테?"

"글쎄요?"

"그, 글쎄요, 라니. 너⋯⋯."

"궁금하시면 본인에게 직접 물어보세요…….."

그렇게 말한 마르셀라가 손가락으로 가리킨 쪽을 쳐다보니…….

"아, 제3왕녀 모레나입니다. 잠시 실례하고 있어요…….."

그렇게 말하며 열다섯 전후로 보이는 소녀가 굽실 고개 숙여 인사했다.

제11장   지극히 평범한 C등급 헌터

"그럼 드디어 기념비적인 C등급 헌터로서의 첫 일을 받아보자! 우선 뭘 해볼까?"

헌터 길드의 의뢰 보드 앞에서 떡 버티고 선 레나가 그렇게 선언했다.

"고블린 잡기죠, 당연히!"

"""엥……."""

레나의 질문에 대한 마일의 제안은 다른 세 사람의 마음에 썩 들지 않는 모양이었다.

"왜 이제 와서 고블린이야! 토벌 보수도 싸고, 잘 팔릴 소재도 아니고, 고기도 못 먹는데. D등급 헌터의 용돈벌이이거나 연습용인 마물이잖아!"

"무슨 말씀. 헌터의 일은 자고로 약초 채취에서 시작해 고블린 사냥으로 끝나는 법이죠!"

마일은 자신의 주장을 굽히지 않았다.

"고블린 사냥은 약초 채집이나 혼래빗 사냥 정도밖에 못 했던 초보인 F등급에서 E등급으로 올라갈 때의 최초 관문. 말하자면 자신이 성장했다는 증거가 되는 일이라고요! 게다가 언젠가 후배들을 지도할 때 고블린의 특성과 약점도 모르고 어쩔 거예요!"

"엥, 고블린의 약점이라면 머리 아닌가? 머리를 베면 죽을 거라고 생각하는데…….”

"머리를 베면 드래곤이라도 죽어요! 그런 건 보통 '약점'이라고 말하지 않죠!"

메비스의 발언에 마일이 웬일로 거칠게 대꾸했다.

"아, 아무튼 우리는 C등급이긴 하지만 고블린 사냥은 양성 학교 실습에서 딱 한 번, 그것도 사냥터의 안전이 확보되었고 전부 사전에 준비된 상태에서 그저 무기를 휘두르고 마법을 부린 게 전부잖아요. 그것만으로는 '고블린 토벌 경험이 있다'고 할 수 없어요. E등급이었던 레나 씨는 경험했을지 모르지만 저와 메비스 씨, 폴린 씨는 그 한 번이 유일하니까요. 설령 포레스트울프나 오거를 쓰러트려 봤다고 해도 기본기가 탄탄하지 않으면 어엿한 헌터라고 말할 수 없고, 언젠가 분명 위기가 닥칠 거라고 생각해요……. 원래는 약초 채취부터 시작해야 하지만, 아무래도 그건 휴일에 돈벌이 삼아 신물이 날 만큼 많이 했으니까……."

불만 가득한 표정이었던 레나도 자신이 아니라 다른 세 사람을 위해서라는 말, 그리고 납득할 만한 마일의 설명에 반대 의견을 거두었다.

하기야 용돈벌이로 마물을 솎아내는 일과 달리, 촌락에서 의뢰하는 고블린 토벌에서 중요한 것은 전투 그 자체가 아니다. 사전 조사, 한 마리도 놓치지 않도록 주도면밀한 준비와 계획을 세우는 것, 그리고 소굴을 눈 깜박할 사이에 궤멸하고 암컷과 새끼까지 확실하게 숨통을 끊어놓는 것이었다.

한 마리라도 놓치면 금세 개체 수가 다시 늘어나 그 피해가 마을 사람들에게로 고스란히 돌아간다. 특히 연약하고 살점이 부드러운 아이와 여성이 표적이 되어 말이다.

"……알았어. 그럼 그렇게 해. 메비스와 폴린도 동의해?"

"응, 알았어!"

"저도 상관없어요."

두 사람 역시 마일의 설명을 받아들이고 찬성했다.

한편 그들의 대화를 엿듣고 있던 다른 헌터들은 감동을 받았다.

"이야, 아직 어린데 꽤 야무지네. 원래라면 학교를 갓 졸업한 경험 없는 C등급 녀석은 중견 파티에 들어가서 경험을 쌓는 게 일반적이잖아. 그런데 신입끼리 파티를 짰다고 하기에, 우쭐해서 무모한 짓을 저지르고 금방 전멸할 줄 알았건만……. 이거, 의외로 끈질기게 살아남아 성장할지도 모르겠는데……."

"그러네요. 역시 요즈음 화제를 모으는 기대주입니다. 훈련 학교, 좋은 일을 하고 있군요……."

"호오, 그렇군……. 졸업 검정 시합 의뢰를 받은 '미스릴의 포효'가 농담으로 일부러 져준 녀석들이 있다고 들었는데, 장래성이 있어 보여서 자신감을 심어줬다는 건가……. 아니면 귀여운 여자애들이 모여 있어서 서비스라도 해준 건가, 하하하!"

"""""무슨……."""""

어느 헌터의 발언에 주위 헌터들이 놀란 표정을 지었지만, 졸업 검정 시합을 직접 보지 않고 왜곡된 소문을 들었을 뿐이라고 생각하고 한 귀로 흘려 넘겼다.

"없어……."

마일이 보드 앞에서 어깨를 힘없이 내렸다.

촌락에서 낸 고블린 토벌 의뢰도 없거니와 마물을 솎아내는 목적의 상시 의뢰조차 없었다. 아무래도 지금은 왕도 주위에 고블린의 수가 적은 모양이었다.

그 밖에도 가까운 곳에서 하루 만에 끝낼 수 있는 가벼운 의뢰는 별로 없었다. 그렇다고 첫날부터 먼 여정을 떠나야 하는 일은 내키지 않았고, 야영 준비도 아직 되어 있지 않았다.

"그럼 일단은 상시 의뢰인 오크라도 사냥할까? 식재료와 관련된 상시 의뢰는 많이 있으니까, 오크 말고 다른 것도 사냥해도 되고……. 오크는 실습에서 사냥해본 경험이 있으니 괜찮을 것 같은데?"

메비스의 제안에 별수 없이 고개를 끄덕이는 마일과 약간 마음이 놓인다는 표정으로 동의하는 레나와 폴린이었다.

찬성하긴 했지만, 그래도 고블린 사냥은 썩 내키지 않았나 보다.

'고블린 타는 냄새, 지독해서 싫단 말이야……. 그런 점에서 오크는 냄새도 맡을 만하고.'

그리고 내심 그렇게 생각하는, 불마법이 특기인 레나였다.

하기야 고블린과 달리, 마치 돼지고기를 굽는 듯한 오크의 냄새는 식욕을 돋운다.

*　　*

"안 잡혀……."

좌절해서 땅에 두 손을 짚는 레나.

이 모습을 전에도 봤는데 하고 생각했지만 마일은 절대 입 밖으로 내지 않았다.

그렇다, 조금은 '분위기 파악'이라는 능력이 몸에 배기 시작한 것이다.

이 숲은 양성 학교 시절에 갔던 E~F 등급의 초보자용 사냥터가 아니다. C~D 등급 헌터가 가는, 진짜 '헌터의 일터'였다.

……그렇다, '사람 수가 가장 많고, C~D 등급 헌터가 주로 가는 사냥터 중 하나'. 다시 말해 경쟁 상대가 많기 때문에 그리 깊지 않은 숲에는 사냥감이 남아 있을 리 없었다.

혼래빗이나 새 등 작은 동물은 그럭저럭 있지만, 모처럼 C등급이 된 후로 처음 잡은 동물이 E~F 등급일 때 지겹도록 잡았던 것과 똑같으면 싫지 않겠는가.

"더 안쪽으로 들어가자!"

모두 같은 생각이어서 다른 세 사람도 수긍하며 더 깊은 숲으로 걸음을 옮겼다.

휘익!

가던 도중에 마일이 갑자기 조약돌을 던지더니 수풀을 헤치고 들어가서 혼래빗을 잡아 왔다.

아무리 더 큰 동물을 사냥하고 싶다지만 못 잡을지도 모르는 일이다. 게다가 만약 큰 동물을 사냥했다고 치더라도, 그렇다고 모처럼 발견한 사냥감을 크기가 작다는 이유로 그냥 놓아줄 수는 없는 노릇이다. 은화 두 닢이면 네 사람의 저녁을 한 등급 위로 업그레이드할 수 있다. 수송력에 제한이 없는 '붉은 맹세'는 굳이 사냥감을 고를 필요가 없었다.

"……그나저나 참 편리하겠다, 그 마법……."

마일의 지탄(指彈)을 보고 레나가 부러워하며 말했다. 이것이 벌써 몇 번째인가.

"손가락, 절단된다니까요?"

"에구구……."

그리고 항상 돌아오는 마일의 대답에 분하다는 듯 신음하는 레나.

그 마법을 가르쳐달라고 레나가 압박했을 때 마일은 손가락으로 은화를 구부려 보이면서, 어릴 적부터 특별한 훈련을 통해 손가락을 단련한 사람이 아니면 탄을 쏠 때 힘을 견디지 못하고 손가락이 절단된다면서 단념시켰던 것이다.

그렇게라도 말해서 거절해야지, 사실은 마법이 아니라 그냥 손가락 힘이기 때문에 애초에 가르쳐줄 수도 없었다.

피슝!

파슝!

이동하면서 그럭저럭 돈이 될 정도로 잡았지만, 마일 혼자 조약돌을 쏜 것일 뿐이어서 나머지 세 사람은 따분함을 느꼈다. 그들은 사냥감을 찾아 계속해서 숲속으로 들어갔다.

그렇게 한참 지났을까, 선두에서 걷던 메비스가 아무 말 없이 손을 들어 신호를 보냈다. 사냥감을 발견했다는 신호다.

이 파티는 메비스가 선두에 서는 진형이다. 덩치가 제일 크고 키도 크기 때문에 사냥감을 빨리 발견할 수 있으며, 다른 사람이 선두에 서면 뒷사람을 위해 애써서 수풀이나 나뭇가지를 쳐내도 메비스는 자신을 위해 다시 한 번 쳐내야 하는 이중 수고가 들기 때문이기도 했다.

제일 큰 이유는 메비스가 이 파티에서 유일한 '전위 전문'이어서이지만 말이다.

참고로 레나와 폴린은 후위, 마일은 전위 겸 중위 겸 후위다.

메비스의 신호로 모두 멈춰 서서 전방을 주시하자.

있었다.

오늘은 특정 의뢰가 아닌 상시 의뢰만 있었기 때문에 '목표물'은 특별히 없었지만, 일단은 노리고 있었던 오크였다. 성체로 보이는 놈이 세 마리였다.

"마일, 넌 많이 잡았으니까 이번엔 우리한테 양보해!"

마일은 레나가 속삭이는 말에 순순히 동의한 후, 만일의 사태에 대비해 태세를 갖추고 지켜보기로 했다.

"내가 한 마리를 전담할게. 폴린은 나머지 두 마리에게 대미지를 입혀. 마법 착탄과 동시에 메비스가 돌격해서 두 마리의 숨통을 끊어놓고."

고개를 끄덕이는 폴린과 메비스.

레나와 폴린은 작은 목소리로 영창을 시작했고, 레나의 신호가 떨어지자 동시에 마법을 발사했다.

"아이시클 재블린!"

"워터 커터!"

마력은 강하지만 물마법과 얼음마법에 비교적 약한 편인 레나가 공격력 있는 얼음마법을 딱 한 발 쏘고, 잔재주가 좋은 폴린이 물마법을 동시에 두 발 쏘았다.

얼음마법은 훌륭하게 오크 한 마리의 배에 명중했고, 두 발의 물마법은 남은 두 마리에게 각각 한 발씩 맞았다.

얼음마법을 맞은 오크는 배에 고드름이 박혀 쓰러진 반면, 물마법을 받은 두 마리는 저마다 배와 어깻죽지가 많이 찢어지기는 했으나 치명상은 아니어서 일단 움츠러들었다가 금세 적의를 드러내며 자신을 공격한 적을 찾기 시작했다.

하지만 마법의 착탄과 동시에 달려간 메비스가 이미 검을 위로 쳐들고 접근한 상태였다.

오크가 알아차렸을 때는 메비스가 검을 내리쳐 그대로 오크 한 마리를 비스듬히 베어버렸다.

고통에 가득 찬 절규와 함께 피가 사방에 튀면서 칼에 베인 오크가 앞으로 쓰러졌다.

메비스는 쓰러지는 오크를 피한 후 그대로 검을 돌려서 또 다른 오크에게 휘둘렀다.

그녀의 검 끝이 마법 공격으로 찢어진 배를 누르기 위해 자세를 굽힌 오크의 목덜미를 갈랐고, 두 마리째 오크 역시 땅에 쓰러졌다.

"해, 해냈어……."

난생처음 자기 손으로 오크를 쓰러뜨린 메비스는 흥분과 만족감으로 정신이 조금 멍해졌다.

"뒤!"

레나의 외침에 메비스가 당황해서 뒤돌아보자, 얼음마법을 맞고 분명히 쓰러졌었던 오크가 메비스에게 접근하고 있었다.

"칫!"

칼을 크게 휘두를 여유가 없어 밑에서 그대로 칼을 들어 올리는 형태로, 돌진하는 오크를 베는 메비스.

마일은 상황이 급해지면 나설 계획으로, 아슬아슬할 때까지는 모두 자기 힘으로 헤쳐 나갈 수 있도록 지켜보았다. 그리고 마일의 뛰어난 동체시력에 의해 메비스의 공격이 늦지 않고 충분히 먹힐 것이라는 판단을 내렸다.

과연 메비스는 늦지 않았다.

메비스의 검이 오크의 몸통을 아래에서 위로 관통하면서 놈의 돌진을 무사히 피할 수 있었다.

……그런데.

쨍그랑!

"""앗……."""

부서졌다.

메비스의 마음, 이 아니라 검이 말이다.

검이 부러진 데에는 그럴 만한 사정이 있었다.

$\frac{1}{2}mv^2$ 사정, 인 것이다.

메비스의 힘은 마일과의 특훈 때문에 여성치고 상당히 강했다.

그러나 그것보다도 현저한 것이 바로 검의 빠르기였다.

그것은 당연한 말이지만 위력의 크기로 이어졌고 그만큼 검에 많은 부담이 갔다.

슬슬 한계에 다다른 검은 조금 무리한 자세로 휘둘러지는 바람에 근소하게 방향이 빗나가면서 평소 이상으로 큰 부담을 받았다.

즉, 부러질 만해서 부러졌다.

그것은 어쩔 수 없는 일이었다.

"미숙…………."

하지만 검이 부러진 직접적인 원인은 마지막 일격이 미숙해서였다는 사실을 누구보다 잘 아는 메비스는 크게 낙담했다. 시무룩해진 얼굴과 부러져서 못 쓰게 되어버린 검을 보고 세 사람이 해줄 수 있는 말은 이것뿐이었다.

"""돌아갈까…….""″

어깨를 떨군 채 터벅터벅 걸어가는 '붉은 맹세' 사인방에게로 바람이 휘익 불면서 낙엽이 춤췄다.

그 모습을 그림으로 옮기면 미술 콩쿠르에서 입선은 따놓은 당상일, 참으로 볼 만한 광경이었다.

그림의 제목은 당연히 '밑바닥'이다.

* *

저녁 무렵, '붉은 맹세'의 네 사람은 왕도의 무기점에 있었다.

사냥물은 길드에서 전부 환금했고, 신인 데뷔 첫날치고는 충분한 결과에 그 자리에 있던 다른 헌터들의 축하를 받았다.

성공적인 데뷔임에도 불구하고 표정이 어두운 네 사람을 이상하게 여긴 헌터가 무슨 일이 있었는지 묻자, 메비스가 자조 섞인 표정을 지으며 검을 뽑아 보여주었다.

"""아이고~……."""

검은 절대 싸지 않다.

아무리 돈을 좀 벌었다지만 이래서야 오늘 성과는 대적자다.

그래서 모두가 추천해준 곳이, 비교적 저렴하면서 좋은 검이 모여 있다는 이 무기점이었다.

"문제는 가진 돈을 탈탈 털어 그나마 괜찮은 검을 살 것이냐, 아니면 당분간 값싼 검을 쓰다가 돈을 좀 모은 다음에 좋은 검을 살 것이냐네. 어떻게 한담……. 아, 메비스, 사양할 필요는 없어. 파티에 가장 좋은 결과가 될 판단을 하는 거니까. 그 검은 어차피 한계가 보여서 조만간 새로 장만할 예정이었잖아. ……그리고 애초에 원인은 놈의 숨통을 끊어놓겠다고 큰소리쳤던 나한테 있어. 만약 검이 조금만 더 빨리 부러졌다면 그것 때문에 메비스가 죽었을 가능성도 있었어. 정말 미안해……."

하긴 전투 중에 검이 부러지는 것은 죽음과 직결되는 아주 치명적인 일이다. 싼 것만 찾다가 신뢰하기 힘든 검을 살 수는 없다.

"알았어. 그럼 사양 않고, 좋은 판단을 하도록 노력할게. 어디 보자……."

"무조건 싼 것으로!"

"뭐라고?"

갑자기 옆에서 마일이 끼어들자 메비스가 깜짝 놀라 소리를 높였다.

마일이 계속 말을 이었다.

"칼자루를 쥐었을 때 편하고 길이가 적당한 것으로 골라요. 값싼 중고 중에서."

""""마, 마이이일~!""""

제12장 새로운 무기

그렇게 해서 메비스의 검(싼 짓)을 새로 사게 되었는데.

그날 밤, 여인숙에서 마일이 모두에게 말했다.

"내일은 쉬는 게 어때요?"

"무슨 소리야, 고작 오늘 하루 일했는데! 그런 식으로 하면 시간이 아무리 지나도 돈이 모이지 않는다고!"

"이, 일단 진정하고……."

마일의 제안을 듣자마자 버럭 성질을 내는 레나를 폴린이 달랬다.

"마일, 스스로는 성실할 계획인 네가 그렇게 말하는 건, 뭔가 이유가 있어서겠지?"

"스, 스스로는 성실할 계획……?"

메비스가 감싸주려고 한 말에 오히려 타격을 받은 마일은 테이블에 두 손을 짚었다.

"잉? 왜 그래? 괜찮아?"

이상하다는 듯 마일에게 묻는 메비스. 자각이라고는 전혀 없었다.

"아, 아니에요, 괜찮아요……. 아니, 썩 괜찮지는 않지만……."

작은 목소리로 어미를 뭉뚱그려 발음한 후 부활하는 마일이었다.

"그게 말예요, 실은 내일 메비스 씨랑 둘이서만 어딜 좀 갔으면 해서요……."

"""뭐?"""

세 사람이 일제히 목소리를 높였다.

"마, 마일, 너 설마……."

"그, 그런……."

"그래, 좋아. 무슨 일인데? 쇼핑 같은 건가?"

여기서 약 두 명 정도가 조금 이상한 상상을 하는 듯하다.

그리고 다음 날, 숲속.

"왜 다 있는 거예요!"

그렇다.

그곳에는 마일과 메비스뿐 아니라 레나, 폴린도 있었다.

"단둘이 뭘 하려는지 궁금했을 뿐이야!"

"난 레나 씨가 억지로 끌고 왔어……."

"그럼 처음부터 그렇게 말하고 같이 오면 되잖아요! 왜 숨어서 따라온 거예욧!"

"그렇게 하면 단둘이 뭘 하려고 했는지 확인할 수가 없잖아."

"흐미!"

얼마 후 마일은 겨우 정신을 차렸다.

"어쨌든 됐어요! 그럼 예정했던 걸 할게요, 메비스 씨."

"어어, 그래. 그래서 난 뭘 하면 되는데?"

"네, 검을 잠깐 빌려주세요."

"으응, ……자, 여기."

메비스가 허리에서 칼집째 풀어 건넸다.

마일은 칼집에서 칼을 뽑아 모래가 깔린 땅에 살짝 세우더니 그대로 쑤욱 꽂아 넣었다.

그러자 검은 아무런 저항도 없이 땅에 거의 끝까지 들어갔다.

"허엇……."

그러한 마일의 행동도 까닭을 모르겠지만, 아무리 모래가 깔린 땅이라고 해도 모래사장이 아니므로 보통은 그리 쉽게 칼을 땅에 거의 끝까지 꽂아 넣는 것이 불가능하다.

"메비스 씨, 이 검, 무게는 어떤 것 같아요?"

"아, 어어, 난 속도를 중요하게 생각하는 타입이니까 말이야. 이것보다 조금 더 가벼우면 더 빨리 휘두를 수 있겠지만 그러면 위력이 떨어지지. 게다가 늘 가벼운 검을 쓰면 단련이 되지 않고, 다른 검을 쓰게 됐을 때 느낌이 달라져서 위험할 테고. 결론은 이대로 보통 무게가 좋아."

"그, 그렇군요! 역시, 평범한 게 최고죠!"

메비스는 너무도 간단히 땅에 푹 꽂힌 검, 그리고 이상한 대목에서 혹하는 마일이 조금 깼지만, 마일이야 평소에도 이상하므로 그다지 신경 쓰지는 않았다.

게다가 지금은 그런 것보다도 자신의 검이 어떻게 될지가 더 궁금했다.

"마일, 그래서 내 검은……."

"아, 조금만 더 기다리세요."

그렇게 말하며 왠지 초점이 흐려진 눈으로 생각에 잠기는 마일.

잠시 후 눈에 초점이 돌아오자, 마일은 칼자루를 잡고 땅에서 검을 빼냈다.

그리고 바람마법을 써서 검에 달라붙은 모래를 털어낸 다음 칼집에 도로 넣고 메비스에게 건넸다.

"자, 여기요!"

"아, 으응……."

메비스는 칼집을 받아 허리에 차고는 칼집에서 검을 꺼내 꼼꼼히 확인했다.

'별로 달라진 건 없어 보이는데…….'

"잠깐 시험해보지 않을래요? 새 검으로 바로 실전에 나서는 것도 좀 걱정되잖아요?"

"아, 아아, 그것도 그러네. 잠깐 시험 삼아 뭘 베어보는 편이 좋겠어. 날이 잘 드는지, 무게감은 또 어떤지도 알아보고 싶고."

"네. 저도 시험해보고 싶은 게 있으니까, 그럼 같이 사냥을……."

"잠깐!"

멋대로 따라왔다는 부담감 때문인지, 지금껏 입을 꾹 다물고 지켜보고 있었던 레나가 드디어 끼어들었다.

"검에 대한 건 쉬는 날에 한 개인행동이니까 뭐라 말 안 하고 가만히 있었지만, 사냥은 이야기가 다르지! 파티 멤버니까 우리도 같이 해!"

"네? 뭐, 상관없지만 무기 시험이 목적이니 별로 많이 안 잡을 건데요? 괜찮겠어요?"

"상관없어. 동료니까 사냥은 함께하자는 거지! 그것뿐이야."

레나는 그렇게 말한 후 허리에 손을 짚고 가슴을 쭉 펴며 으스댔다. 여느 때와 다름없이 말이다.

"그럼 일단 휘두르는 것부터 해보세요. 무게감이랑 균형 같은 것에 불편함은 없나요?"

마일의 말에 얼마간 검을 휘둘러본 후 메비스는 만족스럽다는 듯 대답했다.

"아아, 특별히 문제되는 부분은 없어. 손에 착 감기는 게 상당히 좋은 느낌이야."

그러자 마일은 근처에 있는 나무를 가리키며 생긋 웃더니 메비스에게 주문했다.

"그럼 이번에는 저 나무를 베어보세요."

"""뭐…….""""

마일이 가리킨, 어른 한 명이 간신히 껴안을 수 있을 듯한 나무를 보며 메비스와 레나, 폴린은 할 말을 잃었다.

"저걸 어떻게 베! 그리고 그랬다가는 모처럼 장만한 검이 또 부러질 거라고! 지난번 검과 달리 싸구려란 말이야, 이 검은……."

부러진 검은 메비스가 집의 무기고에서 멋대로 들고 나온 것이었기 때문에 그럭저럭 괜찮은 검이었다. 참격력은 강하지만 기술이 아직 따라주지 않는 메비스가 무지막지하게 써댄 탓에 수명이 줄어들고 말았지만…….

메비스가 질이 더 좋고 값나가는 검을 가지고 나왔으면 편했을지도 모르나 그런 것이 가능할 메비스도 아니고 다른 사람도 원하는 바는 아니었다.

그러나 반론하는 메비스에게 마일은 자신감 가득한 목소리로 단언했다.

"괜찮아요! 그것 때문에 아까 흙마법으로 강화시켜두었어요. 메비스 씨가 전력을 다해 베어도 검은 아무 이상 없을 거예요!"

"…………."

마일의 그 말에 메비스는 굳은 표정으로 입을 다물었다.

그리고 '메비스의 참격은 별거 아니다'라고 말한 것이나 다름없다는 사실을 마일은 알아차리지 못했다.

"알았어, 벨게. 대신, 어떻게 돼도 난 몰라!"

"네, 혹시나 검이 상하면 제가 고치면 되니까 괜찮아요!"

검은 그냥 쇠를 검 모양으로 만들면 되는 그런 간단한 공정이 아니다. 아무리 싸구려라고 해도 검은 검. 일반 철판과는 다른 것이다.

그 점을 아는지 모르는지 알 수 없는 마일의 말을 한 귀로 흘리며 메비스는 검을 잡고 크게 휘둘렀다.

콰앙!

약간 둔탁한 소리와 함께 검이 나무에 박혔다. 나무 지름의 약 4분의 1 정도까지.

그리고 검은 부러지지도, 휘어지지도 않았다.

"""헉……."""

깜짝 놀라는 세 사람.

무리도 아니다. 도끼도 아니고, 용도가 완전히 다른 검에 나무가 그렇게 베어질 리 없으니까 말이다.

만약 검으로도 이렇게 나무를 벨 수 있다면 세상의 나무꾼들은 모두 도끼에서 검으로 도구를 바꾸리라.

"이게 무슨……."

아무 이상도 없는 검을 바라본 메비스는 말문이 막혔다.

반년에 걸친 특훈으로 지금은 남자에게도 지지 않는 참격력을 가지게 된 메비스. 검이 이 정도로 나무에 박혔다는 것은 그녀가 전력을 다했다는 증거다.

아무리 쇠기둥이 아닌 나무라지만, 보통은 검이 부러지거나 휘기 마련이다.

대인전에서는 일격 하나하나에 혼신의 힘을 다하는 것이 아니라, 훨씬 적은 힘으로 검을 휘두를 뿐이다. 그에 비해 이번에는 전력을 썼고, 게다가 나무를 절단하지 못했으니 검에 상당한 부담이 갔을 터다. 그런데도 부러지거나 휘지 않고 아주 사소한 일그러짐조차 찾아볼 수 없었다. 마검이나 천하의 명검이면 모를까, 이것은 그냥 싸구려 검에 불과한데…….

'이, 이것이 마일의 강화마법? 아니, 어, 어쩌면 이거, 대단한 명검인데, 어떤 착오가 있어서 우연히 싸구려 검들과 섞여 있었던 것 아닐까?'

레나와 폴린은 우연히 건진 명품인가 싶어 눈을 반짝였다.

"다음은 저걸 베어볼까요?"

아직 놀란 가슴이 진정되지 않은 메비스에게, 태연한 표정으로 그렇게 말한 마일이 가리킨 것은 그 나무에서 약 칠, 팔 미터 떨어진 곳에 있는, 지름 이 미터 정도 되는 바위였다.

"마, 마일……."

이번에는 어안이 벙벙한 메비스를 대신해 레나가 발끈했다.

"아무리 그래도 그건 너무 심하잖아! 모처럼 돈 주고 산 검인데 도대체 뭐라고 생각하는 거야!"

폴린 역시 돈이 걸려 있으니 잠자코 있을 수 없는 모양이었다. 그녀는 고개를 끄덕이며 레나의 뒤에서 동조했다.

하지만 메비스는 잠시 고민하더니 다시 검을 고쳐 잡았다.

"메비스!"

"무, 무모해요!"

레나와 폴린이 말리려고 했지만, 메비스의 결의는 견고했다.

"나무에 꽂혔을 때, 느낌이 왔어. 이 검은 내게 부응해준다고 말이야. 또 지금의 우리가 있는 건 다 마일 덕분이고……, 아니, 동료가 하는 말을 못 믿어서 어쩔 거야?"

"".............""

메비스의 말에 입을 꾹 다무는 레나와 폴린.

"알았어, 마음대로 해! 대신, 만약 검이 부러지면 다음 검을 살 돈이 모일 때까지 휴일은 반납하는 거야!"

레나가 그렇게 말하자 생긋 웃는 메비스, 그리고 황당하다는 표정의 폴린이었다.

"저도 이제 몰라요……."

평소에는 너그러운 폴린도 돈이 걸린 일에는 조금 세게 나왔다. 하지만 그것도 메비스를 막을 만큼은 아니었다.

메비스는 바위 앞에 서서 잠시 정신을 집중한 후, 단숨에 검을 내려쳤다.

쨍그랑!

…………부러졌다.

"""마이이이일!"""

"죄, 죄송해요오오옷!"

주저앉아 땅에 두 손을 짚은 메비스, 마일의 멱살을 붙잡고 거칠게 흔드는 레나, 그리고 파티의 자금 조성을 고민하며 허무한 눈빛을 띠는 폴린.

"마, 마일, 너 말이야……."

"자, 잠깐만요! 풀고 제 말을 들으면 다 이해가 갈 거예요!"

"손 안 풀어도 충분히 알거든! 널 믿은 내가 바보였다는 사실은!"

"아, 아니, 오해를 풀라는 말인데. 아, 물론 손도 풀어주면 좋겠지만! 아무튼 우리 대화로 해요!"

잠시 후, 겨우 진정된 레나와 시무룩한 표정으로 일어선 메비

스, 그리고 필사적으로 예산 변통을 고민하는 폴린을 앞에 두고
마일이 설명했다.

"죄송해요. 흙마법으로 충분히 강화했다고 생각했는데, 조금
부족했나 봐요……."

"""…………"""

다들 지금까지 마일에게 여러 가지 도움을 받아왔으므로 진심
으로 화내지는 않았다. 하지만 파티 발족 초반에 이런 지출은 과
연 타격이 컸다.

전에 검이 부러진 것은 어쩔 수 없는 일이다. 단지 수명이 거기
까지였을 뿐이고, 그만큼의 예산도 미리 확보해두었다.

그러나 소지금 중 상당량을 소비한 새 검을 잃은 것은 쓰라렸다.

어제보다 더 어두운 표정들. 마일만 제외하고 말이다.

그리고 울적해하는 세 사람의 귀에 마일의 명랑한 목소리가 들
렸다.

"자, 그럼 검을 고칠게요!"

"""뭐…………"""

"아, 아니, 완전히 부러진 검을 풀로 붙일 수도 없잖아! 아무리
흙마법으로 접합한다고 해도 다음에 싸울 때 그 부분이 뎅강 부
러지면 난 바로 죽은 목숨이라고. 그런 검은 사절이야!"

메비스가 싫다는 표정으로 마일의 말을 부정했다.

"모르나 본데, 무기란 그리 간단하게 고칠 수 있는 물건이 아니
야. 한번 부러진 검은 일단 전부 녹여서 소재를 다시 사용할 수밖
에 없어. 부러진 검을 다시 이어 붙여 쓰다니, 금시초문이라고."

레나 역시 검은 고칠 수 없다며 부정적인 반응이었다.

폴린도 고개를 마구 끄덕였다.

하지만 마일은 아무렇지도 않은 얼굴이었다.

"그건 결과를 본 다음에 말해주세요!"

"결과라면 저기 굴러다니고 있잖아!"

하기야 굴러다니고 있었다. 뚝 부러진 검이.

*　*

"오래 기다리셨습니다. 이것이 바로 수리한 검이에요. 단단하고, 부러지지 않고, 이가 빠지지 않고, 휘지 않고, 날이 무뎌지지 않고, 쥐기도 편하죠. 마일 공방에서 자신 있게 내놓는 야심작이랍니다……."

마일은 칼집에 넣은 칼 한 자루를 공손하게 내밀었다.

아무 말 없이 그것을 받아드는 메비스.

"정말로 괜찮은 거지……?"

레나와 폴린이 의심스러운 눈초리로 검을 바라보았다.

"무, 무슨 그런 심한 말씀을! 이번엔 정말 괜찮다고요! 아까는 약간 어림짐작으로 해서 그런 거니까! 제가 진짜로 마음먹고 하면 이 정도쯤은……."

"그럼 처음부터 진짜로 마음먹고 하란 말이야!"

"…………네…….."

어쨌든 잃어버린 신뢰를 되돌리기 위해 마일은 필사적이었다.

지나치게 고성능인 검은 파티를 위해서도, 메비스를 위해서도, 그리고 자신을 위해서도 줄 수 없다. 그런 생각에 처음에는 검의 성능을 정말 필요한 최소한의 정도로 제한했었다.

그렇다고 검이 쉽게 부러지면 메비스가 목숨을 잃게 되고, 그와 동반하여 파티 전체가 위기에 빠질 가능성이 높다. 또 천만다행으로 위기에서 벗어난다고 해도 돈이 필요하게 되어 파티의 재정이 파탄 나버리고 만다.

그래서 검이 쉽게 부러지지 않도록 강도를 늘리기 위해 탄소 함유량, 티타늄, 고장력강, 기타 다양한 '지구에서 최고로 튼튼하고 잘 부러지지 않는 재질'을 상상하면서, '단단하기만 하고 다른 특별한 장점은 없는 평범한 검'을 만들려고 사념했던 것이다.

그래도 충분한 강도는 될 줄 알았는데, 역시 바위는 너무 무모했던 모양이다.

하지만 염치없게도 마일은 분개했다.

지구에는 참암검(斬岩劍)이라든가 참철검(斬鐵劍) 같은 것이 존재하지 않는가, 하고 말이다.

그 기술을 쓰면 바위 따위야 얼마든지 절단할 수 있지 않은가, 하고.

또 자신이 잃어버린 신용은 어떻게 할 거냐고.

더 이상의 실패는 용납할 수 없다.

또 실패하면 메비스는 이제 두 번 다시 마일이 손댄 검에 목숨을 맡기려 하지 않으리라.

……할 수밖에 없었다.

그렇다, 달리 선택지가 없었던 것이다.

'이번에는 이 세계와 지구에 있는 기술의 범위 내에서, 라는 조건을 달지 않겠어! 모든 기술, 모든 재료를 써서 절대 부러지지 않는 검을 만들어야지. 칼날은 날카롭기가 이 세계에서 다섯 번째 정도에 들도록. 칼날에 이가 나가지 않고 핏방울을 다 튕겨내고, 손질이 필요 없는 아주 편리한 검! 다만, 외관은 평범한 싸구려 검으로! 무게와 모양도 원래 그대로! 자, 가라아앗~!'

마일은 부러진 칼날을 땅에 세운 다음 발로 밟아 땅에 박고, 그 위에 손잡이를 꽂은 상태로 마법을 행사했다.

그렇게 완성한 것이 바로 이 검이었다.

"자, 바위를 베어보세요!"

메비스는 마일의 말에 망설였지만, 실제로 해보지 않으면 마음 편히 이 검을 쓸 수 없다.

어쨌든 한 번은 부러졌던 검이니까. 바위라도 쳐서 시험해보지 않으면 부러진 부분이 다시 뚝 부러질 것 같아 믿을 수가 없다.

그리고 도저히 신뢰가 가지 않는 무기를 실전에서 쓸 수 있을 리도 없다.

메비스는 마음을 다잡고 검을 들어 올린 다음 바위를 향해 거세게 내리쳤다.

콰아앙!

역시 바위를 절단하는 것은 무리였지만, 어느 정도 바위의 표면을 깨고 들어간 검을 보자 메비스와 레나, 폴린의 눈이 휘둥그레졌다.

"……이것을."

그리고 믿기지 않는다는 듯 멀쩡한 검을 뚫어지게 쳐다보는 메비스에게 마일이 수납에서 단검을 꺼내 스윽 내밀었다.

단검이지만 나이프처럼 짧지 않고 총 길이가 50센티미터는 되었다.

"이, 이건!"

"네, 어제 부러진 검이에요. 주 무기인 검이 부러졌을 때를 대비한 예비 무기로, 남은 부분으로 단검을 가공해봤어요. 급할 때 몸을 지켜줄 거예요……."

가출할 때 가지고 나온 검이 자신을 지켜줄 무기로 다시 돌아온 것이 기뻤는지 메비스는 단검을 품에 꼭 안았다.

"……마일."

"네?"

왠지 조금 언짢아 보이는 폴린이 마일을 불렀다.

"혹시, 저 검을 원래대로 고쳐서 강화했으면 검을 새로 살 필요가 없었던 것 아니야?"

""아………….""

세 사람의 시선이 마일에게 집중되었다.

"······엥? 하지만 어차피 예비 무기가 필요하잖아요?"

"주 무기인 검은 절대 안 부러진다며?"

""············.""

"아, 아니, 튕겨 나가거나 떨어뜨리거나 여러 가지 상황이 벌어질 수 있잖아요! 네, 네에?"

그렇게 말하며 메비스 쪽을 보았지만, 메비스는 미묘한 표정이었다.

사실 두 검 중에서 단검 쪽이 치트 능력치가 훨씬 높았다.

평소에는 쓰지 않으니 남의 눈에 띄지 않고, 주 무기인 검을 잃었을 때에 쓰는 용도인 만큼 더 강력하게 만들어두는 것이 당연했다.

"······어쨌든, 성능 확인도 끝났으니까 그 검을 가지고 실제로 사냥감을 베어보는 거지?"

"아, 네, 그런데요. 그 전에 제 무기도 좀 시험 삼아 쏴보려고······."

""""마일의 무기?""""

"네, 아까 '저도 시험해보고 싶은 게 있으니까'라고 말했잖아요?"

그렇게 말하며 마일은 수납에서 이상한 것을 꺼냈다.

"그게 뭐야?"

"슬링쇼트라는 거예요. 새총이라고도 하는데 새나 작은 동물을 잡을 때 쓰죠."

"흐~음······."

그 작은 무기를 향해 수상쩍은 시선을 보내는 레나.

아무래도 제대로 된 무기 같지 않고, 위력이 별로 없어 보이는 보잘것없는 도구여서 썩 흥미가 일지 않는 것이었다.

마일은 수납에서 조약돌 하나를 꺼내 슬링쇼트의 총알 장전 부분(패드)에 끼웠다. 실은 이 패드 부분에 자기력을 흐르게 해서 작은 쇠구슬을 여러 알 끼워 산탄처럼 쏠 수 있도록 고안했다. 지금은 상관없지만…….

마일은 고무줄을 잡아당겨 약간 떨어진 곳에 있는 나뭇가지를 겨냥했다.

마일이 슬링쇼트를 잡는 방법은 굉장히 주먹구구식이었다. 사실 그 슬링쇼트는 마일이 전생(前生)에서 읽은 잡지의 광고란에 실려 있던 모델을 참고로 만든 것인데, 원래 제품의 설계자가 보면 도움닫기 해서 주먹을 휘두르며 달려들 것만 같은 물건이었다.

균형감이란 것을 전혀 고려하지 않았으며, 강도 유지를 위한 설계나 안정감 유지를 위해 손목을 받치는 부분 등도 전부 무시한, 단순한 새총이다.

하지만 마일이 쓰는 것이라면 그래도 별문제는 없다. 강한 힘으로 잡은 슬링쇼트는 중량 밸런스가 다소 나쁘거나 손목을 받치는 부분이 없어도 미동조차 없었고, 비밀 재질에는 강도 계산 따위 아무 상관도 없기 때문이다.

티타늄 등 상상을 초월하는 비밀 재질로 만든 슬링쇼트 본체. 그리고 탄소나노튜브로 만든 고무줄 부분. 지구의 탄소나노튜브는 아직 한정적인 신축 성능밖에 없지만, 신(자칭)의 초기술력 앞에서 그런 것은 하나도 문제 되지 않았다.

그렇게 만든 슬링쇼트를 잡고 자세를 잡는 마일. 슬링쇼트를 끔찍이 아끼는 자가 이 장면을 본다면 격노할 듯한 자세로.

슬링쇼트를 쥔 왼손을 앞으로 내밀고, 패드를 손가락에 끼운 오른손을 어깨까지 끌어당겨, 상반신 전체를 사용한 정자세가 아니라 팔만 써서 몸 앞까지 잡아당긴 어중간한 자세. 탄소나노튜브 부분이 늘어난 길이는 정자세일 때의 절반밖에 되지 않았다.

마일은 겨냥한 나뭇가지를 향해 조약돌을 날렸다.

피슝!

조약돌이 멋지게 명중해 나뭇가지가 아래로 툭 떨어졌다.

물론 나노머신에 의한 탄도 수정 덕분이다.

"""와……."""

그 장면을 보고 깜짝 놀라는 세 사람.

"이, 이건 네 바람마법이랑 같은……."

"네, 원리는 전혀 다르고 마법을 쓴 것도 아니지만, 조약돌을 날린다는 점에는 같은 종류의 사냥법이죠. 잡은 사냥감의 수라든가 상처가 난 모양 같은 걸로 사람들이 쓸데없이 꼬치꼬치 캐묻는 것도 싫고, 바람마법을 쓰면 순간 힘 조절을 잘 못 해서 목표물이 터져버릴 수도 있으니까……. 새 같으면 그나마 다행이지 상대가 사람이면."

"""…………."""

끔찍하다는 표정으로 입을 꾹 다무는 세 사람. 아무래도 상상해버린 모양이다.

"그래서 이 무기로 잡은 걸로 해서 바람마법을 숨길까 해요. 무슨 마법이냐고 달라붙는 사람이 있으면 귀찮으니까…….”

“비, 빌려줘! 그게 있으면 나도 그 바람마법 흉내를 낼 수 있는 거지?!”

레나가 손가락이 절단되는(마일이 그렇게 겁준) 바람마법이 아니라 이쪽에 달라붙었다.

“빌려주는 거야 상관없지만 무리일 텐데요…….”

“뭐야! 연습하면 나도 얼마든지 할 수 있어!”

“아니, 그런 문제가 아니라…….”

마일은 애매한 표정을 지으면서도 슬링쇼트와 탄환인 조약돌을 레나에게 건넸다.

“으, 으으으……, 아, 안 당겨져…….”

그리고 슬링쇼트의 고무(탄소나노튜브)를 잡아당기려다가 얼굴이 새빨개지는 레나.

“그러게 제가 말했잖아요…….”

그 정도의 위력이 있다는 것은 그만큼의 운동 에너지를 가지고 있다는 뜻이며, 그 운동 에너지를 어디에서 얻는가 하면…….

다시 말해 고무(탄소나노튜브)를 잡아당기려면 어마어마한 힘이 필요한 것이었다.

조금 전 마일은 정자세를 몰라서가 아니라 일부러 엉터리 자세로 쏘았다.

그렇게 하면 22구경 권총탄 정도의 위력이 나온다. 새와 작은 동물 사냥에는 충분한 위력이다.

그리고 정자세, 즉 두 배 가까이 길게 잡아당겨 쐈을 경우는 수

렵용 매그넘 라이플을 뛰어넘는 위력이 된다. 이는 그 정도의 위력이 꼭 필요한 경우에만 쓸 생각이었다. 소위 말하는 '비밀병기'다. 평소에 대물을 쓰러트릴 때는 검이나 마법을 쓰면 되니까.

그 후 메비스와 마일은 잠시 사냥에 나서 각자 무기를 익히고 신뢰를 쌓을 수 있었다.

그리고 레나는 모처럼 '숲속에서 작은 동물 사냥에 최적인 무기'를 알게 되었는데 자신은 쓸 수 없다는 사실에 심기가 불편해져서 그리 잘하지도 않는 물마법과 얼음마법을 쓰며 사냥터를 휩쓸었다.

이렇게 해서 휴일이어야 할 오늘도 그럭저럭 돈벌이를 하게 되었다.

훌륭하다, 훌륭해…….

제13장 한계에 도전하다

"강적이다……."

"윽, 이건 비겁해!"

"도저히 못 쓰러뜨릴 것 같아요……."

"……그냥 물러날까요?"

신입 C등급 파티 '붉은 맹세'는 고전 중이었다.

상대는 코볼트 떼다. 20여 마리 정도 되려나.

코볼트는 결코 그리 강한 마물이 아니다. 하지만…….

"뀨……."

"뀨, 뀨~웅……."

귀여웠다. 겉모습이 몹시…….

'코볼트는 지구에서는 지독하게 못생긴 요정, 사악한 정령이라는 의미잖아! 그런데 얘들은 왜 이렇게 귀여운 거야!'

그렇다. 이 세계에서 '코볼트'라고 불리는 마물은 인간 어린이 정도 되는 크기에 머리는 개처럼 생긴 생물인데, 마치 강아지처럼 무척 귀여웠다. 그리고 그런 주제에.

퍽!

"이게~!"

마물답게 공격 본능은 제대로 갖추고 있었다.

그리 강하지 않다고 했지만 그것은 C등급 헌터인 마일 일행에게나 해당하는 말이지, 마을 아이들과 여자들은 일대일 상황에 처하면 위험하고, 성인 남자나 여러 명이 모인 그룹이라도 코볼트 떼에 둘러싸이면 목숨이 위태롭다.

그래서 마을 근처에 생긴 코볼트의 소굴을 완전히 없애달라는 의뢰를 받은 것인데…….

"안 돼! 이번에는 상시 의뢰가 아니라 통상 의뢰잖아! 이대로 물러나면 그건 다시 말해 임무 실패야! 위약금도 물어야 할 뿐 아니라 '붉은 맹세'의 이름에 먹칠하는 거라고!"

그렇다. 헌터가 능력에 안 맞는 의뢰를 받아서 실패하거나 한 파티가 동시에 많은 의뢰를 받아 독점한 끝에 미달성이 되는 일이 없도록, 수주한 의뢰가 미달성으로 끝날 경우 의뢰 보수의 약일 할에서 삼 할에 해당하는 위약금을 물어주게 되어 있다.

그 금액은 의뢰 내용에 따라 달라지는데, 마물 솎아내기나 급하게 처리할 필요가 없는 의뢰라면 위약금이 얼마 되지 않지만 기한에 여유가 없거나 실패 혹은 미달성으로 끝나 의뢰주가 손해를 볼 때는 삼 할이 넘는 위약금을 내야 할 경우도 있다.

이번 의뢰는 원래 보수 자체가 그리 높지 않아 위약금도 얼마 되지 않지만, 만약 달성이 늦어져서 그사이 마을 사람이 공격당하기라도 한다면 헌터로서의 부담이 커진다.

그리고 아무리 해도 이기기 힘든 일이라면 어쩔 수 없지만, 미달성의 이유가 '너무 귀여워서 차마 죽일 수 없었다'라면, 코볼트 때문에 죽은 아이의 부모에게 과연 뭐라고 말해야 좋단 말인가.

네 사람 모두, 그 사실을 충분히 알고 있었다.

"하자! 우린 C등급 헌터잖아! 이건 놀이가 아니라 일이라고! 그리고 사람 목숨이 달렸어!"

레나의 말에 메비스, 폴린, 그리고 마일도 마음을 단단히 먹었다.

그래, 이것은 인명이 걸린 중요한 임무다, 하고.

또한 동료의 목숨뿐 아니라 많은 마을 사람과 여행객의 목숨도 걸려 있노라고.

"불타올라라, 지옥의 업화여! 뼈까지 전부 녹여버려라!"

이곳은 숲속이 아니라 숲을 따라 난 도롯가의 바위 밭이다. 오랜만에 특기인 불마법을 쓸 수 있게 된 레나는 익숙한 오리지널 마법을 쏘았다.

이번에는 토벌 임무이고, 아무리 잘 팔린다고는 해도 코볼트의 가죽을 벗기는 것은 다들 내키지 않았다. 어차피 가격도 싸니까 그냥 불태워버려도 괜찮으리라.

코볼트가 모인 곳에 레나의 불마법이 강타하자 공격의 중심에서 허둥지둥 벗어나려고 하는 코볼트의 진로를 폴린이 파이어 월로 차단했고, 그때 메비스가 검으로 전부 베었다.

마일은 달아나는 코볼트를 슬링쇼트로 저격했다.

레나가 처음에 쏜 마법에 열 마리가 조금 안 되는 코볼트가 죽었고, 화상을 입어 움직임이 둔해진 코볼트도 섞여 있어서 네 사람이 추격하자 그 숫자가 점점 줄어들었다.

＊　　＊

"그럼 오늘의 반성회를 시작하겠습니다……."

평소대로 레나의 주도하에 시작한 이번 회의는 방이 아니라 여인숙 식당에서 저녁을 먹으면서 하는 수다의 성격이 강했다. 이미 테이블 위에 요리가 올라와 있었다.

"일단 다들, 오늘 그게 뭐야. 후반부에 가서는 제대로 했지만, 전반부는. 코볼트가 아무리 귀여웠대도 그건 아니잖아? 헌터 일을 만만하게 보는 거니?"

레나의 발언에 민망한 듯 고개를 숙인 채 접시에 담긴 요리를 괜히 뒤적거리는 메비스와 폴린.

"엥, 하지만 제일 동요한 사람은 레……."

"그 입 다물어!"

레나가 얼굴을 살짝 붉히며 테이블을 탁 쳐서 마일의 말을 막았다.

"어쨌든 우리 '붉은 맹세'는 내가 봐도 실력은 꽤 괜찮은 것 같아. 하지만 문제는 정신적인 면이야. 뭐, 아직 어리고 신인이니까 어느 정도는 어쩔 수 없지만, 뭐랄까, 물러빠졌다고 해야 하나 진지함이 좀 부족하지 않나 싶어……."

'호오, 레나 씨, 꽤 깊이 생각하고 있네…….'

마일은 감동 받았다. 그것은 분명 마일도 느끼고 있던 부분이었다.

마일은 원래 성격도 그렇거니와 세상 물정을 잘 모르고, '만약 무슨 일이 생겨도 그때는 진짜 힘을 드러내면 어떻게든 되겠지' 하는 안이한 생각이 있었다. 그러한 점은 마일도 어느 정도 자각하고 있었으며, 겉으로 드러나지 않도록 조심하던 차였다.

하지만 메비스와 폴린, 이 두 사람은 레나와 달리 헌터로서의 실전 경험이 거의 없는 것이나 마찬가지였다. 양성 학교에서 휴일마다 했던 F등급용 임무와 야외실습이 전부다.

헌터로서 생활비를 벌어먹고 살아야 한다. 몸이 조금 안 좋아도 일하러 가고, 목숨을 걸고 돈을 벌어야 한다. 이러한 기개라고 할까, 절박한 진지함이 보이지 않았다.

물론 마일 덕분에 다른 평범한 신인 C등급 헌터에 비하면 전투력 면에서 혜택받았다. 그러나 그런 것은 베테랑 C등급 헌터의 지식과 경험 앞에서는 별다른 의미가 없었다.

'미스릴의 포효'와의 대결은 진검승부가 아니었으며, 시합조차 아니었다. 그것은 어디까지나 '검정'이었고 그들에게는 '승부를 겨룬다'는 인식이 전혀 없었으리라.

그들은 '신인의 힘을 잘 끌어내서 합격할 수 있게 극적인 장면을 만들어준다'는 임무를 완수하기 위해 힘을 조절해 배려해주었다. 어쩌다 그 틈을 파고든 형태가 되어버렸을 뿐이다.

게다가 만약 진짜로 상대했다면, 그들은 아마 그 상태에서도 반격의 기회를 얼마든지 찾았을 것이다.

"그래서 생각해봤는데 말이야. 일단 우리, 분수를 따지지 말고 강적과 싸워보지 않을래?"

"""음………?"""

깜짝 놀라는 세 사람에게 레나가 설명했다.

"지금처럼 계속 D등급이나 C등급 하위 헌터가 사냥하는 마물 혹은 그런 수준의 의뢰밖에 받지 않는다면, 단언하건대 우리는 너무 쉬운 일이라서 보람을 느끼지 못할 거야. 다들 정신이 해이한 것도 그 때문 아니야? 이대로 가다가는 조만간에 방심해서 우리 중 누군가 죽거나 크게 다칠걸?"

"………."

입을 꾹 다문 메비스와 폴린. 마일은 이미 대답을 정해두었기 때문에 방관하는 자세였다.

"그렇다고 계속 무모하게 싸우자는 이야기는 아니야. 그랬다가는 목숨이 몇 개 있어도 모자랄 거 아냐? 딱 한 번만, 우리가 어떻게든 아슬아슬하게 다치지 않고 살아 돌아올 수 있는 의뢰를 맡아서, 우리의 힘의 한계를 이해하고 그다음부터는 거기에 맞는 일을 고르자는 거지. 그래, 우리가 앞으로 평소에 맡을 일은 모두 아슬아슬하게 다치지 않고 끝낼 수 있는 한계의 육 할 내지 칠 할쯤 되는 수준의 일이 적당할 것 같아."

"……알았어, 하자!"

"저도 찬성이에요."

잠시 고민하다가 메비스가 제일 처음 찬성했고 뒤이어 폴린도 동의했다.

아무래도 두 사람 다 지금 상태로는 부족하다고 여긴 모양이다.

"그럼 내일은 길드에서 받을 일을 꼼꼼히 검토하고, 그 후에 필요한 준비를 마치자. 실제로 일에 착수하는 건 모레 이후야."

"알았어."

"그래요."

레나의 지시에 두 사람이 입을 모아 답했다.

"저기~, 저는 아직 의사 표명을 안 했는데……."

"넌 어차피 찬성이잖아."

"뭐, 뭐어 그렇기는 하지만……."

"그럼 됐지 뭘?"

"하아……."

왠지 석연치 않은 마일이었다.

"다음 일을 계기로 맡을 의뢰의 수준을 올린다면 수입이 대폭 증가하겠지. 그럼 이런 싸구려 여인숙이 아니라 목욕탕이 달린 여인숙으로 옮기자고! 싸구려 숙소를 졸업해야 중견으로 이름을 드날릴 수 있게 돼. 애초에 싸구려 숙소는……."

"아, 자꾸 싸구려, 싸구려 하지 마요! 여기가 싸구려인 게 아니고 언니들한테 싸게 준 것뿐이라고요!"

접수 카운터 너머로 레니가 발끈해서 소리쳤다.

그렇다, 이 여인숙은 마일이 왕도에 처음 와서 훈련 학교의 기숙사에 들어가기 전까지 육 일간 머물렀던 곳이었다.

"애당초 학교를 갓 졸업한 터라 돈이 없다고, 수입이 안정될 때까지만 싸게 좀 해달라고 부탁한 건 언니들이잖아요! 그래서 외박해야 할 때도 상관없이 한 달 장기 숙박으로, 사 인실에 금화 세 닢이라는 파격가로 내줬다고요! 젊은 여성 단골이 있는 안전하고 안락한 여인숙이라는 선전 효과도 계산에 넣어서……. 그런데 싸구려, 싸구려 하고 동네방네 떠들기나 하고! 또 말이 나와서 말인데, 여기 있을 때는 항상 우리 식당에서 좀 식사해줘요! 안 그러면 그 요금으로 남는 게 없단 말예요! 그리고 젊은 여자들이 매일 머무른다는 것으로 모객 효과를 기대하고 있으니까 방에만 있지 말고 좀 더 1층에서 어슬렁거리고, 다른 손님한테 붙임성 있게 말도 걸고! 약속했잖아요, 가격 흥정할 때!"

"""""면목없습니다!!"""""

여인숙 주인장의 딸 레니, 열 살.

이미 여주인으로서의 관록은 충분했다.

그 후 '붉은 맹세'의 네 사람은 숙소에 머무를 때면 1층이나 여인숙 앞을 어슬렁거리거나 다른 손님에게 말을 걸면서 영업 활동에 협력했다.

어쨌든 레니는 가격 흥정 때 할인에 시큰둥해하는 여주인과 그 남편을 '손님을 모으는 효과'라면서 설득해준 사람이었으며, 장차 나오게 될 여성 헌터가 이 여인숙에서 할인을 받을 수 있을지, 또 호객 효과에 따라 다른 여인숙도 그런 서비스를 하게 될지 말지가 네 사람의 행동으로 결정될 수도 있으니까 말이다.

계속 대를 이을 많은 후배 여성 헌터를 위해서라도 지금은 자신을 희생해 호객 효과를 실제로 증명해야만 했다.

"오, 오빠, 여기에 하, 합석해도 될까요?"

음식이 든 쟁반을 한 손에 들고 새빨개진 얼굴로 바들바들 떨며 남자손님의 테이블에 가서 미소 짓는 마일.

"……언니, 그렇게까지 할 필요는……."

어이없어하는 레니, 그리고 자신들도 저런 짓을 해야 하냐며 얼굴이 새파랗게 질린 메비스, 레나, 폴린이었다.

＊　＊

난도(難度) 높은 일을 받기로 정한 그다음 날, 정오를 앞두고 헌터 길드에 마일 사인방이 모습을 드러냈다.

너무 아침 일찍 가면 혼잡하기도 하고, 다음 날 이후의 의뢰를 받을 것이어서 혼잡한 시간대를 피했던 것이다.

게다가 아직 초짜인 '붉은 맹세'가 난도 높은 일을 받으려는 모습을 보이면 많은 헌터가 말리려 들어 귀찮아질 것 같기도 했다. 아무리 선의로 하는 행동이라도 이미 정한 일에 감 놔라 배 놔라 설교하는 것은 사양이다.

"……딱히 할 만한 게 없네……."

레나는 시무룩한 얼굴로 의뢰 보드를 훑어보았다.

이번에는 조금 무리해야 하니 만약 실패해도 의뢰자나 다른 사람들에게 피해가 가지 않는 의뢰를 골라야 한다. '붉은 맹세'의 실패가 누군가의 죽음이나 금전적 손해로 이어지는 의뢰는 받을 수 없다는 뜻이다.

"오크는 너무 간단하고 록 골렘은 우리 넷으로는 부족하고, 와 이번 의뢰는 장소가 여기서 너무 멀고, 구모모지렁이는 너무 징 그럽고……."

너무 까다롭게 고른다고 생각할지도 모르지만, 자신들의 목숨과 장래가 걸려 있는 일이니 신중하게 고르는 것이 당연하다. 메비스, 폴린, 마일도 진지한 표정으로 의뢰 보드를 살폈다.

"아, 이거……."

마일의 말에 모두가 시선을 모은 의뢰는…….

'바위도마뱀의 소재 채취. 한 마리에 소금화 15닢, 다섯 마리까지. 소재에 흠집이 난 정도에 따라 감액 있음.'

바위도마뱀은 식용할 수 있는데, 간은 진귀한 약으로 쓰이고 가죽은 방어구 등의 소재가 된다. 이 의뢰문을 볼 때 이번에는 식육이 주목적인 듯하지만 물론 간은 꺼내서 고급 요리의 소재로 쓰든가, 아니면 약재 도매상 같은 데 팔겠지. 그리고 가죽은 방어구 가게나 세공품점 행이다.

이 의뢰가 마일의 눈에 들어온 데에는 다 이유가 있다.

우선 바위도마뱀 자체는 별로 강하지 않다. 겉보기와 다르게 꽤 재빠르고 단단한 비늘과 강한 힘, 그리고 강력한 꼬리에 의한 타격 공격이 있기는 하나 C등급 헌터 두세 명이면 어떻게든 잡을 수 있는 정도다.

문제는 서식지였다.

바위도마뱀은 록 골렘과 달리, 이름처럼 바위로 된 몸이 아니다. 그렇다, 그저 바위 밭에 살 뿐이다. ……바위뱀, 록 골렘, 그리고 때때로 아이언 골렘이나 그 밖의 상대하기 벅찬 마물이 등장하는 산속 바위 밭에.

"바위도마뱀인가……. 보수는 꽤 괜찮네……."

그렇게 말하면서도 레나가 의욕을 보이지 않는 이유는 소재에 흠이 안 나게 잡으려면 레나의 특기인 불마법을 쓸 수 없고, 도중에 맞닥뜨릴 것 같은 골렘계 마물에는 불마법이 별로 먹히지 않기 때문이다.

또, 바위도마뱀의 서식지까지는 편도로 이틀이 걸리기 때문에 최소 4박 5일, 길게 끌면 그만큼 더 많은 일수가 필요하다는 것도 마음에 걸렸다.

하지만 이점도 많다.

우선 사냥터가 멀고 위험하기 때문에 사냥감 자체의 난이도에 비해 보수가 괜찮다. 세 마리나 잡으면 한 달간 최소한의 식비와 숙박비가 해결된다. 뭐, 그것은 무겁고 부피가 큰데다가 부패가 빠른 바위도마뱀을 운반해야 한다는 어려움까지 포함한 보수였지만, 말도 안 되는 용량의 수납마법을 쓰는 마일이 있는 '붉은 맹세'와는 관계없는 이야기였다.

그리고 기한에 충분한 여유도 있고, 미달성 시의 위약금이 소금화 두 닢으로 저렴했다. 상한은 다섯 마리인데, 사냥터의 위험도와 수송의 곤란함을 고려했을 때 한 번에 기껏해야 한 마리가 최선이라고 판단했기 때문이리라.

또 마일 일행이 힘을 시험하기 위한 강한 마물은 의뢰 대상이 아니므로 바위도마뱀 한 마리만 잡으면 마음대로 물러날 수 있다는 점이 무척 끌렸다.

"비교적 제약이 없고 잃는 것도 적어. 어때?"

"난 이의 없어."

"저도요."

"저도!"

이번에는 패스 당하지 않도록, 메비스와 폴린에 이어 재빨리 말을 덧붙이는 마일.

"좋아, 그럼 이걸로 정한다! '붉은 맹세' 전력 승부야!"

"""하앗!"""

"그만두는 편이……."

그리고 예상대로 길드의 여성 접수원이 말리고 나섰다.

"여러분이 '미스릴의 포효'를 상대로 선전했다는 것은 잘 알고 있어요. 하지만 그것과 이것은 별개의 이야기예요. 길드 직원으로서, 앞날이 창창한 소녀들이 무모한 일을 받아 제 발로 불구덩이에 뛰어드는 것을 간과할 수는 없어요……."

'아, '이겼다'가 아니라 선전, 이라니……. 역시 그렇게 인식하고 있구나.'

마일은 역시 졸업 검정 시험의 모의전은 그런 평가였다는 사실을 받아들였다.

"그 정도는 우리도 알아! 계속하겠다는 게 아니라 이번 한 번만! 위험할 것 같으면 바로 도망칠 거니까 괜찮대도! 이건 우리 '붉은 맹세'가 반드시 극복해야 할 시련이란 말이야!"

"하, 하지만⋯⋯."

접수원은 충고나 상담에 응할 수는 있지만 C등급 헌터의 수주를 독단으로 거부할 권한은 없다. 본인들이 곧 죽어도 하겠다고 말하면 수주 조건을 만족하는 한 받아들일 수밖에 없는 셈이다. 어떤 문제가 있어 길드 마스터의 지시가 내려오지 않는 이상은.

"""부탁합니다!"""

메비스, 폴린, 그리고 마일의 목소리에 접수원은 잔뜩 찡그린 표정을 지으면서도 결국 접수 처리를 해주었다.

"정말로, 위험해 보이면 즉시 도망쳐야 해요⋯⋯."

"알았다니까! 우리도 목숨이 아깝고, 미련하게 자존심을 세우려다가 크게 다칠 정도로 바보는 아니야!"

그리고 접수원과 길드 직원, 다른 헌터들의 걱정스러운 눈배웅을 받으며 네 사람은 길드를 빠져나왔다.

"자, 지금부터 장비를 정리해보자. 야영을 위한 침구와 조리도구, 식재료, 우비, 위생용품, 기타 등등. 앞으로 계속 써야 할 것들이니까 제대로 된 걸로 준비해야 해."

마술사가 셋이나 있는, 호화로운 파티 '붉은 맹세'는 물과 부싯돌, 착화제, 약품 등 상당한 물자를 생략할 수 있었다. 이는 마술사가 없는 파티에 비해 무척 큰 어드밴티지였다. 심지어 그렇게 적은 짐조차 마일의 수납에 넣으면 맨손 여행이 가능하다. 이쯤 되면 반칙 아닌가?

레나의 말에 고개를 끄덕이는 메비스와 폴린. 하지만 마일로 말할 것 같으면…….

"아, 저는 됐어요. 야영도 몇 번 해봐서 웬만한 장비는 있으니까…….."

"그런데 그걸 다 어디에 넣고 다녀……, 서, 설마…….."

"아, 네, 수납에…….."

"""…………."""

이제는 완전히 포기했다는 표정의 세 사람이었다.

"됐고, 어쨌든 너도 이리 와! 메비스와 폴린에게 뭐가 필요한지 가르쳐주고 우리 파티가 사야 할 것을 같이 의논해야 하니까!"

"아…………."

당연하다. 자기 것만 있으면 끝, 이 아니니까.

넷이 합쳐 '파티'가 아니겠는가.

그런 것도 알아차리지 못한 마일은 조금 의기소침해졌다.

마일이 고개를 푹 숙이자, 레나가 그녀의 머리를 통통 두드렸다.

"자, 어서 가자고!"

"아, 네!"

그 후 구제 옷가게, 잡화점, 건어물상 등을 돌며 망토, 냄비, 식기, 보존식과 그 외 자잘한 물건을 사들인 네 사람은 숙소로 돌아왔다.

그리고 저녁 식사 시간 때 여주인에게 오륙 일 정도 숙소를 비우겠다고 전하고, 내일 아침 식사 때 점심 도시락도 받고 싶다고 부탁한 다음 2층 방으로 올라갔다.

아무래도 오늘은 내일부터 시작될 일을 생각하느라, 다른 손님들에게 서비스할 기분이 들지 않았다.

"자, 내일은 아침 식사가 가능한 시간에 빨리 밥 먹고, 최대한 서둘러 출발하자. 오늘 밤은 푹 쉬어둬."

레나는 그렇게 말했지만, 본인이 제일 안절부절못해서 금방 잠들 수 있는 상태가 아니었다. 시간도 아직 밤2의 종(21시)이 되려면 한참 멀었다.

그리고 결국 마일이 해주는 '일본 전래 허풍동화' 시리즈 중 하나인 '울어버린 빨간 오거' 이야기가 펼쳐지자, 레나는 눈물을 훔치며 "마물 토벌에 나서기 전에 그런 이야기를 하면 어쩌자는 거야!" 하고 진심으로 화냈다.

*　　*

다음 날 아침.

식사를 마치고 화장실까지 다녀온 '붉은 맹세'의 네 멤버는 여인숙을 뒤로했다. 거의 맨손으로.

받은 도시락을 포함해 무기, 방어구, 작은 가죽 물주머니 이외에는 전부 마일의 수납마법에 들어 있었다.

"편리하네, 정말······."

그렇게 말하면서도 이 편리함에 익숙해져버리면 어쩌지, 하고 걱정하는 레나였다.

목적지인 바위도마뱀 서식지까지는 걸어서 이틀이 걸린다.

보통은 도보로 며칠이 걸리는 경우, 성인 남성의 이동 속도로 표시되기 마련이다. 마일이나 메비스라면 몰라도 레나와 폴린은 시간이 좀 더 걸릴 텐데, 이럴 때 수납마법은 무척 고마운 존재였다.

'무기와 방어구를 몸에 걸치고, 물과 식량, 기타 필요한 많은 물건을 등에 짊어진 성인남성'과 '몸에 걸친 무기와 방어구 이외에는 거의 맨몸이나 다름없는 성인여성', 그것도 여성이 헌터라면 후자 쪽이 더 빠른 것이 당연하다. 아무리 전위직에 비해 체력이 약한 후위직이라고 해도 그만큼 무기가 스태프나 로드 같은 것이므로 전위직의 중장비보다 가벼워서 많이 뒤처질 리는 없다.

그래서 아침 일찍 출발한 '붉은 맹세' 일행은 도중에 하룻밤 야영하고, 다음 날 저녁까지 목적지인 바위산 기슭에 도착할 계획이었다.

도착 후에는 그곳에서 하룻밤을 보내고, 다음 날 하루 종일 사냥에 나설 것이다. 그리고 하룻밤 더 잔 다음, 다음 날 아침에 출발하여 돌아오는 여정이다.

하루 안에 사냥이 잘 마무리되면 4박 5일. 오래 걸리면 거기서 하루, 이틀이 더 추가된다. 식량은 별로 많이 준비하지 않았지만, 현지 조달이 가능하므로 큰 걱정은 없다. 이럴 때 마술사가 있어서 물 걱정이 없는 것은 감사한 일이다.

또한 다른 멤버들은 '가져온 식량이 적다'고 생각하고 있지만, 마일의 아이템 박스에는 당연히 대량의 식량이 보관되어 있었다.

정오 무렵이 되어 휴식을 취하고 점심 도시락을 먹은 '붉은 맹세' 멤버들이 다시 길을 나서는데, 문득 깨닫고 보니 언제부터인가 뒤에 짐마차 두 대가 따라붙어 있었다.

보통은 짐마차가 도보보다 속도가 빠르므로, 일반적인 도보 여행자들보다 조금 속도가 빠른 마일 일행이라도 짐마차보다는 느리다. 그것이 정상이었는데, 무슨 이유인지 짐마차는 마일 일행을 추월하려고 하지 않고 일정 간격을 유지하며 계속 따라왔다.

마일 일행이 휴식을 취하자 짐마차도 정지해서 쉬어갔다.

마일 일행이 이동을 시작하면 짐마차도 다시 움직였다.

"……기생이네."

레나가 짜증 난다는 듯 말했다.

"기생이 뭐예요?"

레나는 세상 물정을 모르는 마일의 질문에 대답해주었다.

"아아, 학교에서 안 배웠지? 기생이란 호위를 고용할 돈이 아까운 상인이 같은 방향으로 가는 상단(商團)이나 헌터들에게 빌붙어 이동해서 공짜로 호위받다시피 하려고 잔머리를 굴리는 거야. 근처에 헌터나 규모가 큰 상단이 있으면 공격당할 가능성이 훨씬 줄어들고, 만약 자신들이 공격을 당해도 헌터나 상단의 호위 책임자가 대부분 도움을 줄 테니까. 보고도 못 본 척하면 마음이 찜찜하고, 일단은 같은 상인이잖아? 하지만 그런 일을 당하면 소규모 호위 의뢰가 줄어들어서 헌터는 장사를 접어야만 해. 돈을 지급하고 정상적으로 호위를 고용한 상단도 그렇고, 청부받은 호위 대상 말고 다른 사람까지 보호하기 위해 목숨을 걸어야 하는 헌터에게는 민폐도 그런 민폐가 없지."

누가 봐도 명백하게 이제 막 시작한 소녀 사인조이지만 그래도 일단은 헌터다. 게다가 멀리 원정을 떠난다면 못해도 D등급 이상이고, 겉모습으로 판단하면 전위직 두 명에 마술사 두 명. 오크 몇 마리 정도는 충분히 물리칠 수 있고, 소수 도적들은 습격 자체를 주저하리라. 도적도 아무리 이긴다고 해도 동료에게 적잖은 피해가 갈 법한 무모한 행동은 저지르지 않는다. 그랬다가는 습격을 몇 번 채 못 해보고 전멸하고 말 것이다.

다시 말해서 이동 속도를 늦춰야 하는 단점보다 장점이 더 많은 셈이었다.

"기생이라……. 그럼 어떻게 해야 하죠?"

"아무것도 안 해. 아니, 못 해. 불평해봐야 '우리도 이 방향에 일이 있어서 가는 것뿐인데' 하고 나오면 별수 없잖아?"

"그건 그러네요……."

레나의 설명에 납득하는 마일.

하기야 헌터 전체에 불이익을 주는 행위이기는 하지만, 자신들에게 직접적인 민폐나 손해를 끼치는 것은 아니다. 지금은, 아직까지는.

해가 저물기 시작했을 무렵, 마일 일행은 도로 옆에 있는 숲으로 들어가 야영 준비를 시작했다.

도적이나 다른 여행객에게 완전히 노출된 차폐물 하나 없는 장소에서 야영하는 사람이란 없을 것이며, 별빛도 닿지 않는 숲속은 더 빨리 어둠이 찾아오기 마련이다. 해가 완전히 저문 후에 준비하면 늦다.

야영 경험이 가장 많은 레나의 지시에 따라 신속하게 잠자리와 모닥불, 그리고 저녁 준비를 진행하는 '붉은 맹세' 멤버들.

그리고 그곳에 찾아온 것은…….

"이야, 다들 반갑습니다!"

미소를 띤 채 호위 둘을 데리고 나타난 통통한 체격의 중년 남성. 아마도 예의 기생 상인이리라.

마차 두 대에 고작 두 명이라고 해도, 일단 호위를 고용하기는 한 모양이다. 짐마차 두 대를 지키기에는 턱없이 부족하지만, 아마도 짐마차가 아니라 자신의 호위를 위해 고용한 것이리라. 만약 짐마차를 잃더라도 더러운 수를 쓰면 돈이야 금방 다시 모을 수 있지만, 자신의 목숨은 그럴 수 없으니 당연하다.

마부도 있을 텐데, 그쪽은 야영 장소에 남아 있는 것 같다.

"처음 뵙겠습니다. 저는 왕도에서 장사하는 두베리라고 합니다. 저쪽에서 야영 준비를 하고 있었는데 모닥불이 보이기에 인사차……."

역시 예의 기생 상인이었다.

속이 뻔히 보이는 말이었지만 불만을 드러내봐야 소용없다.

"아아, 와주셔서 감사합니다. 저희는 C등급 헌터 '붉은 맹세'이고, 저는 리더 메비스라고 합니다."

평소에는 파티에서 제일 헌터 경험이 많은 레나가 대표로 나서지만, 대외적인 교섭은 정식 리더인 메비스가 담당한다. 레나도 자신의 말투가 남의 반감을 사기 쉽다는 점, 겉으로 드러나는 인

상에 대해 어느 정도 자각이 있었던 것이다.

그런 레나는 지금 조금 화난 표정이었다.

무슨 목적인지도 모를 낯선 상대에게 굳이 우리가 C등급이라는 정보를 준 메비스의 실책에 대한 불만 표명이었는데, 메비스는 전혀 알아차리지 못했다.

"어떻습니까? 친하게 지내자는 뜻으로 함께 식사라도……."

상인은 미소 지으며 그렇게 말했는데, 분명 무슨 의도가 있는 것이 틀림없다. 필요한 양밖에 준비하지 않았을 식량을, 우연히 야영 장소가 가까울 뿐인 사람들에게 아무 이유도 없이 나눠준다면 상인으로서 대성하기 힘들다.

경험이 적은 풋내기라고 얕봐서 좋을 대로 이용해 먹으려고 수 쓰는 것이거나 아니면 젊은 여자들만 있어서 흑심을 품었거나…….

어쨌든 제안에 응해서 좋을 일이 하나도 없다고 판단한 레나는 모두에게 몰래 신호를 보냈다. 파티에서 정해둔 몇 가지 핸드 사인 중 하나, '힘의 차이를 보여주고 쫓아내기'였다. 얕보고 집요하게 엮이려 들면 귀찮아지므로 그 대응책을 채택한 레나의 판단을 모두 납득했다.

"보아하니 식량을 준비하지 않으신 모양입니다. 저희 쪽으로 오시면 충분하다고는 할 수 없으나 휴대식량을 조금 나눠드릴 수 있답니다."

"아니요, 저희도 식량이 충분하니까 괜찮아요. 그쪽이 충분하지 않다면 부디 여러분끼리만 드시길 바라요."

그렇게 말하며 상인의 제안을 단칼에 거절하는 레나.

"네? 하지만 이렇게 봐서는 아무것도……."

"마일, 꺼내!"

"네~엡!"

상인의 말을 뚝 끊은 레나의 지시에 마일이 아이템 박스에서 몇 가지 식량을 꺼냈다.

고기, 채소, 과일, 기타 등등.

고기는 마법으로 만든 얼음으로 차게 보관했기 때문에(그렇다고 둘러대고 아이템 박스에 넣었다.). 마른고기가 아니라 날것 그대로였다.

"""헉…….""""

말문이 막혀 굳어버린 상인과 두 호위.

"수, 수납마법, 이라니……."

"그래서 C등급인가……."

깜짝 놀라는 상인과 호위들을 거들떠보지도 않고 단검으로 재빨리 재료를 손질하는 메비스, 마법이 아닌 모닥불로 고기를 굽는 레나, 마법으로 포트에 물을 끓이는 폴린. 그 모습을 보면서 야외 실습을 추억하는 마일이었다.

그리고 혼신을 다한 작품인 단검 데뷔전이 식칼을 대신한 요리 밑손질이었다는 사실에 몰래 눈물을 훔치는 나노머신들…….

참고로 레나가 불마법을 쓰지 않고 모닥불로 고기를 구운 이유는 불마법으로 한순간에 구우면 겉은 타고 안은 제대로 익지 않아, 차라리 모닥불을 피워 고기를 굽는 편이 더 맛있다는 사실을 깨달았기 때문이다. 레나 역시 학습이 가능한 아이였다.

"그러니까 걱정일랑 마시고."

레나의 마무리 발언에 상인들은 맥없이 돌아갔다.

"어떻게 생각해?"

다 구워진 고기를 볼이 미어터지도록 입안에 넣은 메비스가 묻자 레나는 입꼬리를 일그러뜨리며 대답했다.

"우리한테 강제로 뭘 어떻게 하는 건 아니니까. 기껏해야 마물이나 도적이 공격했을 때 우리한테 떠넘긴다, 그 정도겠지."

"……그것도 불쾌해요. 우연히 궁지에 빠진 상인을 발견하고 도와주는 거면 모르겠는데, 처음부터 돈을 아끼려고 아무 상관도 없는 사람을 이용하려는 자에게 이용당한다는 게……."

그만큼 원래는 돈을 벌어야 할 헌터가 일감을 얻지 못하고, 아무 상관도 없는 헌터가 그저 호위를 강요받는 것이다. 그러니 기분 좋을 리 없었다. 폴린도 기분 나빠했다.

"그럼 상관하지 말아요, 우리!"

"""뭐?"""

마일의 생뚱맞은 말에 깜짝 놀라는 세 사람.

"딱히 의뢰를 받은 것도, 동행하는 것도 아니잖아요? 우연히 방향이 같을 뿐이지. 안 그래요? 하지만 아무리 그래도 눈앞에서 마물이나 도적한테 당하는 모습을 가만히 지켜보기만 하는 것도 속이 괴롭죠. 그렇다면 '안 보면 그만'이에요. 모르는 사람들이, 모르는 곳에서 어떻게 되든 우리와는 아무 상관없잖아요!"

그렇게 말하며 생긋 웃는 마일이었다.

                    *   *

"습격이다! 오크 떼가 쳐들어왔다! 그 수는 잘 모른다!"

깊은 밤, 보초를 서던 호위의 다급한 목소리에 잠자고 있던 상인과 조금 전 교대하고 잠든 지 얼마 안 된 다른 호위, 그리고 두 마부가 벌떡 일어났다.

"젠장, 이 주위는 원래 별로 공격하지 않는 곳인데! 어쩔 수 없군, 평소 작전대로 나가자!"

"알았어!"

이럴 때의 대처는 호위가 일임했다. 상인은 호위들이 주고받는 대화에 귀를 기울이면서 지시에 따랐다.

작전이란 평소대로 습격자를 기생지로 유인해서 떠넘기는 것을 말한다.

경험이 부족한 어린 소녀들이지만 일단은 C등급 헌터이고, 귀중한 수납 보유자가 있으니 어느 정도 싸워줄 것이다. 게다가 신출내기인 젊은 헌터들은 정의감 등으로 가득해서 처음 보는 타인이라도 쉽사리 못 본척하지 않는다. 정말 바보 같지만 자신들에게는 아주 좋은 기회다.

그리고 이번에는 젊은 여자들만 있는 파티여서 미리 인사하러 가기도 했다.

아쉽게도 함께 야영은 못했지만 그렇게 인사해둠으로써 '전혀 모르는 타인'이 아니라 '얼굴은 아는 사이' 정도는 되었다. 설마나 몰라라 하고 도망가지는 않으리라.

짐마차에 실은 짐은 먹을거리가 아니고, 말은 나무에 매여 있다. 그래서 오크들은 달아날 수 있는 인간부터 공격했다. 그러니 그녀들의 야영지로 잘 유인해 떠넘기면 거부하지 않고 싸워줄 것이다.

노련한 헌터면 나중에 돈을 요구하겠지만, 소녀들은 잘만 구슬리면 한 푼도 주지 않고 끝낼 수 있을지도 모른다. 뭐, 그것도 소녀들이 살아남아 다시 만나게 될 때의 이야기지만.

이쪽은 소녀들이 필사적으로 싸우는 동안 '적의 후방으로 돌아들어가겠다'는 등 적당히 둘러대고 오크들을 우회해 이곳으로 돌아와서 마차와 함께 탈출한다. 쫓아오는 일부 오크만 없애고 달아나면 그만이다.

이번에는 기생 상대가 여자들뿐인 파티여서, 공격해 온 마물이 오크였던 것은 행운이었다. 오크는 그 성향 때문에 여자 쪽으로 유인하기 쉬우니까.

'그나저나 고기 굽는 냄새가 진동하는 데다 여자만 있는데 왜 거기로 안 가고 이쪽으로 먼저 왔지? 설마 그쪽은 이미 습격이 끝났다거나……? 아무리 그래도 C등급이야. 끽소리 한 번 못 내보고 전멸하는 건 말도 안 되지…….'

그렇게 생각하며 계속 달리는 호위 헌터들.

그리고 오크에게 휩싸이기 전에 상인과 마부를 데리고 겨우 여성 헌터들의 야영지에 도착한 호위 헌터가 목격한 것은 모닥불을 피운 흔적이 흙에 완전히 덮이고, 모두 철수해버린 야영지 터였다.

"도망……친 거야……?"

오크는 여자 사냥감에 집착한다.

젊은 여자 네 명이니 오크를 거의 다 유인해주었을 터다.

그 틈에 마차로 돌아가 탈출할 예정이었는데, 이래서는…….

아연실색하는 호위 헌터의 귀 가까이에서 오크의 괴성이 들려
왔다.

* *

오로지 별빛에 의지해 밤길을 걸어가는 '붉은 맹세' 사인방.

도로를 그저 걷기만 하면 되니, 두 손이 자유로운 네 사람은 별
빛만으로도 그다지 지장이 없다.

"레나 씨, 고블린과 오크는 육식이었나요?"

"잡식이야. 양성 학교에서 배웠잖아."

"배, 배웠었나요……?"

조금 궁금했던 것을 물어본 마일은 레나의 지적에 머리를 긁적
였다.

"그런데 그건 갑자기 왜 물어봐?"

"아, 아뇨, 아까 거기서 성대하게 고기를 구워먹었잖아요? 꽤
군침 도는 냄새가 퍼졌을 것 같은데, 혹시 그런 냄새가 마물을 끌
어들이거나 하지는 않나요?"

"뭔 소리야……."

어이없어하는 레나 앞에서 마일은 작아졌다.

"끌어들이는 게 당연하지."

"네에…………?"

표정이 굳어지는 마일에게 폴린이 깜짝 놀라 말했다.

"엥? 마일, 알고 있던 거 아니었어? 예정에 없이 고기를 구웠으니까 당연히 아는 줄……."

"네?"

"엥?"

"""""………….""""

"뭐, 크게 영향은 없어. 만약 마물이 고기 굽는 냄새가 나는 곳까지 접근했다면 어차피 말 냄새나 사람들의 대화 소리, 움직이는 소리 같은 걸 알아차렸을 거야. 고기 냄새가 나든 안 나든 습격당할 때는 습격당하고, 습격 안 당할 때는 습격 안 당하고 그런 거야. 다 저 인간들 운에 달린 거지. 다만, 그 '운' 속에 우리의 존재는 누락되었지만 말이야. 그리고 그 정도 사실은 그 사람들도 알아. 그래서 우리한테 기생하려고 야영지를 바꾸지 않은 거니까, 우리가 알 바 아니지. 우리는 그냥, 식사하기 위해 휴식을 푹 취한 다음 다시 이동을 재개한 거야. 그냥 그게 다라고."

마일의 미묘한 표정을 관찰한 레나가 다독였다.

덕분에 마일은 조금 안심할 수 있었다.

"그나저나 레나 씨는 모르는 게 없네요. 양성 학교에 입학하기 전에 갓 E등급이 되었었다는 게 도저히 믿어지지 않아요!"

"…………네가 물정을 너무 모르는 거야."

마일이 갑자기 다른 소리를 하자, 웬일인지 순간 무표정이 된 레나는 억양 없는 목소리로 그렇게 말하고 입을 닫았다.

'아, 꼭 지뢰를 밟은 기분이야…….'

레나는 천하의 마일도 알아차릴 정도로, 노골적으로 심기가 불편해 보이는 모습이었다.

그리고 그대로 기생 상인들에게서 충분한 거리를 벌린 후, 새로운 야영지를 정할 때까지 레나의 불편한 심기는 이어졌다.

*   *

상인들을 따돌리고 다른 장소에서 야영한 '붉은 맹세' 일행은 그들이 따라오지 않도록 다음 날 아침 상당히 이른 시간에 일어나 출발했다.

출발 시간이 늦어졌는지, 아니면 마일 일행을 찾으며 천천히 걸어서 그런지는 몰라도 상인들은 쫓아오지 않았다. 오후 무렵, 큰 도로에서 갈라져 바위산 쪽으로 난 오솔길로 들어서고 나서야 마일 일행은 겨우 한숨 돌렸다. 레나의 심기도 어젯밤부터 차차 좋아져 지금은 평소대로 돌아왔다.

그 후에는 따분함을 달랠 겸 마일의 '일본 전래 허풍동화' 시리즈 중 하나인 '코볼트 곤'이 피로되었고, "어째서 너는 사냥 전에 그런 이야기를……" 하고 또다시 레나의 화를 사고 말았다.

그렇게 바위산 기슭에 도착했는데, 슬슬 일몰이 가까워져 예정대로 오늘은 바로 야영하기로 했다. 저녁용으로 작은 동물이라도 잡으면 좋을 테지만, 처음 와보는 장소에서 해가 지고 나서 하는 사냥은 위험하기도 하고, 이번에는 진짜로 고기 굽는 냄새를 맡고 고위 마물이 등장하면 곤란하다. 이럴 때는 얌전하게 보존식으로 만족하는 것이 헌터의 상식이었다.

보존식 식사는 금방 끝났다. 눈 깜짝할 사이에 뜨거운 물을 준비할 수 있는 '붉은 맹세'는 특히 더.

내일 사냥에 대해서는 오는 도중에 수차례 의논했기 때문에 지금 굳이 다시 의논할 필요는 없다.

잠을 청하기에는 아직 이르고 딱히 할 일도 없었다.

그리고 그럴 때는 늘 이런 식이다.

"'세계 전래 허풍동화' 시리즈에서 '아기 오크 삼 형제' 하고 '드로어즈를 입은 코볼트'!"

"그만하라고!"

레나가 이마에 핏줄까지 세우며 화내자, 아직 심기가 별로인가 하고 머리를 갸우뚱거리는 마일이었다.

"마일, 전부터 궁금했던 건데, 그런 이야기들은 다 어디서 들은 거야?"

"맞아, 맞아. 나도 이상하게 생각했어. 지금껏 한 번도 못 들어본 이야기들인 데다가 심지어 진짜 재밌고……. 음유시인한테 팔면 값을 잘 쳐줄 것 같아."

메비스와 폴린의 의문에 마일은 의기양양한 표정으로 대답했다.

　"저희 집안의 비전서(祕傳書)예요!"

　다음 날 아침 일찍 일어난 네 사람은 딱딱한 빵과 수프(뜨거운 물로 수프가루를 녹인 것이 전부)로 간단하게 아침을 때우고, 아직 주위가 어슴푸레한데도 곧바로 사냥을 시작했다. 오늘은 이대로 점심을 생략하고 계속 사냥할 예정이다.

　사냥 성과에 따라 귀로에 오르는 것이 내일이 될지 모레가 될지 정해지는 것이다. 요리하는 시간도 아까웠다. 식사 따위, 해가 저물고 사냥이 불가능해졌을 때 천천히 하면 된다.

　바위도마뱀의 서식지는 조금 더 위쪽이라서 마일 일행은 주위를 경계하며 바위산을 오르기 시작했다.

　도중에 발견한 바위토끼 등은 레나와 폴린이 연습 겸 잡아서 마일이 수납에 넣는 척하며 아이템 박스에 넣었다.

　물론 본 사냥에 대비해 힘을 비축했다. 마력을 소모하지 않도록 약한 마법을 순간적으로 사용하고 바로 회복하는 방법을 썼다.

　"메비스 씨, 왼쪽 전방에 바위늑대예요!"

　"맡겨줘!"

　무리 지어 사냥하는 바위늑대치고는 드물게도 혼자 나타나 공격해온 바위늑대는 마일의 목소리에 반응한 메비스가 번쩍 휘두른 검에 두 동강이 났다.

　"""""아……."""""

메비스를 노려보는 세 사람.

"메비스, 바위늑대 가죽은 값을 잘 쳐준다고 말했잖아요! 그렇게 베면 가치가 뚝 떨어진다고요!"

"미, 미안……."

돈과 관련된 일이면 세게 나오는 폴린이 굳은 표정으로 말하자 메비스가 순순히 사과했다.

"그, 그런데 정말 굉장해, 칼 드는 맛이……. 뭐랄까, 첫째 오빠의 검술 시기(試技)를 봤을 때 같아……."

살짝 상기된 채 그렇게 중얼거린 메비스는 뭐랄까, 어딘지 모르게 색기가 흘렀다.

그렇다, 어린 소녀들이 잔뜩 상기되어 호들갑 떨 듯한, 그런 색기가…….

"아, 안 돼요, 메비스 씨! 그건 어디까지나 메비스 씨의 힘 부족을 보완하기 위한 검이에요. 그 힘에 의존해서 자신의 힘이라고 착각하면 안 돼요!"

잠시 넋을 놓고 쳐다봤던 마일이 당황하며 메비스에게 충고했다.

"아아, 이 검이 없으면 약하다는 건, 기사로서 아무런 가치도 없어. 나도 알아, 스스로 힘을 키우지 않으면 아무 의미도 없다는 것 정도는. 걱정하지 마. 길을 잃지는 않을 테니까."

마일은 안심했다. 메비스는 역시 메비스라고 말이다.

"레나 씨, 한 가지만 물어봐도 돼요?"

"뭔데?"

"저기, 바위토끼랑 바위늑대, 바위뱀 같은 건 왜 그렇게 이름이 대충이에요?"

"내가 알아?!"

왜 그런지 레나는 항상 화나 있는 것 같단 말이지, 하고 생각하는 마일이었다.

"……있다."

파티 멤버 중 키가 가장 커서 선두를 맡은 메비스는 역시 사냥감을 발견하는 것이 빨랐다.

다들 메비스가 손가락으로 가리키는 곳을 보니, 바위도마뱀 한 마리가 떡하니 자리를 차지하고 있었다. 아직 기온이 낮은 아침이어서 햇볕으로 몸을 따뜻하게 하려는 것인지 기분 좋게 엎드린 상태였다.

"삼 미터쯤 되려나……. 크기는 조금 작아도 엄연히 한 마리지. 의뢰 실패 염려는 사라졌어. 시작하자."

고개를 끄덕이는 세 사람.

작다고는 해도 삼 미터면 마일의 두 배에 달하는 키다. 무게로 따지면 열 배여서, 짐마차나 짐수레 없이 옮기기는 불가능했다. 수납 보유자라고 해도 일반적으로는 한 마리가 다 들어가면 다행이었다.

하지만 한 마리로는 필요 인원수와 소요 일수 등을 고려할 때 타산이 안 맞다. 마일처럼 엄청난 용량의 수납 보유자가 없는 한, 이 일은 셈이 맞지 않는 의뢰였다. 그래서 이 의뢰가 보드에 계속

95

남아 있었던 것이다.

바위도마뱀은 도마뱀이라는 이름 때문에 별로 강하게 느껴지지 않지만, 실제로는 육지 악어와 비슷한 존재였다.

두꺼운 가죽에 날카로운 이가 가지런한 거대한 입. 달리는 속도는 전력 질주한 인간보다 살짝 느린 정도인데, 전투 시에 달려들어 물거나 꼬리를 휘두를 때는 상당히 민첩했다.

몸을 입에 물고 마구 돌리면 건장한 성인이라도 당할 재간이 없다. 또 그 강력한 꼬리의 일격을 받으면 가죽 방어구를 입고 있어도 골절을 면할 수 없다.

또 성가신 부분은 의뢰 내용이다.

'소재 채취.'

바위도마뱀은 이름대로 바위 밭에 서식한다. 그래서 토벌 의뢰는 웬만해서는 나오지 않는다. 의뢰는 대부분 지금과 같은 소재 채취다.

고기는 식용. 간은 약재와 강장식의 식재료로 쓰인다. 발톱과 이빨은 무기와 세공품의 소재이다. 그리고 가죽은 방어구와 가방 등의 소재가 된다.

다시 말해 잡는 과정에서 몸에 흠집이 나서는 안 되기 때문에 멀리서 마법으로 흠씬 팰 수도 없다.

"메비스, 부탁할게."

"응, 나만 믿어!"

마법조가 뒤로 물러나려는 것 같아, 평소대로 행동하기는 했지만 내심 초조해지는 메비스였다. 온 힘을 다해 휘둘러도 부러지거나 휘어지지 않고 이조차 나가지 않는 애검을 가지게 되었으니, 자신이 지금부터 활약하게 될 곳을 눈앞에 두고 마음이 조급해지는 것은 어쩔 수 없었다.

"……냉각!"

재빨리 주문을 왼 폴린이 마무리 단어와 함께 마법을 발사했다.

뭔가가 날아 적에게 명중하는 화려한 마법이 아니어서 바위도마뱀은 자신이 공격받은 것조차 알아차리지 못한 눈치였지만, 급격히 내려가기 시작한 체온에 불쾌한 듯 몸을 꿈틀거렸다.

"아이시클 재블린!"

역시 영창한 레나가 공격했다.

특기가 아닌 얼음마법이었지만, 별수 없다. 불을 쓰면 가죽과 고기의 가치가 떨어지니까.

손상되어도 가치가 별로 떨어지지 않는 부분인 목덜미를 향해 얼음마법 아이시클 재블린을 쏘았는데, 명중한 얼음 기둥은 두꺼운 가죽에 튕겨 나가고 말았다.

"뭐야……."

아무리 특기가 아니라고 해도 얼음마법 역시 남들만큼은 구사하는 편이다. 그리고 자신의 마력과 정밀도면 상당한 타격을 줄 수 있으리라고 생각했던 레나는 살짝 동요했다.

하지만 생각해보면 당연한 일이다. 방어구의 소재가 될 정도인 가죽이 그리 안이하게 뚫릴 리는 없으니까. 레나는 곧 다음 주문 영창에 들어갔다. 폴린은 냉각마법을 두 발째 영창 중이었다.

"간다!"

"네!"

메비스의 목소리에 씩씩하게 대답하고 뛰어나가는 마일.

이번에는 마일도 검사로 공격에 나섰다.

마일이 마법으로 공격하면 소재가 못 쓰게 될 것 같다는 의견이 과반수를 점했기 때문이다. 네 사람의 과반수라는 말은 마일 빼고 전부, 라는 소리다.

과연 일광욕 모드로 느긋하게 있던 바위도마뱀도 얼음 기둥 공격을 받고 적의 존재를 알아차려 전투태세에 들어갔다. 검을 쥐고 접근하는 메비스와 마일을 발견하고 몸을 움직였지만, 너무 느리고 딱딱했다.

원래 공격 동작 이외에는 그리 준민하지 않은 바위도마뱀이지만, 아무리 그래도 너무 둔하다.

'마일의 작전이 먹혔나?'

바위도마뱀에게 달려가면서 메비스는 생각했다.

'직접 타격을 주는 공격마법이 아니라 체온을 낮춰서 움직임을 둔하게 하다니……. 마일 녀석, 어떻게 그런 생각을 했지?'

레나와 폴린은 주문 영창에 집중해야 했기 때문에 느긋하게 생각할 여유 따위 없었지만, 역시 의식의 한구석에서는 같은 생각을 하고 있었다.

표적은 목.

상품 가치를 훼손하지 않으려면 몸통에 상처를 내는 것은 최대한 피해야 한다.

목, 손발, 꼬리 등은 절단되어도 괜찮으나, 목 이외에는 잘라도

즉사하지 않고 오히려 더 난폭해지기만 할 뿐이다. 필연적으로
표적은 목이 된다.

바위도마뱀 가까이 접근한 메비스가 목을 노리고 검을 쳐올리
는 순간, 예상보다 재빨리 꼬리가 메비스 쪽으로 내리쳐졌다.

"우왓!"

메비스는 당황하며 검으로 막으려고 했지만, 강력한 꼬리의 일
격이 그 정도에 막힐 리는 없어서 메비스의 몸을 그대로 날려버
렸다.

하지만 지금은 메비스의 이름을 외치거나 걱정할 때가 아니었
다. 그것은 적을 해치운 다음에 천천히 해도 늦지 않았다.

"이놈이!"

마일이 바위도마뱀의 목을 노리고 검을 휘둘렀지만, 마일에게
도 꼬리 공격이 들어왔다.

'이 정도야 대수롭지 않⋯⋯.'

고룡의 절반에 해당하는 힘이면 바위도마뱀의 공격 따위, 하며
꼬리를 한 손으로 막으려던 마일은 그대로 멋지게 몸이 붕 뜨고
말았다.

"⋯⋯⋯⋯아앗?"

"마이일!"

그대로 거리가 10미터는 족히 되어 보이는 바위까지 날아가 부
딪히는 마일을 보며 이름을 부르짖는 레나. 근처에 떨어진 메비
스와 달리 마일은 상당히 큰 타격을 입은 듯 보였다.

레나는 곧장 달려 나갔다. 마일이 아니라 바위도마뱀을 향해.

메비스가 날아간 시점에서 이미 뛰어가 메비스에게 치유마법을 걸고 있던 폴린은 허둥지둥 마일 쪽으로 뛰어갔다.

'싫어! 또 동료가 죽어버리는 건 싫다고! 싫어싫어싫어싫어어어!'

레나는 눈물로 뒤범벅이 된 얼굴로 주문을 외웠다.

"불타올라라, 지옥의 업화여! 뼈까지 전부 녹여버려라!"

홍련의 화염이 치솟더니 바위도마뱀을 휘감았다.

"마일!"

화염 속에서 발버둥 치는 바위도마뱀을 무시하고 마일에게로 달려간 레나가 목격한 것은 헤헤, 하는 얼굴로 멋쩍게 웃는 마일과 그 옆에서 멍하니 서 있는 폴린의 모습이었다.

"어, 어떻게⋯⋯."

보고 또 봐도 다친 곳 하나 없는 마일의 상태에 아연실색하는 레나.

메비스도 바위도마뱀의 꼬리에 맞은 옆구리를 문지르며 걸어왔다. 보아하니 검으로 꼬리 공격의 강도를 조금 죽였고, 맞으려는 순간 스스로 뒤로 물러서면서 어떻게든 골절은 면했으며, 맞아서 생긴 상처는 조금 전 폴린의 치유마법으로 어느 정도 회복된 것 같았다.

"⋯⋯저희 집안의 비전?"

"""뻥 치시네!"""

과연 마일의 말은 아무도 믿지 않았다.

그리고 모두의 등 뒤에서는 모처럼 맞닥뜨린 바위도마뱀이 통구이가 되어가고 있었다.

＊　　＊

"그럼 임시 반성회를 시작하겠습니다."

여느 때와 다름없이 레나의 주도하에 시작된 반성회. 눈물의 흔적은 이미 깨끗이 닦여 있었다.

원래 예정은 저녁때까지 식사를 하지 않는 것이었다.

하지만 아무래도 그런 전투를 끝낸 후에는 휴식을 조금이라도 취할 필요가 있었고, 게다가 눈앞에는 먹음직스럽게 구워진 바위 도마뱀이 있었다. 그들은 적당히 익은 부분을 살짝 잘라내 가벼운 식사 삼아 먹으면서 반성회를 시작했다.

"우선 마일의 작전은 실패였지. '도마뱀은 체온이 내려가면 움직임이 둔해진다'고 한 거 말이야. 물론 그런 징후는 있었지만 꼬리의 순발력은 딱히 달라지지 않았어."

"죄, 죄송해요……. 파충류는 원래 그렇게 되어야 정상인데……."

레나의 말에 점점 작아지며 사과하는 마일.

"사과할 필요 없어. 어차피 만약 효과가 있으면 횡재, 그 정도로 생각했잖아. 그리고 몸을 더 차갑게 만들었어야 한 건지도 모르고……. 어쨌든 다음에는 그 작전을 쓰지 말자. 폴린은 다른 마법을 써줘."

"네, 알겠어요."

레나의 지시에 고개를 끄덕이는 폴린.

"문제는 예상보다 더 재빠르고 강력한 꼬리 공격을 피해서 어떻게 몸통을 상처 하나 안 내고 쓰러뜨리는가야……."

그렇다, 단순히 쓰러뜨리기만 하면 되는 일이라면 '붉은 맹세'의 전력으로 그리 어렵지 않다. 문제는 가죽과 살점에 상처가 나지 않도록 쓰러뜨리는 것에 있었다.

참고로 조금 전의 바위도마뱀은 완전히 통구이가 되었기 때문에 상품 가치가 뚝 떨어져서, 파는 것을 포기하고 자신들이 먹기로 했다.

하지만 그렇다고 그 상황에서 불마법을 쓴 레나를 탓할 수는 없다. 사냥감은 아직 얼마든지 있으니 그 부분은 모두 개의치 않았다.

"저기~, 꼬리 먼저 베면 되지 않을까요?"

"아니, 그게 말처럼 쉬우면 고생을……."

"제가 할게요!"

"뭐?"

마일의 말에 의심스럽다는 듯 목소리를 높이는 레나.

"네가 아무리 빠르고 힘이 있고 옹골차다지만……, 진짜 괜찮겠어?"

"네, 아마도요."

""""…………."""""

"알았어. 그럼 일단 다음에는 그렇게 해보자. 하지만 안 되겠다 싶으면 바로 물러나야 돼. 다른 방법이 없는 것도 아니니까……."

그나저나 아직 설명을 다 안 했잖아, 마일? 아까는 어떻게 해서 하나도 안 다칠 수 있었지?"

"저, 저희 집안의 비전?"

"""아, 1절만 해라!"""

결국 검으로 힘을 조금 죽였다는 것과 스스로 뒤로 날아갔다는 것, 그리고 다행히 몸무게가 가벼워서 꼬리의 힘이 마일의 몸을 박살 내지 못하고 멀리 날리는 힘으로 사용되었다는 것, 또 착지할 때 바람마법을 써서 바위 사이에 쿠션을 만들었다는 말들로 둘러댔다. 근처에 있던 메비스가 제 코가 석 자라 마일 쪽을 보지 못 한 것이 다행이었다.

참고로 마일은 자신의 예상과 달리 너무 쉽게 날아가버린 이유를 이미 알고 있었다.

힘이 아무리 강해도 몸무게가 40킬로그램밖에 되지 않는 마일로서는 큰 운동 에너지를 받고 버틸 수 없었던 것이다.

이것이 위에서 온 힘이라면 아마 버텼으리라. 하지만 옆에서 오는 힘과 밑에서 오는 힘은 아무리 여력이 많이 있더라도 몸무게와 땅에 버티고 서는 마찰력보다 큰 힘을 견뎌내기란 불가능해서, 몸에 타격은 없었어도 날아가버리는 것은 당연한 일이었다.

"하지만 평균적인 C등급 헌터 몇 명이 달려들면 다치지 않고 잡을 수 있다는 바위도마뱀한테, 하마터면 두 사람이 큰 부상을 입을 뻔했어. 아무리 몸통이 손상되지 않도록 신경 썼다고는 하지만, 우린 아직 한참 멀었다는 걸까? 그동안 약간 우쭐해 있었던 건지도 모르겠어……."

레나의 말에 다들 얌전히 고개를 끄덕였다.

이야기가 일단락되자 모두 자신 앞에 놓인 바위도마뱀 고기에 손을 가져갔다.

불꽃이 소용돌이치는 레나의 강력한 불마법으로 구워져서 바위도마뱀은 겉이 타 흉측한 모습이었지만, 그만큼 단번에 구워졌기 때문에 안쪽은 열이 많이 가해지지 않아 겉만 살짝 걷어내니 설구워진 부분이 금세 모습을 드러냈다. 그 부분을 각자 먹을 만큼 자른 다음, 이번에는 약한 불에 살짝 올려 구웠다.

마일은 레어로 먹기로 했다. 소고기든 다른 고기든, 마일의 취향은 대체로 레어였다.

사실 전생에서 마일의 엄마는 요리 솜씨가 없는 편은 아니었지만 어쨌든 고기를 잘 태워먹는 사람이었다. 명문세족 출신이라 고기를 바짝 익혀 먹지 않으면 위험했던 옛 시대의 요리법을 계승했던 것인지도 모르겠지만, 아무리 질 좋은 고기라도 너무 심하게 굽는 바람에 전부 고무처럼 질겼다.

마일의 전생인 미사토도 처음부터 그런 고기를 먹었기 때문에 고기란 원래 다 그런 줄 알았는데, 이 세계에서 맛본 고기 요리의 부드러운 육질에 모든 것을 깨닫고 말았다.

보존 기술은 전생보다 훨씬 뒤떨어지지만 도축에서 조리까지의 과정이 짧은 이 세계에서 그 부분은 딱히 신경 쓸 일도 아니다. 그리고 마일은 자신의 몸에 대해 잘 알게 된 다음부터는 식중독이나 기생충 걱정을 할 필요가 없다고 생각하여, 고기의 육질을 가장 잘 음미할 수 있는 레어만을 추구하게 되었다.

만일 무슨 일이 생긴다고 해도 치유마법이 있으니 어떻게든 된다. 게다가 레어보다 더 덜 구운, 로우나 블루는 자중했다. 그것은 말하자면 그냥 생고기였으니까.

여하튼 결론은 바위도마뱀 레어다.

겉만 '노릇노릇한 색'을 띠었고, 안은 언뜻 보면 생고기로 보인다. 하지만 열이 제대로 가해져 꼭 고기를 다진 느낌이었다. 지방분이 녹아 혀에 감칠맛이 느껴졌고, 고기도 따뜻했다. 일본에서 이상한 가게에 들어가 레어를 주문했을 때처럼, 속에 열이 전혀 가해지지 않아 지방분도 녹지 않은 생고기 상태로 여전히 차갑다거나 새빨간 피와 육즙이 그대로 흘러내리거나 하지 않는다. 간은 굽기 직전에 아주 살짝 친 바위소금이 전부다.

마일은 그것을 나이프로 먹기 좋게 잘라 입에 넣고 씹어보았다.

"마, 맛있어요!"

무심코 소리쳐버렸다.

닭 가슴살을 조금 딱딱하게…… 그러니까 가슴살을 닭똥집 중간 정도의 느낌으로 만든 듯한 식감이었는데, 비교적 깔끔하고 담백한 맛이었다. 거기에 바위소금의 강하게 찌르는 맛이 아주 살짝 첨가되어 뭐라고 형언할 수 없는 고기 본연의 맛을 자아냈다.

고기의 풍미는 대부분 지방분의 조성에 따라 결정된다고 하는데, 차돌박이같이 지방이 선명하게 보이지는 않지만 닭 가슴살에는 없는 특유의 감칠맛이 혀에 녹아드는 이 맛……. 피혁제품용 가죽뿐 아니라 고기도 비싼 값에 거래될 터였다.

"맛있어⋯⋯."

"응, 이건 정말⋯⋯."

메비스는 맛있는 요리에 익숙할 테지만, 다른 대부분의 귀족가와 마찬가지로 메비스의 집안도 마물 고기는 식탁에 올라오는 일이 없었다. 그리고 메비스에게는 직접 잡은 사냥감을 야외에서 동료들과 함께 먹는다는 심리적인 조미료도 상당히 쳐져 있는 듯했다.

결국 아이템 박스에서 바위도마뱀을 다시 꺼내 좀 더 구워 먹기로 한 네 사람이었다.

그리고 그 후, 새로운 작전과 폴린이 다음에 쓸 마법을 정한 다음 네 사람은 사냥을 재개했다.

그들의 표정은 상당히 비장했다. 반성회와 식사, 그리고 휴식은 그 효과를 충분히 발휘한 듯했다.

"⋯⋯있다."

바위토끼 등을 잡으며 탐색하던 중, 메비스가 다시 바위도마뱀을 발견했다. 이번에는 조금 전 놈보다 더 커서 사 미터가 약간 안 되어 보였다.

"시작하자⋯⋯."

레나와 폴린이 영창을 개시했다.

마일과 메비스는 검을 뽑아 돌격 준비에 들어갔다.

"⋯⋯물방울 응결!"

"동결!"

그리고 레나와 폴린의 영창이 끝나자 마법이 발사되었다.

레나의 마법으로 바위도마뱀의 주위에 물방울이 생겨나 바위도마뱀의 몸과 그 주위를 적셨고, 뒤이어 폴린이 마법을 써서 그 수분을 얼렸다.

"지금이에요!"

이번에는 마일의 외침을 신호로, 마일과 메비스가 동시에 달려나갔다.

선두는 마일. 검을 휘두르며 접근하는 마일에게 바위도마뱀은 꼬리에 반동을 주어 때리려고 했다.

수분이 얼면서 바위도마뱀의 피부에도 작은 얼음이 맺혔지만, 그것은 어디까지나 표면뿐. 몸 안까지 언 것이 아니어서 꼬리의 속도는 거의 줄어들지 않았다.

하지만 마일 일행의 목적은 그것이 아니었다.

꽈당!

꼬리를 휘두르려고 땅을 디디는 순간 바위도마뱀의 발이 미끄러졌다.

몸의 균형이 무너진 데다 힘이 들어가지 않아 바위도마뱀의 꼬리는 엉뚱한 방향으로 힘없이 내던져졌다. 그리고 혼신의 힘으로 그곳을 내리치는 마일의 검.

조금 전의 경험을 통해 아무리 힘이 있어도 그것을 받쳐줄 만한 무게가 없으면 효과적인 일격을 가할 수 없음을 깨달은 마일

은 검과 자신의 몸무게를 늘릴 수 없는 만큼, 속도로 보완하려고
했던 것이다. 그렇다, 1/2mv^2이다.

그리고 내리침과 동시에 검을 가슴 쪽으로 끌어당기는 마일.

서양검은 일본도와 달리 '싹 베는' 방식이 아니라 '무게와 힘으
로 짓눌러 베는' 방식인데, 마일의 검은 일반적인 서양검과 달리
칼날이 예리하면서도 단단했다. 그래서 검신이 휘지는 않지만 일
본도처럼 베는 것도 가능했다.

뎅강!

문자 그대로 일도양단. 바위도마뱀의 꼬리가 일격에 잘려나
갔다.

바위도마뱀은 고통을 그리 느끼지는 않는 모습이었지만, 자신
의 최대무기를 잃었다는 것, 그리고 신체 균형이 흐트러지게 되
었다는 사실에 당황했는지 갈팡질팡하다가 마일 일행과 반대 방
향으로 고개를 돌려 도망치려고 했다.

하지만 그때는 이미 메비스가 절호의 위치로 뛰어들며 검을 휘
두르고 있었다.

쿠우웅!

역시 단단한 가죽으로 휩싸인 머리를 한 번에 날려버릴 수는 없
었지만, 그 생명 활동을 정지시키는 데에는 충분한 참격이었다.

"해냈어요!"

"응, 해냈어!"

제일 어려운 꼬리 처리는 마일이 했지만, 바위도마뱀의 숨통을 끊어놓은 것에 만족한 메비스는 표정이 환했다. 게다가 몸통 부분이 멀쩡해서 의뢰주가 전액 다 지급해줄 것이 틀림없었다.

다가온 레나와 폴린 역시 이번에는 작전이 성공했고 마법조와 검술조의 연대가 잘 이루어졌음에 만족했다.

"자, 이런 식으로 하나하나 해나가자!"

""""하잇!""""

그렇게 사냥은 순조롭게 진행되어 도중에 바위토끼와 바위늑대, 바위뱀에 바위너구리, 바위과자(이와오코시, 오사카에서 유명한 쌀과자를 인용한 말장난) 등도 끼워가며, 바위도마뱀을 점점 잡아나갔다.

꼬리와 목 담당을 교대하거나, 이따금 자신들도 얼어붙은 바닥에 미끄러지기도 하면서 의뢰의 상한인 다섯 마리를 넘어 대량 사냥에 성공했다. 남은 분량은 의뢰주가 사주지 않아도 길드가 매입해주리라. 많아서 나쁠 것은 하나도 없다.

그리고 여차하면 '마일의 수납은 고기가 상하지 않는다'는 것을 동료들에게만 밝혀야겠다고 마일은 생각하고 있었다. 그러면 다음에 바위도마뱀 의뢰가 있을 때까지 보관해두었다가 다른 의뢰로 왕도를 떠났을 때 같이 사냥해 온 척해도 되니까 말이다.

어쨌든 이렇게 해서 내일 아침에 돌아가는 것이 확정되었다. 나머지는 어두워질 때까지 느긋하게 사냥을 계속하면 된다. 다들 잔뜩 들떠 있었다.

……그러나 바위도마뱀 때문에 상당히 고전했기에 모두 잊고 있었다.

무엇을 위해 이 의뢰를 받아 여기까지 왔는지를 말이다.

그리고 그것은 돌연 등장했다.

"로, 록 골렘……."

레나가 별안간 눈앞에 나타난 마물을 보며 중얼거렸다.

그렇다, '붉은 맹세'가 이 일을 선택한 것은 바위도마뱀을 잡아 파티의 활동자금을 버는 것도 물론이지만, 주된 목적은 자신들의 실력을 시험하고 한계를 확인하기 위해서였다.

하지만 첫판부터 바위도마뱀에게 상당히 고전한 레나 일행은 자신들이 잠깐 우쭐해 있었던 것 같다며 바위도마뱀 사냥이라는 의뢰 임무에 전념했고, 강한 마물과 싸운다는 옵션은 머릿속에서 완전히 지워버렸다.

이곳이 원래 그런 마물의 서식지이며 자신들이 원하든 원하지 않든, 언제 조우해도 이상하지 않다는 사실까지도 말이다.

록 골렘.

다른 '바위 시리즈' 마물이나 동물과 달리, 바위 밭에 살기 때문에 그런 이름이 붙은 것이 아니다. 그저 단순하게 몸이 바위로 된 골렘이어서 록 골렘이다. 바위 밭에 사니까 '바위 록 골렘'이라고 해도 되겠지만, 누군가가 '그건 뭔가 장황해' 하고 생각했겠지. 모래에 사는 '모래 록 골렘'이라든가 흙 속에 사는 '흙 록 골렘' 따위가 있는 것도 아니고.

어쨌든 록 골렘은 B급 헌터라면 두세 명, C급 상위라면 네다섯 명, 그리고 C등급 중견 정도면 여섯 명 이상이 '다치지 않고 쓰러 트릴 수 있는 최소한의 인원수'였다.

하지만 그것은 어디까지나 '다치지 않고 쓰러뜨린다'이지, 그보 다 적은 인원수라도 못 쓰러뜨리는 것은 아니다. 몇 명 정도의 중 상자, 혹은 사망자가 나오는 것을 각오한다면 말이다.

그리고 레나는 A등급 헌터가 리더에 B등급 중에서는 톱클래스 를 자랑하는 파티 '미스릴의 포효'를 상대로 압승을 거둔 자신들 의 힘을 과대평가했었다. 록 골렘이면 네 명이서 수월하게 해치 울 수 있을 거라고.

하지만 바위도마뱀과의 결전에서 예상외로 고전했기 때문에 어쩌면 자만했던 것일지도 모른다고, 드디어 깨닫게 된 것이다.

"……물러나자!"

"뭐? 록 골렘과 싸우려고 온 거 아니었어?"

메비스가 이상하다는 표정으로 물었지만 레나의 판단은 바뀌 지 않았다.

"부탁이야, 지금은 그냥 내가 하자는 대로 해줘!"

"……알았어."

진지한 레나의 모습에 메비스는 잠자코 따르기로 했다.

이럴 때는 이러쿵저러쿵 논쟁하고 있을 시간이 없다. 그리고 레나는 제일 경험이 풍부해서 초보자만 모인 네 명 가운데 가장 의지가 되는 전투 지휘관이었다.

하지만 세상일이란 그리 순조롭게 흘러가지는 않는 법이다.

"그건 무리일 듯싶네요……."

뒤에 있던 폴린의 말에 뒤돌아보자 그곳에 또 다른 록 골렘이 보였다.

"중간에 끼였나……."

"이렇게 되면 안 싸우고는 도망칠 수 없겠는데……."

"그런……."

메비스의 말에 평소답지 않게 힘없이 중얼거리는 레나.

다른 세 사람은 처음부터 싸울 생각이었던 록 골렘인데 레나가 왜 그렇게 약하게 나오는지 살짝 의아했지만, 파티에서 제일 경험이 풍부한 레나이므로 무슨 이유가 있으리라고 생각하고 지시에 따를 생각이었다.

한편 마일로 말할 것 같으면 간단한 그림으로 보기는 했지만 직접 보는 것은 처음이어서 록 골렘을 뚫어지게 응시했다.

사 미터에 가까운, 바위로 이루어진 거대한 몸. 그에 비해 작은 머리와 구체관절.

그렇다, 구체관절이다.

원래라면 전생에서 여동생과 함께 엄마 손을 잡고 따라갔던 '구체관절 인형전'을 떠올렸어야 하지만, 정작 마일이 떠올린 것은 아빠와 함께 본 심야방송 '추억의 만화 특집'에 나온, 자석 구체관절을 가진 거대 로봇의 모습이었다.

"……약점은 역시 관절 아니면 얇은 다리 부분이겠지……."

양성 학교에서도 분명 그렇게 배운 기억이 있다.

"어쩔 수 없지, 싸우자! 목적은 적을 쓰러뜨리는 것이 아니라 달아나기 위한 퇴로 확보야! 다들, 상대에게 대미지를 주는 것보다 자신이 다치지 않는 것을 우선해줘!"

"""알았어!"""

기분을 전환한 레나의 신속한 지시에 세 사람이 대답했다.

레나의 지시는 계속 이어졌다.

"폴린, 전방의 골렘을 막아! 메비스와 마일은 후방에 있는 골렘의 다리 관절을 공격, 빈틈에 옆으로 빠져나가는 거야!"

이번에는 대답 없이 가볍게 고개를 끄덕이기만 하고 영창을 시작하는 폴린과 검을 쥐는 메비스, 마일이었다. 레나도 후방의 철퇴 방향에 있는 골렘 쪽으로 영창을 개시했다.

그리고 마일은 생각했다.

'역시 뭔가 이상한데…….'

마일은 양성 학교에서 골렘에 관해 배웠을 때부터 의문을 품고 있었다.

고블린, 코볼트, 오크, 오거?

음, 뭐 그런 생물도 있겠지. 이세계니까.

와이번, 지룡, 고룡?

음, 뭐 있어도 이상하지 않은가…….

록 골렘? 아이언 골렘?

그게 뭐야? 생물? 규소 생명체? 자의식은 있나?

탄소계 생명체를 중심으로 한 이 환경에서 그것은 좀 무리가 있지 않나? 신의 장치야 뭐야?

하지만 아무리 생각해봐도 상상의 영역에서 벗어날 수 없었다.

나노머신에게 물어보면 어쩌면 답을 얻을 수 있을지도 모르지만, 그러면 재미없다.

수수께끼는 자고로 직접 풀어야 하는 법이다. 뭐든지 물어보면 끝이 아니다.

그렇게 생각하고 수수께끼는 수수께끼인 채로 남겨두었는데…….

'해, 해부해보고 싶다~…….'

탐구심이 왕성한, 이과계 마일이었다.

"……그린 미스트!"

골렘의 시야를 차단하기 위해 폴린이 물마법으로 미스트를 발생시켰다.

마일은 '미스트보다는 포그가 나은데……' 하고 생각했지만, 이 세계 사람들에게 말해봐야 무슨 말인지 못 알아들으리라.

폴린에 이어 레나의 마법도 발사되었다.

"……화조탄!"

불 공격마법인 화조탄은 명중하면 폭발한다. 그냥 불덩이를 던지는 것일 뿐인 파이어 볼보다 상위 마법이다. 하지만 화약 등에 의한 본격적인 '폭발'에 별로 익숙하지 않은 이 세계 사람들에게 폭발이란 소규모 파열 정도의 인식밖에 없어서, 폭발 자체에 그리 큰 파괴력이 없었다. 대미지는 대부분 명중 후 일어나는 불꽃 때문이었고, 그래서 골렘계 마물에게는 효과가 적었다.

하지만 눈부시게 만든다는 의미에서는 충분한 효과를 발휘했다.

"바로 지금이야!"

메비스의 신호와 동시에 뛰어가는 마일.

사 미터라고 하면 그리 크지 않은 것처럼 여겨지지만, 실제로는 마일의 키에 2.5배가 넘는다. 문자 그대로 위로 올려다볼 정도로 거구여서, 메비스조차 놈의 머리에 검이 닿지 않았다.

단단한 몸통과 손발에는 참격 따위 통할 것 같지도 않으니, 일반적인 검이라면 부러지기만 할 뿐이리라. 결국 관절 부위 이외에는 공격이 먹힐 만한 곳이 딱히 없었다.

'그러고 보니 관절부의 구체 자체는 단단하니까 그 주변, 그러니까 구체를 유지하기 위해 얇게 된 부분에 타격을 줘서 구체가 움직이기 어렵게 만든다고 했었지…….'

마일은 양성 학교에서 배운 내용을 머릿속으로 복습하면서 골렘의 왼쪽 무릎으로 검을 휘둘렀다.

동시에 오른쪽 무릎을 찌르는 메비스.

사실 허벅지 관절을 노리면 움직임을 크게 제한할 수 있지만, 위치가 너무 높아 효과적인 일격을 가하기가 어려웠다. 게다가 허벅지 관절은 무릎보다 더 단단하게 보였다.

뭐, 무릎에 작은 대미지를 줘서 움직이기 힘들게 한 다음, 도망칠 틈을 만들면 충분하니 문제될 것은 없다.

콰앙!
쿠우웅!

""……오잉?""

마일과 메비스의 목소리가 겹쳐졌다.

그리고 왼쪽 무릎이 날아가고 오른쪽 무릎은 박살 나며 관절부에서 구체가 굴러 떨어진 록 골렘이 요란한 소리와 함께 앞으로 넘어졌다.

예상 밖에 너무도 간단히 쓰러지는 록 골렘을 보며 순간 어리둥절해진 마일과 메비스는 각자 손에 쥔 검을 멀뚱멀뚱 쳐다보았다.

아무리 튼튼한 검이라도 내려쳤을 때 무엇이든 다 파괴할 수 있는 것은 아니다. 대상물을 파괴하려면 나름대로의 실력과 힘이 필요하다. 다시 말해 강철 검을 휘두른다고 해서 누구나 동으로 된 검을 부술 수는 없다는 뜻이다. ……마일을 제외하고.

그런데 연속 공격으로 깎아내리려고 대충 힘을 주어 휘두른 검이 예상을 훨씬 뛰어넘는 결과를 가져왔기에, 두 사람은 기뻐하기에 앞서 검의 위력에 경악했다. 검을 만든 장본인, 마일조차 말이다.

전력을 쓰지도 않았는데 공격 한 번에 단단한 록 골렘의 관절부를 파괴할 수 있는 위력.

이것은 마치, 태고의 영웅이 썼다는 전설의…….

"메비스!"

순간, 사고의 바다에서 허우적대던 메비스는 레나의 목소리에 금세 정신을 차리고 마일과 함께 쓰러진 록 골렘에게 달려갔다. 그리고 그 등 쪽에서 허벅지 관절과 어깨 관절에 참격을 가하고, 검을 꽂아 비틀었다.

쿵!

데굴데굴……

관절부가 하나하나 파괴되어 록 골렘은 점점 더 움직일 수 없게 되었다. 이것 역시 보통 검으로는 그리 쉽게 파괴될 만한 것이 아니다. 아무리 단단한 검이라 할지라도 말이다.

그 모습을 멍하니 바라보던 레나는 퍼뜩 정신을 차리고 당황해서 새로운 지시를 내렸다.

"작전 변경이야! 철퇴는 중지하고 한 마리 더 해치우자! 폴린, 머리 쪽에 불마법! 마일과 메비스, 그쪽은 이제 됐으니까 이쪽을 공격해!"

그렇게 말하고, 짧은 영창으로 파이어 볼을 쏴서 다른 록 골렘을 견제하는 레나.

그녀보다 조금 늦게, 파이어 월로 록 골렘의 시야를 막는 폴린.

그리고 마일과 메비스는 다시 시야가 막힌 록 골렘의 발밑까지 쏜살같이 달려가 검을 휘둘렀다.

쾅!

쿠웅!

철푸덕…….

""………….""

또 무릎이 깨지며 쉽사리 쓰러지는 록 골렘. 그리고 순간 서로의 얼굴을 마주 본 후 아무 말 없이 관절부 파괴를 시작하는 마일과 메비스.

머리에 검을 찔러 넣은 단계에서 록 골렘은 아무래도 기능을 정지해버렸는지 움직임이 멈추었다. 다른 한 마리도 뒤통수에 검을 찔러두기로 했다.

두 사람의 검이니까 '머리를 찌른다'고 쉽게 말하지만, 당연히 일반적인 검으로는 가능할 리 없고 검이 부러지는 것이 고작이었다. 그래서 골렘의 약점 중, 위치상 공격이 힘들고 강도가 있는 머리가 아니라 검이 닿기 쉽고 강도가 약한 관절부를 공격하는 것이 상식이었다.

"혹시, 강한 건가, 우리……."

"록 골렘이 약한 게 아니라면 그런 결론이 되는 걸까요……?"

반신반의하는 메비스와 마일이었다.

""………….""

그리고 동시에 복잡한 표정을 짓는 레나와 폴린.

"어, 어쨌든 소재를 회수해. 사냥은 이쯤 하면 됐으니까, 이제 야영지로 돌아가자……."

왠지 맥 빠진 듯한 레나의 지시에 모두 묵묵히 따랐다.

저마다 이래저래 생각이 많아 보였다.

참고로 록 골렘의 회수 소재란 관절부의 구체를 가리키는 것이었다.

이런 걸 어디에 쓰냐고 의문스러워하는 마일이었지만, 레나의 말에 따르면 크기 별로 모아 무슨 도구를 만든다고 한다.

'하긴 돌덩이인 몸을 가지고 돌아가 봐야 어디 쓰겠어. 먹을 수 있는 것도 아니고, 건축 자재로 쓰기에는 모양과 크기가 떨어지고, 그렇게 단단한 것도 아니고…….'

하지만 구체는 상당히 크고 무거웠다. 게다가 한 마리당 상당한 숫자가 나왔다. 이런 것을 가지고 돌아가기란 수납 보유자가 아니면 어려우리라.

뭐, 시간이 지나도 상할 걱정은 없으니 마차나 짐수레가 있으면 천천히 가지고 돌아가도 되겠지만…….

마일은 구체가 비싼 값에 팔린다면, 하고 생각했지만 별로 기대가 되지 않았다.

*　　*

'붉은 맹세' 멤버들은 어젯밤을 보낸 야영지로 돌아가 저녁 준비를 했다.

조금 일찍 사냥이 끝난 감이 있지만 사냥물이 이미 충분했으므로 문제는 없었다.

식사는 처음에 잡았던 바위도마뱀 통구이가 메인이고, 왕도에서 사 온 채소와 과일, 그리고 고형 수프를 녹인 것이었다. 야영하면서 먹는 식사치고는 상당히 호화로운 종류들이었다. 수주한 의뢰의 성공과 록 골렘전의 승리를 자축하며, 랄까 사실 마일의 아이템 박스에 엄청나게 숨겨져 있는 식량을 제외하면 그것 이외에 달리 먹을 만한 것이 없었을 뿐이지만.

게다가 점심 전에 먹은 바위도마뱀이 무척 맛있었다. 어차피 겉이 탄 바위도마뱀은 값을 후려칠 테니 파는 것은 바보 같은 짓이다. 그럴 바에야 자신들이 먹는 편이 훨씬 낫다. 이래 봬도 고급 식재료에 준하는 수준이어서 일반 가게에서 먹으려고 마음먹으면 나름대로 비싸게 줘야 하는 식재료였다.

아무리 노력해도 한 마리 분의 고기가 무지막지한 양이어서 아주 조금밖에 먹지 못했는데, 남은 것은 여인숙에 싸게 팔거나 기념 선물로 그냥 줘도 된다. 그 밖에도 완전한 상태인 것이 아주 많이 있으니까. 동료들에게 아이템 박스의 시간 정지 기능을 숨기려면 아이템 박스에 계속 넣어두기만 해서는 안 될 것이다.

이번에는 임시 식사였던 점심 전과 달리 충분한 시간이 있었다. 그래서 마일은 고기를 단순히 굽기만 하지 않고, 여러 가지 방법으로 요리해보았다. 야외에서 느긋하게 바위도마뱀을 요리할 기회는 좀처럼 오지 않을 것이고, 자신들이 잡아 납품하는 소재가 어떤 맛인지 곰곰이 확인하고 싶은 마음도 있었는데, 결론은 '맛있는 것을 먹고 싶다'는 단지 그 이유였다.

레나 그리고 물론 메비스도 요리할 줄 모른다. 귀족 자제였던 메비스는 그렇다 쳐도 레나는 아버지와 둘이서 방방곡곡 행상을 다녔을 때나 남자 멤버들만 있는 '붉은 번개'의 일원이었을 때 요리 정도는 하지 않았을까? 예전에 마일이 그렇게 물어봤을 때 레나의 반응을 본 모두는 두 번 다시 이 화제를 꺼내지 않겠노라고 맹세했던 것이다.

그래서 결국 메인 요리는 폴린이 담당하고 마일이 창작요리를 조금 만들었다.

마일과 폴린이 식사 준비에 들어가고 얼마 후, 모두의 앞에 요리가 한 상 차려졌다.

폴린의 일반적인 스테이크, 랄까 구이. 간은 바위소금과 소량의 허브가 전부다.

그리고 마일이 만든 바위도마뱀 적포도주찜과 튀김.

적포도주는, 마일이 술을 못 마시지만 요리용으로 쓰려고 아이템 박스에 넣어둔 저렴한 것이었다. 그리고 소금과 마늘, 양파, 만가닥버섯과 비슷하게 생긴 버섯, 밀가루, 식물유(마일이 직접 짰기 때문에 통상적인 것보다 양이 많이 나왔다. 대신 너무 심하게 짜는 바람에 잡맛이 섞였다는 것은 애교로 봐줘야 한다.), 그리고 상당히 고가인 향신료와 기타 등등. 이러한 재료를 넣어 찐 적포도주찜은 간장이 없어서 아쉽긴 해도 그럴싸한 맛으로 완성되었다.

그리고 튀김.

밀가루에 소금, 향신료, 마늘, 달걀흰자를 마법으로 동결 건조하여 분말 형태로 간 것, 파를 마찬가지로 건조시켜 분말로 만든 것 등을 한데 섞어서 만든 튀김가루를, 한입 크기로 썬 고기에 묻힌 다음 감칠맛 성분을 더하기 위해 바람마법을 써서 소량의 기름을 흩뿌렸다. 이것이 닭고기였다면 고기에서 나오는 기름만으로도 충분하지만, 바위도마뱀 고기는 왠지 기름이 적은 듯한 느낌이었기 때문이다.

그렇게 만든 것을 냄비도 기름도 없이 튀겼다.

그렇다, 전생에서 아버지가 근속 30년 축하로 직장 동료와 부하들에게 선물 받은, 뜨거운 바람을 순환시켜 기름 없이 튀김을 만드는 편리한 튀김기 '에어 프라이어'.

마일은 전생에 미사토였을 때 그것을 써서 간식 대신 군고구마와 군만두를 자주 해서 먹었고, 엄마는 튀김을 만들 때 요긴하게 잘 썼다. 그 원리를 흉내 내서 마법으로 열바람을 일으킨 것이다.

180℃로 12분. 튀김가루만 만들면 조리 자체는 빨리 되었다.

그리고 아이템 박스에서 꺼낸 채소를 썰어, 미리 만들어둔 드레싱을 뿌리고 과일을 첨가하면 완성.

"마, 마, 맛있어!"

겉은 바삭한데 한입 크게 베어 물면 속은 말랑말랑하고 즙이 줄줄 새어 나온다. 고기의 감칠맛과 향신료의 매운맛, 그리고 마늘의 풍미. 이 모든 것이 하나로 어우러지며 입안 가득 퍼진다.

"뭐야, 이게! 마일, 너, 이런 재주가……."

마일표 튀김을 맛보자마자 찬사를 쏟아내는 레나와 메비스.

그 칭찬의 말에 조미료가 부족해서 만족스럽게 만들지 못해 살짝 불안했었던 마일은 안심했지만, 자신이 만든 메인 요리인 고기구이에는 레나와 메비스가 아무런 말도 하지 않자 폴린은 조금 언짢은 모양이었다. 하지만 자신도 마일이 만든 찜과 튀김을 입에 넣은 순간 눈이 번쩍 뜨였다.

"……맛있어……."

걸신들린 듯 음식을 먹어치우는 세 사람에게 **빼앗기지** 않도록, 허둥지둥 자신의 몫을 확보하는 마일이었다.

"마일, 가끔 요리해줘!"

"그래그래, 부탁할게!"

"만드는 법, 가르쳐줘. 부탁이야……."

세 사람이 마일을 마구 졸랐다.

하지만 세 사람은 알지 못했다.

이 요리에 사용된 향신료가 상당히 비싸다는 사실, 그리고 마일의 마법 없이는 이런 방법으로 튀김을 만들기가 몹시 어렵다는 사실을…….

그렇게 시간이 흘러 모두 어느 정도 배가 차서 먹는 속도가 느려졌을 무렵, 메비스가 불쑥 말을 내뱉었다.

"……그래서, 결론은 우리가 강하다는 거야? 약하다는 거야?"

"……그때그때 다르다, 라고밖에 말할 수 없으려나."

"그 말은?"

마일과 폴린도 메비스와 레나의 대화에 귀를 기울였다.

"검의 공격력은 B급 하위. 마법은 제한이 없을 때는 C등급 상위. 숲 같은 곳이라서 불마법을 못 쓴다든가, 하는 제한이 생기면 C등급 중간 정도. 방어는 마법에 의지하니까 검으로 막을 수 없는 물리 공격에는 약하지……."

방패 역할을 해줄 힘센 장정 없이 어린 여자들만 있으니 어쩔 수 없다면 어쩔 수 없는 일이지만, 그것은 파티의 명백한 약점이었다. ……마일이 없으면 말이다.

하지만 마일은 다른 세 사람에게 마법 지식은 어느 정도 피력했지만 진지하게 마법 행사를 보여준 적은 없어서, 세 사람은 마일을 '마법에 관한 지식은 왕궁마술사와 비슷하고, 실력은 레나보다 두 단계 정도 위'라고 인식했다. 검술도, 마일이 '그건 그레인 씨가 장난으로 자신에게 맞춰준 것일 뿐'이라고 강하게 주장했기에 B등급에 아슬아슬한 정도라고만 생각했다.

"그리고 마일의 수납이라는 부가가치가 있으니까 얕은 경험이라든가 약점 같은 것까지 다 포함해서, C등급 중견 정도 되지 않을까? 신인치고는 파격적으로 강하지만, 헌터로서는 보통. 그 정도인 것 같은데."

"마법은 좀 더 위가 아닐까?"

"위력만 보면 그렇지. 하지만 마법전에서의 책략과 경험, 지식, 약점 등을 따지면 대인전까지 고려했을 때 적당한 평가야. 교만은 금물이라고!"

하지만 메비스는 아직 납득하지 못한 것 같았다.

"하지만 록 골렘을 넷이서 가볍게 해치웠잖아?"

"그건 그냥 우리랑 잘 맞았을 뿐이야. 단단함이 무기이고 움직임이 느린 록 골렘을 속도와 힘이 강점인 너희가 변칙 검을 사용해서 일방적으로 두들겨 팬 거잖아? 그렇지 않고 만약 검이 닿지 않는 상공에서 공격하는 와이번이었다면? 검이 통하지 않는 아이언 골렘이었다면? 작고 너희보다 훨씬 빠른 독쥐였다면? 검의 위력 말고 또 무슨 장점이 있지?"

"윽……………."

레나의 추궁에 말문이 막힌 메비스.

"……그런 건가……."

"그런 거야."

이제야 납득한 메비스였지만, 레나의 말은 더욱 이어졌다.

"그리고 하나 더. 우리 '붉은 맹세'에는 약점이 있어……."

"뭐? 그게 뭔데?"

메비스가 묻자, 레나는 모두의 얼굴을 둘러보며 입을 열었다.

"있지, 다들, 누굴 죽여본 적 있어?"

"""엥………….""""

"반응을 보아하니 역시 없는 것 같네. 여차할 때 아무런 주저 없이 누굴 죽이지 못하면 대신 자기가 죽어. 심지어 동료까지 저승길 동무로 삼아서……."

그렇게 말하는 레나의 눈은 모두의 얼굴이 아닌, 고기가 꽂힌 작은 나뭇가지를 쥔 자신의 손을 응시하고 있었다.

* *

늦은 밤, 야영지에서 벗어나는 작은 그림자가 있었다.

마일이었다.

아무래도 신경 쓰이는 것이 있어 야영지를 몰래 빠져나와 록 골렘과 싸웠던 장소로 향하는 마일.

그리고 현장에 도착하자마자, 록 골렘의 잔해로 다가가 검으로 머리를 절단했다.

이것이 다른 마물이었다면 상당히 징그럽겠지만, 다행히 골렘 계 마물은 생물 같지 않아 괜찮았다.

"흐음……."

눈 네 개가 같은 간격으로 머리 주위에 배치되어 고개를 돌릴 필요가 없기 때문에 몸통에 그대로 고정된 머리.

그 머리를 검으로 다시 사 등분 한 다음 안을 조사하고 눈알을 파내어…….

"어디 보자……. 머리에는 센서뿐이네. 그럼 딱히 머리가 파괴 되었다고 기능이 정지되는 것은……."

"뭐하는 거야?"

"꺄아아악!"

어둠 속에서 갑자기 목소리가 들려, 마일은 무심코 비명을 질 렀다.

그리고 나무 그늘 속에서 모습을 드러낸 레나, 메비스, 폴린.

"어, 어떻게 여기에……."

"네가 밤에 몰래 나가니까, 혹여나 마물한테 당하기라도 할까 봐 걱정돼서 따라왔지."

"마일이 뭘 하려고 하는지 보러 가보자고 ……."

"그래서, 뭐 하러 온 거야?"

폴린의 말은 레나에 의해 묵살되었다.

"어, 그게, 그러니까, 꽃을 좀 꺾으려고⋯⋯."

"호오, 꽃을, 말이지⋯⋯?"

레나는 마일이 손으로 파낸 골렘 눈알을 보며 말했다.

"하긴, 눈이 나와 있네. 이다음에는 이빨이 나오고, 콧구멍이 활짝 벌어지려나*?"

푸우웁, 하고 메비스가 웃음을 터뜨렸다.

결국 마일은 록 골렘의 구조가 궁금해서 참을 수 없었으며, 잘만 하면 더 간단히 쓰러뜨릴 록 골렘의 약점을 알아낼 수 있을지도 모른다는 생각에 호기심을 억누를 수 없었다고 사실대로 자백했다.

"바보 같긴. 그럼 그렇다고 솔직히 말하란 말이야. 다 함께 알아보면 되잖아."

레나가 그렇게 말하고, 그 뒤 다 함께 록 골렘의 몸통을 갈라보았지만 안까지 바위로 되어 있어서 특별히 약점이라고 할 만한 것은 발견하지 못했다.

다만 안에 어떤 금속 같은 둥근 물체가 있어서 마일은 그것을 아이템 박스에 넣어두었다.

다음 날 아침.

한밤중에 일하긴 했어도 어젯밤은 처음으로 자리에 눕는 시간이 빨랐기도 해서 충분히 수면을 취한 세 사람은 활력이 넘쳤다.

---

* 눈과 새싹은 메(め), 이빨과 잎은 하(は), 코와 꽃은 하나(はな)로 일본어 발음이 같음.

세 사람. ……그렇다, 마일 이외에는.

마일은 어젯밤의 골렘 일도 그렇지만 또 하나, 무척 신경 쓰이는 것이 있어 좀처럼 잠을 청하지 못했던 것이다. 골렘을 분석한 것도 잠이 안 와서라는 이유가 가장 컸다.

무엇이 그리도 신경 쓰였는가 하면…….

'나, 몸이 단단한가?'

지금까지 모의전에서도 아픈 게 싫어서 상대의 공격을 극도로 피해왔다.

일부러 질 때는 상대가 무리한 자세로 가한 약한 공격 따위를 방어구가 두꺼운 부분으로 받곤 했다. ……그게 원인이 되어 일부러 졌다는 사실을 전부 들키기도 했지만.

어쨌든 그러한 노력과 궁리를 한 덕에 지금까지 아팠던 기억은 별로……, 아니, 전혀 없었다.

'전혀……? 검술이며 창술 같은 무술 훈련을 했을 때 한 번도 아팠던 기억이 없었나?'

아침에 첫 번째로 싸웠던 바위도마뱀의 꼬리 타격을 받고 바위밭으로 날아갔을 때의 충격.

모두에게는 적당히 둘러댔지만 사실은 검으로 받지도, 충격을 죽이기 위해 스스로 뒤로 날아가지도 않았으며, 착지 때 바람마법으로 쿠션을 만들지도 않았다. 공격을 그대로 다 받아버린 것이다.

그런데도 노 대미지. 고통조차 거의 느끼지 않았다. 마치 부분마취가 된 것처럼 '촉각은 살아 있어 살에 닿았다는 느낌은 있지만 고통은 전혀 없는' 상태였다.

'그럼 지금까지 내가 했던, 고통을 피하기 위한 필사적인 노력과 궁리들은 다 헛수고였다는 거네!'

아니, 문제는 그것이 아니다.

'도대체 내 몸은 얼마나 단단한 거야……, 아아, 적어도 드래곤의 절반 정도 되려나……. 아니, 그보다 강한 생물이 있으면 더…….'

그러고 보니, 각성 이후 사소한 생채기조차 생긴 기억이 없다는 사실을 기억해낸 마일은 이것이 들키면 인간 취급을 못 받게되리라는 등 연구 대상이 되는 것 아니냐는 등 자신을 무기 대신 휘두르면 록 골렘도 부서지는 것 아니냐는 등 온갖 무서운 상상을 하며 좀처럼 잠을 이루지 못했던 것이다.

다음 날 아침, 네 사람은 여느 때처럼 구운 바위도마뱀과 수프로 아침을 먹고 야영지를 철수했다.

철수라고 해봐야 짐을 마일의 수납에 넣는 것뿐이고, 나머지는 모닥불 뒤처리 정도가 다여서 금방 끝났다.

줄곧 구운 바위도마뱀만 먹어서 영양 균형이 약간 나빴지만, 야영지에서 이것저것 따질 수는 없다. 게다가 바위도마뱀 고기는 맛있었다. 그냥 맛있는 정도가 아니라 몹시. 그리고 이번처럼 어쩌다가 상품성이 없어진 바위도마뱀이 수중에 들어오지 않는 한, 앞으로 별로 먹을 기회가 없으리라.

바위도마뱀이야 또 잡으면 되고 돈만 주면 왕도의 요리점에서 얼마든지 먹을 수 있다. 다만 그녀들은 팔 수 있는 것이면 먹지 않고 팔며, 바위도마뱀 요리를 주문할 바에야 같은 가격에 양이 몇 배는 더 많은 다른 요리를 주문할 것이다.

지지리 궁상. 그냥 이 한마디로 정리된다.

"자, 왕도로 돌아가자!"

"""하앗!"""

레나의 호령에 모두 대꾸한 후 드디어 귀로에 올랐다.

여러 가지 일이 있었지만, 첫 원정 임무를 무사히 마치고 의뢰 분 이외에 잡은 사냥감으로 돈벌이도 충분히 했기에 앞으로는 C 등급 초보 헌터용 의뢰 말고 과정을 즐길 수 있는 중견용 임무를 받기로 결정한 모두의 표정은 무척 밝았다.

이제부터는 보람찬 전투가 될 것 같다며 기쁜 듯이 말하는 메비스.

내용이 알찬 임무를 받을 수 있겠다며 환하게 웃는 폴린.

일단 기분은 좋아 보이지만 왠지 생각에 잠긴 듯한 레나.

그리고 앞으로 자신의 튼튼함이라든가, 위기에서 벗어나기 위해 상식에서 살짝 벗어난 마법을 써버렸을 때 어떤 식으로 얼버무려야 좋을지 등을 고민하는 마일.

왕도까지는 장장 이틀에 걸친 여정이었다.

야영은 갈 때와 같은 장소에서 했다. 일몰까지는 아직 시간이 남아 있었지만, 조금이라도 더 익숙한 곳에서 야영하는 편이 만일의 상황이 벌어졌을 때 생존률이 높았다.

아주 미세한 차이라고 해도 그것이 생사의 갈림길이 될 가능성이 있는 만큼 의미 없이 생존 확률을 내릴 필요는 없다.

설령 위험한 상황에 빠질 확률이 고작 1퍼센트밖에 안 된다고 해도 그것이 열 번 일어나면 십 퍼센트, 백 번 일어나면 일 빼기 0.99의 100승이니 63퍼센트가 된다.

그리고 식사 후 레나가 말을 꺼냈다.

"어젯밤에 했던 이야기인데 말이야……. 다들 빨리 대인전을 경험해봤으면 좋겠어. 훈련 말고 실제로 목숨을 건 싸움을."

"""엥……."""

깜짝 놀라는 세 사람을 향해 레나가 말을 이었다.

"앞으로는 호위 임무를 맡아야 할 때도 있어. 그게 아니더라도 어린 여자들만으로 구성된 소수파 파티니까 도적이나 퇴물 헌터들, 혹은 현역 헌터 중에서도 아무렇지 않게 범죄 행위를 일삼는 자들의 표적이 되어 공격받을 가능성도 늘 열려 있지. 그럴 때 순간의 망설임이 목숨을 좌우해. 혼자 당하는 데서 끝나지 않고, 그에 따라 전체 전력이 저하되거나 혹은 인질이 되는 바람에 다른 동료가 저항할 수 없게 된다면 어떻게 책임질 거야?"

레나의 말에 입을 다무는 세 사람.

"하, 하지만, 꼭 죽이지 않아도 상대를 무력화하면 되는 거 아니에요?"

"여유를 가지고 그런 흉내를 낼 수 있는 건 상대방과의 역량 차이가 상당히 벌어져 있을 때나 가능하지. 이를테면 우리가 B등급이고 상대방이 D등급 이하일 경우라거나. 그렇다고 해도 일말의 방심이 생각지도 못한 실수를 불러올 때가 많다고 생각해. 어때, 메비스?"

폴린의 질문에 그렇게 대답한 레나가 메비스에게 말을 돌렸다.

"그래, 물론 지금까지 해왔던 대로 그냥 싸운다면 우리의 기량이 상대보다 조금 뛰어날 경우 이길 확률이 높아. 하지만 우리를 죽이려고 드는 상대를, 우리는 죽이지 않고 포획할 생각으로 싸우는 건 상당한 역량 차이가 있어도 어려울 거야. 그리고 만약 상대방이 우리의 생각을 알아차린다면 그땐 절망적이야. 상대가 자신을 죽일 생각이 없다는 걸 알면 마음 놓고 공격에 전념할 수 있으니까, 방어에 신경 쓰지 않고 무지막지한 공격을 퍼붓게 되겠지. 그럼 우리로선 손 쓸 방법이 없을 거야. 난 범죄자의 목숨을 존중하기 위해 나와 동료, 그리고 지켜야 할 사람들의 목숨을 바칠 생각은 없어."

"…………."

메비스의 말에 입을 꾹 다무는 폴린.

마일로 말할 것 같으면, '그거야 그렇지' 하는 표정으로 방관하고 있었다.

"……의외야."

"네? 뭐가요?"

자신을 쳐다보며 레나가 그렇게 말하자, 고개를 갸우뚱거리며 반문하는 마일.

"네가 제일 먼저 나서서 '사람을 다치게 하다니요!' 하고 시끄럽게 굴 줄 알았는데……."

"그렇지 않아요. 제 좌우명은 '악당에게 인권은 없다!'니까요."

마일이 그렇게 말하며 웃었다.

사실 마일은 상당히 건조한 사고방식을 가지고 있었다.

전생에서 미사토는 자신에게 호의를 보이는 사람과 별로 이렇다 할 감정을 보이지 않는 일반인에게는 자신의 허용 범위에서 최대한 친절하게 대했다. 반면 자신에게 적의나 악의를 드러내는 자에게는 먼저 나서서 어떻게 하지는 않아도 상대방에게 어떠한 편의도 제공해주지 않았다. 그리고 자신에게 위해를 가하려는 자에게는 그 정도에 맞게 두 번 다시 그런 짓을 못 하도록 반격했다. 물론 법이 정한 범위에서.

얼굴도 예쁘고 우등생이었던 전생에서는 나름대로 엮이려고 하거나 이용해먹으려는 자들이 꽤 있었기 때문에 대처법을 익힐 수밖에 없었던 것이다.

그래서 이 세계에서는 전생의 굴레를 모두 잊고 편하게 살기로 마음먹었는데, 아무래도 전생의 '나쁜 사람은 어쩔 도리가 없다. 그런 사람은 일절 무시하는 게 상책이다'라는 생각에서 벗어나지 않았다.

그리고 이 세계에서 '나쁜 사람'이란 푼돈이나 자신의 쾌락을 위해 아무렇지 않게 사람을 죽이는 자들이었고, 이 나라의 법이 '그런 자는 죽여도 좋다'라고 정해져 있다면 그 '법이 정하는 범위에서' 반격하고 대처하면 된다. 그것이 마일의 생각이었다.

애초에 그런 자를 함부로 못 본 척 눈감아주면 또 수십 명, 수

백 명의 성실한 자가 희생되고 말 것이다. 혹은 도리어 원한을 사서 자신이 공격당할지도 모른다. 자신만이면 모르겠지만 동료나 다른 소중한 사람이 공격당하면…….

그러한 바보 같은 결과를 초래해 후회할 바에야 후환을 남기지 않기 위해 '눈 딱 감고' 해치우는 편이 안심된다.

그렇게 생각한 마일이었지만, 정말 그러한 상황이 닥쳤을 때 태연한 얼굴로 사람을 죽일 수 있을지는 잘 모르겠다. 어디까지나 '그렇게 생각한다'는 것일 뿐.

"그래서 조금 빨리 호위 임무를 받았으면 해. 호위 임무는 도적에게서 고용주를 지키는 일이니 좋든 싫든 싸워야 하고, 말로 하면 알아듣는다는 것도 있을 수 없으니까. 일단 경험해보지 않으면, 자신이 갑작스러운 공격을 받았을 때 단 한 순간이라도 망설였다간 그걸로 끝이야."

"……그래, 그러네. 하자는 대로 할게."

"저도 레나 씨의 판단에 따르겠어요."

"……저, 저도 그렇게 할게요……."

메비스와 마일보다 조금 늦게, 폴린도 살짝 울적한 표정으로 동의했다.

폴린은 좋다고 찬성할 줄 알았던 마일은 동료를 그런 식으로 여겼던 것을 약간 반성했지만, 레나와 메비스의 얼굴을 보고 안심했다.

'아아, 역시 나만 그렇게 생각한 게 아니었어…….'

　　　　　　　　＊　　＊

　다음 날 저녁, 무사히 왕도로 돌아온 '붉은 맹세' 일행은 그 길
로 헌터 길드에 갔다. 일단 그 걱정 많은 접수원 아가씨에게 무사
귀환을 알려주고 싶었기 때문이다.

　마일 일행이 길드 건물에 들어가자 접수 카운터 중 한 곳에 그
접수원이 있었다.

　"무탈하게 돌아왔습니다~!"

　마일이 손을 흔들며 소리치자, 길드 1층에 있던 사람 모두의 시
선이 마일 일행 쪽으로 쏠렸다.

　"""""히익!"""""

　과도하게 시선이 집중되자 마일 일행은 깜짝 놀라 무심코 소리
를 내뱉었다.

　"아앗, 여러분, 무사히 돌아오셨네요~!"

　이번 일을 접수해준 접수원 아가씨가 카운터 건너편에서 소리
쳤다.

　"의뢰 장소 자체도 위험했고, 여러분이 출발하신 뒤에 그 경로
에서 상인이 오크한테 당했기 때문에 걱정했거든요. 건강하게 돌
아오셔서 정말 다행이에요……."

　"상인이 오크한테?"

　조금 신경 쓰여 되묻는 레나에게 접수원이 희미하게 미소 지으
며 자세히 알려주었다.

"네, 늘 기생 행위를 해서 요주의 인물이었던 상인이었는데, 야영 중에 오크 떼의 공격을 받아 마차랑 짐을 잃었대요. 호위 헌터 중 한 사람이 조금 다쳤을 뿐 다들 무사히 도망쳤다곤 하지만요. 그때 '근처에 있었던 헌터가 돕지도 않고 도망쳤다'고 말했다던 데, 의뢰도 받지 않은 헌터에게 도와줄 의무는 없고, 그 상인은 상습적으로 기생 행위를 했던 자이기도 하고, 호위로 있던 헌터에게 사정을 물어보니 공격당하기도 전에 그 헌터들은 이미 떠나서 현장에 없었다고도 하고……. 길드 마스터가 '허위 신고로 다른 헌터를 모함했다가 나중에 진실이 발각되었을 경우 헌터 자격 박탈은 물론 그에 합당한 처벌을 받게 되는데……. 그래서 진실은 뭐야?' 하고 확인했더니 솔직하게 털어놓았어요."

키득키득 웃는 것을 보아 그 헌터들이 레나 일행이라는 사실을 아는 모양이었다.

인적 피해는 없었으니 찝찝한 기분이 들지 않고 끝날 수 있어서 천만다행이었다.

다만 마차를 끄는 말한테 미안한 생각에 마일은 조금 마음이 아팠다.

"자, 그럼 납품하고 의뢰 완료 확인서에 사인을 받아 올게."

레나가 그렇게 말한 후 '붉은 맹세' 멤버들은 길드를 빠져나왔다. 어디까지나 길드에는 무사히 돌아왔음을 알리기 위해 들른 것일 뿐이니까.

바위도마뱀 현물을 의뢰주에게 전달하여 감정을 거쳐 금액이 확정되면 그 금액을 의뢰 완료 확인서에 기재하고 사인한 후 길드 접수처에 건네고 예탁금 중에서 현금을 받는다.

돈은 길드가 맡아두었고, 사인해주지 않으면 현물을 건네지 않는다. 이렇게 하면 돈을 떼어먹히는 일은 불가능했다.

다른 사냥물은 확인서와 보수 금액을 맞바꿀 때 길드에서 천천히 감정받으면 된다. 상태가 좋은 바위도마뱀이 최소 다섯 마리니까 총 소금화 75닢. 불과 5일 만에 월요일에 목표로 세운 금액의 4분의 3을 번 셈이다. 게다가 그것 이외에도 대량의 사냥물이 마일의 수납(사실은 아이템 박스)에 들어 있다. 이런 흐름이라면 목욕탕을 갖춘 여인숙으로 옮길 날도 머지않았다.

의뢰주의 가게로 향하는 네 사람은 자연스레 입이 귀에 걸려 있었다.

"아참, 의뢰주하고 이야기할 때 처음부터 '바위도마뱀을 아주 많이 잡아왔다'고 말하지 마세요. 일단 처음에는 한 마리만 꺼내서 감정받고, 그 후에 나머지 네 마리를 꺼내는 거예요. 더 많이 있다고 말하고 추가 구입을 타진하는 건 다섯 마리의 감정 금액이 전부 정해진 후에 해요."

폴린의 갑작스러운 제안에 모두 고개를 갸우뚱했지만, 전투 시에 레나를 믿는 것처럼 돈이나 물건 거래에 있어서는 폴린을 전적으로 믿는 마일 일행이었기에 알았다고 대답했다.

제14장 의뢰주

이번 바위도마뱀 소재 채취의 의뢰주, 아보트 상회를 찾아간 '붉은 맹세' 일행.

"실례합니다. 바위도마뱀 소재 채취 의뢰를 받은 헌터입니다. 납품하러 왔는데요."

대외적인 교섭을 맡은 리더 메비스가 가게 앞에서 종업원으로 보이는 사람에게 말을 걸었다.

"아, 네. 지금 바로 상회주를 모셔 오겠습니다. 잠시만 기다려 주세요."

점원이 안에 들어가더니 잠시 후 상회주로 보이는 사십 대 남자가 나왔다. 누가 봐도 상인 같은 배가 볼록 튀어나온 체형이었다.

"오오, 여러분이 바위도마뱀 채취 의뢰를 맡아주신 헌터분들이십니까? 어려 보이시네요……."

생글거리며 그렇게 말하는 상회주였는데, 눈빛이 어딘지 수상쩍었다. 좋은 의미로도 나쁜 의미로도, 전형적인 상인의 눈이었다.

"네, C등급 파티 '붉은 맹세'라고 합니다. 사냥감의 감정과 의뢰 완료 확인서 사인을 부탁드리고자……."

"아, 네네. 그래서 사냥감은 어디에 있죠?"

"마일, 꺼내."

"네!"

메비스의 지시에 마일이 아이템 박스에서 상태 좋은 바위도마뱀 한 마리를 꺼냈다.

상태가 좋다는 것은 꼬리와 머리가 깔끔하게 잘린 바위도마뱀의 머리, 몸통, 꼬리 3점 세트를 가리켰다.

"엣? 수납마법? 아하, 그렇군요, 그래서 이 인원수로……. 이야, 좋은 물건이네요……."

아직 어린 마일이 수납에서 완전한 바위도마뱀 한 마리를 그것도 멀쩡한 상태로 꺼내자, 진심을 얼굴에 드러내지 않는 베테랑 상인치고 드물게도 상회주는 놀란 표정을 지었다. 아주 살짝이기는 했지만 말이다.

그리고 바위도마뱀을 꼼꼼히 살펴본 상회주는 마일 사인방을 힐끔 쳐다보더니 잠시 생각에 잠겼다가 감정 결과를 알렸다.

"소금화 12닢."

"""네엣?"""

무심코 소리를 높인 '붉은 맹세' 멤버들. 메비스가 곧바로 항의했다.

"어, 어째서입니까? 거의 완전한 상태이니, 기준 금액인 소금화 15닢에서 그렇게 깎일 이유가 없지 않나요?"

"아니, 그야 머리와 꼬리 부분이 절단되어 있으니 넓은 가죽을 취할 수가 없으니까 말이요. 게다가 잡은 지 삼 일이 지나지 않았습니까? 그만큼 상했을 테니……."

"하지만 어차피 가죽을 벗기기 전에 해체 작업으로 절단하는 부위잖아요! 그리고 사냥한 지 이틀하고 조금 더 지났을 뿐인데요!"

"그렇게 말씀하셔도 그게 우리의 감정 기준이니까요……."

메비스의 항의를 가볍게 넘기는 상회주.

메비스는 더 항의하려고 했지만, 옆에서 폴린이 살짝 손을 뻗어 그녀의 등을 쿡쿡 찔렀다. 미리 정해두었던, 선수 교대의 신호다.

"저기, 사냥감은 그 한 마리가 전부가 아닌데 다 그런 가격인가요?"

"호오, 또 있습니까! 보여주시면?"

"알겠습니다. 마일, 남은 두 마리도 꺼내봐."

폴린의 지시에 마일은 바위도마뱀을 두 마리만 더 수납에서 꺼냈다. 상태는 처음에 보인 것과 거의 같았다.

"오오! 무려 세 마리나 수납이 가능하다니!"

상회주도 이번에는 확실히 경악하는 표정이었다.

그리고 다시 간단히 살펴보더니 마일 일행에게 결과를 전했다.

"이 두 마리는 각각 소금화 아홉 닢, 모두 합해 소금화 30닢이 되겠습니다. 고작 며칠 일해서 상당히 많이 벌었군요. 그럼 지금 즉시 의뢰 완료 확인서에 금액과 사인을 써넣겠습니다. ……그나저나 여러분, 우리 전속 헌터가 되실 생각은 없으신지? 전속이 되시면 일을 찾느라 고생할 필요도 없고 안정된 수입을 얻을 수 있어서 마음 편히 생활할 수 있답니다."

아무래도 마일의 수납에 눈독 들이는 모양인데, 축축한 눈빛을 띠고 네 사람의 몸을 훑어 내리는 그 표정으로 짐작하건대 목적은 그것이 전부가 아닌 듯했다.

"……두 번째랑 세 번째 사냥감의 금액이 내려간 이유는 뭐죠?"

상회주의 말을 무시하고 폴린이 무표정으로 질문했다.

"아아, 처음 것은 신인 여러분의 시작을 축하하는 의미로 적자를 각오하고 값을 잘 쳐 드린 겁니다. 하지만 두 마리부터는 그렇게 할 수도 없는 노릇이라……."

새빨간 거짓말이다.

마일 일행이 어리고 신인이라고 얕봐서 싸게 후려칠 생각이었다. 그런데 네 사람이 며칠에 걸쳐 사냥한 결과가 지나치게 싸면 두 번 다시는 이런 의뢰를 받지 않을 위험이 있다. 그래서 처음 것은 어느 선까지만 싸게 불렀는데, 세 마리나 잡았다면 더 싸게 불러도 충분한 돈이 들어오니 또 일을 맡아주리라. 그렇게 계산하고 더 값을 내린 것이다.

"……알겠습니다."

폴린의 말에 활짝 웃는 상회주.

"마일, 전부 다시 수납해."

"네!"

폴린의 지시에 마일은 재빨리 바위도마뱀을 전부 수납했다.

"앗……."

상황 파악이 안 되어 어리둥절해하는 상회주에게 폴린이 말했다.

"저희가 잡은 사냥감이 희망하시는 상태가 아닌 모양이니 이번 의뢰는 실패라고 봐야겠네요. 그럼 실례 많았습니다."

그렇게 말하고 모두를 재촉해 돌아가려는 폴린을 상회주가 초조하게 불러 세웠다.

"자, 잠깐! 기다려요! 그건 우리가 의뢰한 거니 마음대로 가지고 돌아가는 것은 허락 못 합니다!"

"네? 하지만 의뢰서에 나와 있는 지시 금액의 6할 정도밖에 안 되는 가치 없는 소재잖아요. 그런 쓰레기를 넘겼다는 실적을 만들면 저희 파티에 오점이 됩니다. 다행히 아직 의뢰 완료 확인서는 금액도 사인도 기입하지 않았으니, 계약은 성립하지 않아요. 그러니 이번 의뢰는 실패인 것으로……. 아, 위약금인 소금화 두 닢은 길드에 잘 예탁되어 있으니 걱정 마세요. 자, 돌아갑시다!"

"자, 잠깐! 기다려요! 조금만 더 대화를!"

뒤에서 자꾸 뭐라고 떠드는 상회주를 무시하고 네 사람은 가게를 빠져나왔다.

"죄송해요, 제 마음대로 일을 저질러서……. 모처럼 완수한 임무인데 제 독단으로 미달성인 실패로 만들어버렸어요……."

"뭐래, 십 년 묵은 체증이 다 내려가는 기분인데! 만약 폴린이 거절 안 했으면 내가 거절했을 거야. 그것도, 아주 살짝 과격한 방법으로 말이야."

"당연하지! 저렇게 노골적으로 우릴 얕보는 상대와 거래 따위 할 수 없어. 저런 걸 한 번에 받아들여버리면 앞으로 계속 그런 취급을 받게 되지. 얕보이면서 아무 말도 못하고 묵묵히 따라서는 안 돼, 헌터라는 직업은."

폴린의 사과에 그렇게 말하며 환하게 웃는 레나와 메비스.

그리고 마일로 말할 것 같으면…….

"그런데 무슨 생각이라도 있나요? 폴린 씨."

폴린이 그저 감정이 격해져서 아무 생각 없이 거래를 파기했을 리는 없다.

레나와 메비스도 당연히 그렇게 생각하고 있을 터.

그리고 마일의 물음에 생긋 웃는 폴린.

"그래서 앞으로의 작전 말인데요……."

""""역시…….""""

속으로만 말하려고 했는데 세 사람 다 동시에 입 밖으로 내뱉어버렸다.

*　　*

"수속 부탁드립니다."

헌터 길드로 돌아온 네 사람은 접수처에 가서 의뢰 완료 처리를 했다.

"네, 수고 많으셨습니다. 그럼 완료 처리를……, 앗……."

감정 금액도 확인 사인도 없는 의뢰 완료 확인서를 들고 당황하는 접수원 아가씨.

"아, 미달성이어서 의뢰 실패예요. 예탁되어 있는 위약금 소금화 두 닢은 몰수해주세요."

"네? 하지만 의뢰는 달성했다고, 아까……."

주목의 신인 파티에 무슨 문제가 일어났나 싶어 주위 헌터들이 모여들었다. 카운터 너머에서는 마찬가지로 길드 직원들이 모였다.

"실은 의뢰주가 감정을 해서 소금화 아홉 닢밖에 쳐주지 않았어요. 의뢰서의 기준액은 소금화 15닢인데……. 그래서 그런 불량 소재는 팔 수 없어 그냥 돌아온 거예요."

슬프다는 투로 설명하는 마일.

적재적소로, 이 역할은 마일에게 할당되었던 것이다. 물론 선택 기준은 연기력이 아니라 그냥 단순하게 가장 어려서 동정을 사기 쉽다는 이유였다.

"네에엣? 고작 6할이라고요?! 레나 씨가 불마법으로 몽땅 태워버리기라도 했나요?"

"아뇨, 이런 상태인데요……."

그렇게 말하며 모인 헌터들을 살짝 뒤로 물리친 마일은 아이템 박스에서 바위도마뱀 한 마리를 꺼내, 카운터를 따라 난 공간에 내려놓았다.

"뭐, 뭐야 이게!"

"이렇게 상태가 완벽한 바위도마뱀은, 살아 있는 놈 말곤 본 적이 없어!"

"도대체 어떤 방법으로 사냥을……, 아니, 아가씨 두 사람밖에 검이 없잖아……."

"오잉? 바위도마뱀은 C등급 헌터 두세 사람이면 수월하게 잡을 수 있는 거 아닌가요⋯⋯?"

다들 너무 놀라자 이상하게 생각한 마일이 그렇게 말했을 때.

"바보야, 그건 그냥 '잡을 수 있다'는 것뿐이지. 원거리에서 마법을 발사하고, 중거리에서 창이나 화살로 공격해서 약해지면 그때 접근해서 검이나 창으로 숨통을 확실히 끊어놓는 거야. 기운이 넘칠 때 접근했다간 꼬리 공격을 받아 큰 부상을 입을 수 있으니까⋯⋯. 그래서 표준 금액이 매겨지는 바위도마뱀은 이것보다 훨씬 너덜너덜하다. 이런 상태면 돈을 더 얹어줘도 모자란다고. 시세는 표준 금액이 소금화 20닢, 더 얹으면 최소 네다섯 닢, 배포가 큰 상인이면 일고여덟 닢까지도 쳐주지."

"""""허걱⋯⋯.""""""

깜짝 놀라는 마일 일행. 원래 기준금액부터 깎였을 줄이야.

그리고 마법으로 공격해도 됐다는 말인가, 하고 조금 실망하기도 했다.

"이게 기준가가 소금화 15닢이고 감정한 금액이 소금화 아홉 닢이라고?! 도대체 어디 의뢰야?!"

"아, 아보트 상회인데요⋯⋯."

"말도 안 돼! 아가씨들이 신인이라고 얕봤군!"

"헌터를 얕보고 말이야⋯⋯. 거래 파기 잘했다, 아주 훌륭해!"

선배 헌터들은 마일 일행의 어깨와 등을 퍽퍽 두드렸고, 길드 안은 카운터 밖에서도 카운터 안에 있는 직원들 사이에서도 아보트 상회에 대한 비난의 목소리가 마구 들끓었다.

((((계획대로 됐어⋯⋯.))))

마일 일행은 속으로 회심의 미소를 지었다.

"저기, 그래서, 이 바위도마뱀을 팔고 싶은데요……."

"어머, 그런 거라면 길드에서 매입해드릴게요. 의뢰가 취소되었다면 일반적인 소재 매입 대상이 되니까요. 그것도 그렇고, 저희를 통하지 않고 거래되면 수수료를 받지 못하잖아요? 그럼 등급 승급을 위한 공헌도에 포인트가 가산되지 않으니까요!"

그건 당연하다. 혼래빗과 약초, 기타 소재도 전부 수수료가 걸려 있다. 그렇지 않으면 길드에 이익이 나지 않을 테니까.

헌터가 매번 일일이 매입처를 찾아다니는 것도 힘들고, 길드 입장에서는 팔고 남는 위험까지 감수하는 것이니 수수료라고 할까, 이익분을 더 얹는 것은 당연한 일이다. 자선사업을 하는 것도 아니니 말이다.

그리고 접수원 아가씨는 두 눈 멀쩡히 뜨고 길드가 벌 수 있는 기회를 놓칠 만큼 무능하지 않았다. 바위도마뱀이면 확실하게 팔리는 우량상품이다.

마일은 나머지 세 사람을 마주한 후 고개를 끄덕이고는 접수원 아가씨에게 대답했다.

"그럼 부탁드려요. 그리고 전부 다 팔아도 괜찮나요?"

"네? 전부, 라니요?"

의아한 표정의 접수원에게 마일이 답했다.

"저기~, 일단, 다섯 마리 정도 있는데……."

""""뭐어어어어~!""""

사람들이 너무 크게 소리 질러 귀를 막으며 마일은 생각했다.

좀 많나? 하고.

길드 안은 '붉은 맹세'가 보유한 바위도마뱀이 다섯 마리라는 소리에 시끌벅적해졌다.

"서, 설마, 그게 다 아가씨의 수납 속에 들어 있다는 말은 아니겠지?"

조금 동요하며 그렇게 묻는 베테랑 헌터에게 마일은 어리둥절한 표정으로 대답했다.

"네? 들어 있는데요? 무슨 문제라도?"

""""………….""""

"자, 잠시만 기다려주세요."

그렇게 말한 접수원 아가씨가 자리를 비웠다. 길드 마스터에게 의논하러 간 것이다.

상시 매입 대상이 아닌, 예정에 없는 사냥감이라도 길드는 사들인다. 그것이 팔릴 전망이 있고 돈벌이가 될 것 같을 때는.

그리고 바위도마뱀은 가죽과 발톱 등이 소재와 식재료로 인기 있었는데, 사냥터가 너무 위험한 데다가 조금 멀어 운송이 성가신 면 때문에 그리 많이 입하되지는 않는다. 즉, 확실히 팔릴 상품이다. 두세 마리 정도라면.

그러나 다섯 마리쯤 되면 매입 총액도 비싸지고, 상하기 전에 다 팔 수 있을지도 불투명하다. 그렇다고 모처럼 돈을 벌 기회를 날리기도 아깝다.

그래서 접수원은 자기 마음대로 판단하자니 너무 부담되어 상사에게 판단을 맡기기로 한 것이다. 실로 현명한 생각이었다.

"······이쪽으로 와주세요."

잠시 후 돌아온 접수원 아가씨의 안내에 따라 '붉은 맹세' 멤버들은 2층 회의실로 이동했다.

그곳에는 헌터 길드 왕도 지부 길드 마스터와 서브 마스터가 있었다.

"자리에 앉게나."

회의실에 들어간 네 사람은 길드 마스터의 권유에, 테이블을 둘러싸고 의자에 앉았다. 안내해준 접수원도 길드 마스터의 옆, 서브 마스터의 반대편 자리에 앉았다.

"이야기는 레리아한테 전해 들었는데 그게 정말인가? 바위도마뱀이 다섯 마리라니······."

길드 마스터가 묻자 마일은 사실대로 털어놓았다.

"아뇨, 사실 그건 거짓말이고요, 실은 다섯 마리가 아니에요······."

"그, 그렇지? 사람 놀라게 하지 마······. 수납에 그렇게 많이 들어갈 리 없잖아."

안심했다는 듯한 서브 마스터의 말에 이어 마일이 바위도마뱀의 정확한 숫자를 밝혔다.

"수납에 들어 있는 건 26마리예요."

쾅!

서브 마스터가 테이블에 이마를 박았다.

"······그러니까, 진짜로 바위도마뱀이 그만큼 수납에 들어 있다고?"

"네……."

길드 마스터, 겨우 부활한 서브 마스터, 그리고 접수원 레리아와 정면으로 마주 앉은 '붉은 맹세' 사인방. 현재 대응은 수납의 주인인 마일이 하고 있다.

"만약 진짜 바위도마뱀이 그만큼 수납에 들어있다면 그게 뭘 의미하는지, 알고 있나?"

"네, 네에. 빨리 환금하고 싶지만, 금방 팔릴지 어떨지도 알 수 없고 한꺼번에 팔았다가는 자칫 가격폭락이 일어날지도 모른다는……."

"그게 아니야, 이 바보야!"

길드 마스터가 버럭 소리를 지르자 움찔하는 마일 일행.

"그렇게 많이 넣을 수 있는 수납 보유자가 있으면 쟁탈전이 일어나게 될 것 아니냐! 다행이라고 해야 할지 모르겠지만, 너희는 졸업 검정 사건으로 유명하니까 그 사실을 아는 정신 똑바로 박힌 녀석들은 괜히 건드려보거나 하진 않겠지. '미스릴의 포효'를 상대로 선전한 실력에다가, 거기 리더의 마음에 들었고 국왕 폐하께서 관심을 보이셨고 왕녀 전하께서 미련을 보이셨던 파티야. 맹독침을 가진 토끼를 건드리려는 자가 많을 거란 생각은 안 든다……."

왕녀라는 대목에서 길드 마스터의 시선이 메비스 쪽을 향했다는 사실을 알아차리지 못한 사람은 메비스 본인뿐이었다.

"게다가 존속이 위태로웠던 헌터 양성 학교의 구세주, 라는 소문도 퍼졌어. 그러니 거기 졸업생이나 그곳이 필요하다고 생각하는 헌터들은 대부분 너희의 편일 거다. 여하튼 양성 학교가 필요하다는 최고의 증명이니까, 너희의 존재와 앞으로의 활약이."

이야기의 후반부에 들어가서는 레나, 메비스, 폴린이 살짝 자랑스러운 표정을 지었지만, 마일은 흐리멍덩하게 반쯤 흰자위를 드러내고 있었다.

"그런데 말이다. 문제는 정신이 똑바로 박히지 않은 인간들, 다시 말해서 얼간이, 졸업 검정 사건에 대해 모르는 자, 그리고 다른 나라 사람들이야. 아까 그렇게 많은 사람 앞에서 말했으니, 네 수납이 적어도 바위도마뱀 다섯 마리 분은 넣을 수 있다는 걸 다들 알게 되었어. 정말이지, 어쩌다가 그런……. 아, 아니, 됐어, 나도 알아. 그 정도로 들어간다고 말하지 않으면 대량의 바위도마뱀을 환금할 수도 없고 앞으로도 여러 가지로 불편할 것이라는 사실쯤은. 그래서 조금이나마 용량을 속이려고 다섯 마리로 낮춰 말한 거겠지? 그건 나도 알겠지만……."

변명하려던 마일을 손으로 저지한 길드 마스터는 마일이 하려던 말을 대신 했다.

그렇다, 바위도마뱀 다섯 마리는 무게가 대략 2톤 정도 된다. 드럼통 열 개분에 해당하며, 마차 두세 대로 옮겨야 하는 양이다. 그런 수준이면 굳이 귀족이나 국가 차원에서 위험을 무릅쓰면서까지 손에 넣고 싶어 할 정도는 아니다. 게다가 수납 보유자는 그 수가 적다고는 해도 각 나라마다 두 자릿수 정도는 되니까. 마일은 그렇게 생각했던 것이다.

하지만 마일의 생각에는 여러 가지 요소라고 할까, 키워드가 빠져 있었다.

이를테면 '비밀의'라든가 '마차가 다닐 수 없는'이라든가 '긴급할 때'라든가 '탈출 시'라든가 '무보수로'라든가 '군사(軍事)'라든가 '다른 사람은 기껏해야 몇 킬로그램에서 사오백 킬로그램 정도'라든가 '자기 전용의'라든가 '귀여운 소녀의' 같은 키워드가……

한 사람을, 도중에 말을 바꿔 타가며 발 빠른 말로 이동하게만 하면 2톤 분량의 물자가 따라 오는 것이다. 그것도 남들 눈에 띄지 않게 말이다.

귀족가나 왕가, 그리고 국가로서 탐내지 않을 리가 없었다.

"뭐, 이제 와서 말해봐야 소용없지. 앞으로 충분히 주의를 기울이고, 무슨 일이 있으면 바로 도움을 요청해. 알겠지?!"

"""""네…….""""""

"좋아, 내가 할 말은 이게 전부다. 모쪼록 조심하고, 너무 사고 치지 말고!"

"""""…………."""""

"왜 대답이 없어!"

길드 마스터가 버럭 화를 내자 레나, 메비스, 폴린은 마일의 얼굴을 뚫어지게 쳐다보았다.

"왜, 왜 다들 저를 보는 거죠!"

그리고 세 사람의 시선을 떨쳐내며 마일이 길드 마스터에게 물었다.

"저, 저기, 한 가지만 더 질문이……."

"……뭔데?"

"저기, 지금부터 며칠 간격으로 바위도마뱀을 다섯 마리씩 매입해주시겠어요?"

"""뭐……?"""

그렇다, 그 이야기가 아직 남아 있었다.

결국 길드에서 일주일 간격으로 바위도마뱀 다섯 마리씩 사들이기로 했다. 한꺼번에 사들이는 것은 상하기 전에 다 팔기도 힘들고, 가격폭락이 일어날 수 있고, 출처 설명이 힘들다는 이유로 도저히 불가능했다. 한 번 원정에 오 일이 걸리며, 하루 쉬고 또 원정 갔다고 둘러대면 기간상 어떻게든 설명이 된다.

다만, 길드는 누가 수납했는지 굳이 공표할 생각이 없었다. 그냥 혹시나 설명이 필요한 경우가 생겼을 때 모순 없이 설명할 수 있다는 안전책에 지나지 않았다. 그렇지 않으면 '붉은 맹세' 멤버들은 일주일에 단 하루만 왕도에 머물 수 있게 되어버리니까.

그리고 마일 일행은 길드에 판 바위도마뱀을 아보트 상회 및 그 관계자와 아보트 상회에 전매할 듯한 자에게는 절대로 팔지 않는다는 조건을 내걸었다. 또 한 마리당 소금화 20닢, 즉 금화 두 닢에 팔았다. 한 번에 다섯 마리를 파니 금화 열 닢, 오 주면 금화 50닢. 파티가 세운 월간 최소 목표 금액의 딱 오 개월분이었다. 어쩌면 후반에는 공급 과다로 다소 값이 내려갈지도 모르지만, 그것은 어쩔 수 없는 일이다. 그때 가서 길드와 교섭하기 나름이다.

참고로 한 마리는 통구이가 되어버렸으므로 판매 대상에서 제외되었다. 마일 일행은 피해가 비교적 적은 꼬리 부분을 여인숙에 선물로 주고 나머지는 자신들이 가졌다.

한 달이 채 지나지 않아 바위도마뱀의 재고가 없어졌지만, 그래도 오 개월분의 생활비는 된다. 먹을 것과 입을 것에 꽤 사치를 부려도, 삼 개월 이상은 편하게 지낼 수 있으리라. 다만, 너무 우쭐해져서 고급 방어구 따위를 사면 돈은 순식간에 사라지겠지만……

또한 마일은 아무리 그래도 상태를 보존할 수 있는 아이템 박스에 대해서는 알려줄 수 없으므로, 보존 문제는 '수납을 단열 처리해서 냉동마법을 계속 걸어두었다'고 둘러댔다.

그래도 명백하게 이상했지만, 이미 모두의 감각이 마비되어 '아무래도 상관없다'는 상태였다.

"아, 깜박 잊었다. 이번에 너희가 맡은 의뢰는 실패로 간주할 수 없어. 의뢰주가 의뢰서에 실린 사항을 지키지 않은 것이 분명하니 의뢰 무효인 거다. 다만, 너희의 기록은 의뢰 달성이 되니까 미달성일 때를 대비한 예탁금은 반환된다. 또 의뢰주의 예탁금은 전액 몰수, 너희에게는 의뢰서에 기재된 최대 보수액인 바위도마뱀 다섯 마리 분, 소금화 75닢이 지급되고 잔액은 길드의 것으로 한다. 이에 불만 있나?"

"""없습니다!"""

입을 모아 대답한 '붉은 맹세' 멤버들이었는데, 뒤이어 폴린이 질문했다.

"저기, 상회에 다른 처벌 같은 건 없나요? 길드를 속였고, 헌터에 거짓 의뢰를 맡긴 게 되잖아요? 이번 의뢰의 무효 조치만으로 끝, 인가요?"

상인으로서 용서할 수 없는지, 그렇게 묻는 폴린에게 길드 마스터가 웃으며 대답했다.

"아니, 달리 아무 처벌도 내리지 않아. 이건 거래 계약상의 잘못이니까 그 범위에서의 처분이야. 계약 위반이긴 하지만, 그렇다고 큰 죄를 범한 것도 아니니까 말이지……."

사기죄가 성립하지 않나, 하고 마일은 생각했지만 이 세계에서는 '속은 쪽이 잘못이다'라는 사고방식이 있을지도 모르겠다 싶어서 입을 다물었다.

폴린도 조금 분해 보였다.

"하지만, 말이지."

길드 마스터의 말은 아직 끝나지 않았다.

"길드, 그리고 귀여운 후배 헌터들을 속이려고 한 상인의 의뢰를 앞으로 누가 받아들일까? 의뢰서의 조항을 지키지 않는, 신뢰할 수 없는 의뢰주의 일을 받을 헌터가 과연 있을지?"

"아……."

"뭐, 헌터에게 개별 의뢰를 하지 않아도 길드에서 사거나 다른 상인한테 사는 방법도 있겠지만. 하지만 그렇게 하면 그때그때 길드에서 파는 것밖에 못 구할 테고 매입 가격이 비싸질 수도 있지. 게다가 이번에 너희처럼 헌터가 사냥감을 길드에 팔 때 '그곳과는 거래하지 말라'고 하거나, '그곳에 팔 때는 두 배 가격으로'

같은 조건을 내걸지도 몰라. 그 상회는 앞으로 손님한테 주문받은 걸 입수하려면 상당히 고생하게 될 테지……."

그렇게 말하며 길드 마스터는 다시 한 번 크게 웃었다.

회의실을 빠져나온 마일 일행이 1층으로 내려가 그대로 길드를 나가려고 했을 때, 접수원 아가씨 하나가 당황하며 불러 세웠다.

"잠깐만 기다리세요! '붉은 맹세' 여러분 앞으로 편지가 와 있어요!"

편지? 하고 마일 일행이 의아한 표정을 지으며 접수 카운터로 돌아가자 접수원이 편지 두 통을 건넸다.

"죄송해요. 정신이 없다 보니 전달이 늦어졌습니다……."

정신없던 원인이 자신들에게 있었기에 뭐라고 불평할 수 없었다.

편지를 받아든 메비스가 수신인을 확인하니, 한 통은 자신 앞이고 다른 한 통은 폴린 앞으로 되어 있었다. 메비스는 아무 말 없이 한 통을 폴린에게 주고, 자신 앞으로 된 편지의 착신인을 확인했다.

"아~……."

물론 확인하기 전부터 알고 있었다. 달리 자신에게 편지를 보낼 자도 없었으니까.

집에 있을 때면 몰라도 지금의 자신에게는.

그렇다, 그것은 굳이 설명할 것도 없이 집에서 보낸 편지였다.

자신이 있는 곳을 찾아낸 것이다. ……아니, 들키지 않는 게 오히려 이상했다.

그 졸업 검정을 얼마나 많은 사람이, 그리고 얼마나 많은 귀족이 보았겠는가.

메비스가 쓴웃음 지으며 폴린 쪽을 보니, 폴린은 창백해진 얼굴로 편지를 움켜쥐고 있었다. 물론 다들 착신인이 누구인지 알았다. 의문의 여지도 없이.

"……어떻게 할 거야?"

"그냥 있을 거야. 그러다 보면 몇 통 정도 더 오고, 기다리다가 지쳐서 오빠들 중에 누군가가 날 만나러 오겠지. 그때까지 방치할 생각이야. 굳이 내가 먼저 움직여서 진행을 앞당길 필요는 없잖아."

레나에게 씁쓸하게 웃으며 대답하는 메비스. 상당히 무덤덤하다.

"폴린은?"

"……저도요. 이제 돌아가지 않기로 결정한 이상 답장할 필요 없으니까요."

폴린 쪽은 집에 미련이 없어 보였지만, 역시 어머니와 남동생이 걱정되는지 표정이 어두웠다.

"신경 쓰이면 다 함께 다녀와도 돼. 폴린의 집이 있는 마을로……."

"아뇨, 안 그래도 돼요. 아무리 그래도 애인과 그 자식이니 이상한 짓은 안 했겠죠."

"……그래. 그래도 무슨 일 있으면 주저 말고 말해줘. 왜냐하면 우리는……."

"영혼으로 이어진 동료, '붉은 맹세'니까요!"

정해진 대사를 마일에게 빼앗기자, 레나가 쓴웃음 지었다.

"자, 그럼 며칠간은 푹 쉬자!"

""""하앗~!""""

"……아."

"왜 그래?"

숙소로 돌아가는 길에 마일이 갑자기 멈춰 서서 탄식하자 레나가 이상하다는 듯 물었다.

"바위도마뱀 말고 다른 사냥감을 환금하는 걸 깜박했어요……."

""""아…….""""

어쩔 수 없이 그것들도 남들이 모르게 조금씩 꺼내 환금하기로 했다. 바위도마뱀을 팔 때 같이 팔면 바위 시리즈의 마물이나 동물이 같이 있어도 부자연스럽지 않으리라. 마일의 단열 기능이 달린 냉동 수납마법이 참으로 고맙다(사실은 시간이 정지된 아이템 박스지만).

"우리 돌아왔어~!"

"어서 오세요~!"

접수 카운터 너머에서 레니가 반갑게 맞아주었다.

"자, 이거 선물!"

마일이 아이템 박스에서 살짝 탄 바위도마뱀 꼬리를 꺼내 바닥에 툭 내려놓았다.

"우와아, 이게 뭐예요!"

과연 레니도 이렇게 크고 원형이 잘 보존된 바위도마뱀 꼬리는 처음 본 모양이었다.

"이거 제게 주시는 거예요? 아버지~, 여기 좀 나와 보세요~!"

요리사인 아버지, 여인숙 주인인 어머니가 나와서 마일 일행에게 거듭 고맙다고 인사한 후 호들갑을 떨며 부엌으로 꼬리를 운반했다. 한동안 여인숙의 식당 메뉴는 주야장천 바위도마뱀 요리가 될 것 같다.

"저걸로 상당히 점수를 땄네. 당분간 다른 손님들 접대는 봐줄지도 모르겠어."

레나가 조금 기쁜 투로 말했지만 장사치라는 족속을 잘 아는 폴린, 그리고 레니라는 여자아이에 대해 잘 아는 마일은 슬픈 표정으로 고개를 가로저었다.

제15장　호위 의뢰

삼 일간의 휴식을 끝낸 '붉은 맹세'는 다시 헌터 의뢰를 받으러 길드를 찾았다.

그사이에 아보트 상회에서 심부름꾼이 몇 번이고 찾아와 '바위 도마뱀을 팔아달라'고 사정했지만, 그때마다 '6할 이하의 가치밖에 없는 불량품뿐이어서'라며 상대도 해주지 않고 쫓아냈다. 그러기를 수차례 반복하자 드디어 '소금화 15닢에 사겠다'고 나와서, 이번에는 '길드가 20닢에 사준다고 해서'하며 거절했더니 그다음에는 상회주가 직접 찾아왔다.

'소금화 21닢에 살 용의도 있다'고 하기에 폴린이 '벌써 20닢에 길드에 넘겼다. 그때 말했으면 15닢에 거래했을 텐데. 인연이 아니었던 듯……' 하고 말하자 상회주는 이를 바득바득 갈면서 돌아갔다.

다른 일반 상회에서는 바위도마뱀 한 마리당 소금화 25~28닢 정도로 가격을 더 쳐서 사들인 다음 부위별로 나누어 총액 40닢 이상에 되파는 고급품이다. 그것을, 통상 가격인 소금화 20닢보다도 싼 금액인 15닢으로 사들였다면 한 마리당 소금화 25닢, 일본 엔화로 환산하면 25만 엔의 이익이 남는다. 그것이 세 마리가 아니라 사실은 훨씬 더 많았다는 것을 알면 울화통이 터지겠지.

……자업자득이다.

그리고 앞으로 매주 길드에서 대량의 바위도마뱀이 매물로 나오고, 그것을 사려고 해도 자기 상회에만 팔지 않을 것이라는 사실을 알았을 때의 표정은 더욱 볼 만하리라.

"자, 다음 일을 찾아보자."

레나의 말에 고개를 끄덕인 멤버들은 일제히 의뢰 보드로 눈을 돌렸다.

그리고 몇 분 후, 레나의 시선을 사로잡은 한 건의 의뢰.

"으~음……."

"왜 그래요?"

생각에 잠긴 레나에게 마일이 말을 걸었다.

"이 의뢰 말인데, 의뢰 비용이 지나치게 높은 것 같지 않아? 무슨 사정이라도 있나……."

'호위 의뢰. 암로스까지 왕복, 소요 일수는 9일, 그중 하루는 암로스에서 자유 시간. C등급 이상, 총 12명. 보수액, 일인당 소금화 24닢. B등급 이상은 할증 있음.'

팔 일간의 목숨을 잃을 위험이 있는 의뢰로 일인당 소금화 24닢. 하루에 세 닢씩이다. 목숨 값치고는 싸 보인다.

하지만 매일 전투가 벌어지는 것이 아니다. 오히려 일정 중에 아무런 일도 일어나지 않을 가능성이 압도적으로 높다. 매번 공격당할 만큼 위험한 여정이라면 애초에 장사가 성립하지 않을 테니까.

하지만 호위 없이 가면 도적을 만날 확률이 비약적으로 올라가고, 헌터가 비교적 쉽게 물리칠 수 있는 마물이라도 상인과 마부만으로는 피해가 나올 가능성이 있으므로 도적을 피하고 마물에 대비하기 위한, 상단 규모에 걸맞은 호위를 고용하는 것이 당연했다.

그런데 그런 이유라면 시세를 조금 더 싸게 매겨, 하루에 소금화 두 닢 정도여야 할 터였다.

"좀 확인해볼까……."

레나는 그렇게 말한 후 카운터로 향했고, 마일을 비롯한 멤버들도 허둥지둥 뒤를 따랐다.

"아아, 그 호위 의뢰 말입니까……."

접수창구에 간 레나 일행의 질문에 살짝 표정이 어두워진 접수원 레리아가 대답했다.

"실은 암로스 방면으로 난 길에, 나와요……."

"귀, 귀신인가요?!"

옆에서 끼어든 마일의 머리를 레나가 콩 쥐어박았다.

"쓰, 쓸데없는 소릴 하고 있어! 그런데 진짜로 뭐가 나오는데?"

살짝 낯빛이 어두워진 레나.

'엥? 설마, 레나 씨…….'

마일이 그렇게 생각하는 가운데, 레리아가 말을 이었다.

"시, 실은 그러니까, 귀, 귀신이……."

""히이익!""

"나오는 건 아니고요…… 그러니까, 그게, 아앗, 죄송해요!"

가벼운 농담을 던질 셈이었겠지만, 레나와 폴린이 진심으로 무서워하는 모습을 보자 당황하며 사과하는 레리아였다.

"도, 도적이요, 도적! 다른 나라에서 유입된, 숫자가 꽤 많은 도적이 출몰하나 봐요. 그래서 보수를 조금 올리지 않으면 사람이 모이지 않아서, 그쪽 방면은 시세가 올라가는 추세예요. 상인도 지금은 그쪽에 가는 걸 피하고 있어서 마차도 별로 많이 모이지 않고, 필연적으로 호위 숫자도 그리 많이 없고……. 공격당할 확률이 높으니까 여러분도 그만두는 편이 좋을 거예요. 위험이 몇 배나 높은데 보수는 5할 올려주는 정도니, 셈이 맞지 않아요."

그 후 레리아에게 대강의 이야기를 듣고, 레나 일행은 접수 카운터에서 멀어졌다.

도적은 보통 그렇게 대규모로 몰려다니지 않는다.

많이 몰려다니면 단독 마차를 습격해봤자 전원에게 충분한 이익이 돌아가지 않아서, 여러 번 습격을 감행해야 하거나 대규모 상단을 공격해야 하는 등 활동을 많이 할 수밖에 없다. 그리고 그렇게 되면 호위 헌터가 많으므로 자신들의 피해도 커진다.

또 상인의 피해가 지나치게 커지면 상업 활동이 막혀 나라나 영주의 입장에서 두고 볼 수 없게 되어, 대규모 토벌대가 꾸려져 제거 대상이 되리라.

그래서 도적은 소수로, 넓고 얕다.

운 나쁜 자나 호위비를 아낀 자가 아주 드물게 공격당하는 정도이지, 대비만 제대로 하면 대부분 괜찮다. 도적도 힘겨워 보이는 상대는 패스하고 공격하기 쉬워 보이는 사냥감만 노리는 법이니까.

그리고 만약 공격당했을 경우라도 호위 등 전투요원은 전투 중에 죽을 가능성이 있지만 싸움에 나서지 않는 상인과 마부, 승객, 혹은 전투요원이라도, 항복하면 옷을 전부 벗어주는 것 말고는 위해를 입지 않는 경우가 많다. 그렇지 않고 항복해도 죽인다면 최후의 순간까지 필사적으로 싸울 테고 마지막에 분풀이로 짐에 불을 지를지도 모르는데, 그러면 피해가 커져 이익이 몽땅 사라지는 사태가 되고 말기 때문이다.

그래서 호위 헌터는 '항복하면 죽이지 않는다'는 관례로 서로 피해를 줄이고, 상인에게는 '또 열심히 벌어서 사냥감이 될 마차를 끌고 오라'는 식인 것이다.

의뢰주가 승낙한 경우와 호위를 지휘하는 헌터가 항복 결정을 내렸을 경우 '의뢰 임무 달성'은 아니지만 어쨌든 의무는 다했으므로 호위 헌터들에게 위약금 등의 패널티는 없고, 보수도 제대로 지급된다.

그런데 이번에는 다른 나라에서 흘러 들어온 규모가 큰 도적단이며 본격적인 아지트 없이 이동하면서 습격하는 모양이었다. 그리고 상인과 마부도 모두 죽인다. 아마도 앞뒤 가리지 않고 약탈한 다음, 토벌대가 꾸려지기 전에 또 다른 나라로 이동할 생각인 듯했다. 영주나 정부 차원에서 움직이려면 시간이 걸리기 마련이다.

"저거, 하자."

""엥⋯⋯.""

"마일한테 귀여운 옷을 입혀 마부석에 앉히면 다른 도적들도 낚일지 몰라."

레나의 말에 세 사람은 깜짝 놀랐다.

"하, 하지만 그 의뢰는 위험하다고⋯⋯."

"어, 그리고 위험이랑 보수가 안 맞잖아."

"또 9일이나 숙소를 비우면 돈이 너무 아까운데요⋯⋯."

폴린, 메비스, 그리고 마일의 부정적인 말에 레나는 화가 나서 소리쳤다.

"너희, 나한테 맡기겠다고, 호위 의뢰를 받자고 말했잖아!"

"물론 그렇게 말했지만, 그건 일반적인 의뢰지. 언젠가는 호위 의뢰도 받게 될 테니까, 초기에 한 번 경험해보는 것도 나쁘지 않겠다고 생각했어. 하지만 이 의뢰는 습격당할 가능성이 평소보다 훨씬 높은데, 그런 것치고는 보수가 적은 데다가 도적떼의 규모가 너무 커. 굳이 나서서 수지도 맞지 않는 위험에 머리를 들이밀 필요는 없잖아. 호위 의뢰라면 다른 것도 많으니까 성급하게 이상한 의뢰에 뛰어들지 않아도 될 것 같은데."

"저, 저도 그렇게 생각해요⋯⋯."

메비스에 이어 폴린도 반대 의사를 표명했다.

"그리고 말이야⋯⋯."

메비스가 말을 이었다.

"언젠가는 사람을 죽이는 날이 오겠지. 하지만 그건 그럴 수밖에 없는 때에 스스로 판단해서 해야 해. 그렇지 않으면 훗날 '난 그렇게 판단해서 옳다고 생각한 선택을 했어. 그러니까 후회는 없어' 하는 식으로 납득하는 게 불가능해져. 레나, 넌 호위 임무를 다하기 위해서가 아니라 도적을 죽이는 목적 때문에 그 의뢰를 받으려는 것 아니야? 언젠가 올 '처음으로 사람을 죽이는 순간'을 자연스러운 흐름으로 맞는 것이 아니라 억지로 밀어붙이려는 것 아니야? 그리고……."

한 박자 쉬고, 다시 메비스가 말했다.

"마일한테 귀여운 옷을 입혀서 마부석에 앉히다니 그게 무슨 소리야? 호위가 싸우는 건 마지막 수단이야. 제일의 목적은 위협 효과로 도적이 공격하는 걸 주저하게 만드는 것이지. 그런데 호위가 아니라 소녀가 있다는 식으로 보여줘서 일부러 습격을 유도하겠다고? 그러다가 마차랑 짐이 망가져 손해를 입으면 어떻게 할래? 의뢰주와 마부, 다른 호위들이 다치거나 죽으면 어쩌고? 왜 굳이 의뢰 내용에 반하는 짓을 해서 위험해질 짓을 해야 하지? 그리고 그런 옷을 입게 하면, 습격을 받았을 때 마일은 아무런 방어구도 없이 싸워야 하잖아. 첫 대인전에서 다수의 도적을 상대로. 그런 부분까지 잘 고려해서 말하는 거야?"

아무 말도 못 하고 고개를 푹 숙이는 레나에게 메비스가 마지막 한마디를 던졌다.

"…………뭘 그렇게 초조해하는 거야, 레나……."

레나는 몇 초간 입을 꾹 다물고 있다가 돌연 몸을 휙 돌려 길드 밖으로 뛰쳐나갔다.

"레나……."

'붉은 맹세'의 세 사람은 길드의 한쪽 구석에 남아 멍하니 서 있었다.

레나는 저녁 식사 전에 돌아왔다.

몸이 자본인 헌터는 제멋대로 식사를 거르는 법이 없으며, 다른 곳에서 저녁을 먹는 것은 할인까지 해주는 여인숙에 신의를 저버리는 행위이기도 하다. 레나는 그런 부분에 구애받는 성질이었다.

"…………."

아무 말도 하지 않고 묵묵히 요리만 먹는 레나에게 메비스가 말을 걸었다.

"레나……."

"…………."

메비스를 무시하고 계속 먹기만 하는 레나.

"호위 의뢰, 한다고 했어. 출발은 내일 아침이니까 늦잠 자면 안 돼."

푸우웁!

"꺄아악! 더러워요, 레나 씨!"

"아악, 내 밥이!"

비명을 지르는 마일과 메비스. 폴린은 어떻게 된 일인지 자신의 그릇을 제대로 대피시켜 놓았다.

"아앗, 너희, 그 의뢰는 안 받겠다고……."

"푸하하, 그건 거짓말이죠!"

레나가 무섭게 노려보자, 당황해서 메비스 뒤에 숨는 마일.

"아니, 그냥 의문스러운 부분을 재검토해보라고 말한 거지, 안 받겠다고 단언한 기억은 없는데? 그런데 재검토하기도 전에 레나가 나가버려서 어쩔 수 없이 우리 셋이서 재검토한 다음, 받아도 좋겠다는 결론에 도달한 것뿐인데. 무슨 문제라도?"

술술 잘도 말하는 메비스를 노려보는 레나.

"그렇게 가차 없이 말해놓고……. 그래서 그 의문이란 건 어떻게 됐는데?!"

"아아, 문제없어. 여러 가지로 검토해본 결과 허용 범위에 있다는 결론을 내렸거든."

"뭐야, 그게!"

욱해서 발끈하는 레나였는데, 그때 뒤에서 누가 어깨를 탁탁 두드려 뒤돌아보니 레니가 생긋 웃으며 물통과 걸레를 내밀었다.

"""""미안……."""""

*   *

아침에 레나가 길드를 뛰쳐나간 후, 마일 일행은 머리를 감싸 쥐었다.

아무리 봐도 레나에게는 무언가 구애받는 점이랄까, 떠안고 있는 뭔가가 있었다.

그렇다고 해서 레나가 만족하도록 모든 것을 레나의 생각에 맞춰주면 되는가, 하고 묻는다면 그것은 아니다.

그렇게 했다가는 파티가 엉뚱한 방향으로 향하게 될지도 모르고, 동료의 잘못을 바로잡아주지 않는다면 그것은 이미 '동료'도 아니거니와 '붉은 맹세'도 아니다.

잠시 생각한 뒤 메비스가 입을 열었다.

"일단 의뢰에 대해 좀 더 자세히 알아보자."

그리고 다시 접수원 레리아에게 갔고, 의뢰주를 만나 이야기를 듣기로 했던 것이다.

다행히 아직 오전이라 시간은 충분했다.

"아아, 그런 사정이 있었군요……. 그럼 이러이러한 것은 해도 상관없나요?"

"뭐라고요? 우리야 그렇게 해주면 고맙지만, 괜찮은가요? 그런 것을 해도……."

"대신, 여기를, 이렇게……."

"네엣?! 아니, 하지만 예산이……."

"하지만 실패하면 아무것도 안 되잖아요?"

"으음, 참 곤란한데요……."

"대신 이렇게 하면 어때요?"

"네엣, 뭐라고요?! 그런 걸?"

"네, 괜찮아요."

"그런 거라면 얼마든지……. 그럼 호위가 모일 때까지 기다리

느라 출발 일정이 늦어졌으니 곧바로 출발했으면 하는데 괜찮습니까?"

"문제없어요. 저희 '붉은 맹세'는 언제든지 출발 가능합니다."

그날 오전, 길드 회의실을 빌려 두 남자와 세 소녀의 협상이 진행되었고, 양쪽이 만족하는 형태로 이야기가 정리되었던 것이다.

*　　*

"여러분, 이번에는 조건이 좋지 않은 의뢰인데도 불구하고 기꺼이 맡아주셔서 정말 감사드립니다."

다음 날 이른 아침, 중앙 광장에서 상단의 첫 대면이 있었다.

참여하는 마차는 여섯 대. 마부가 각각 한 명에 상인은 전부 네 명이었다.

상인끼리는 안면이 있는 사이인지, 대면식은 호위 헌터의 통성명이 목적이었다. 호위는 상인과는 굳이 친해지지 않아도 되지만, 호위끼리는 연대와 역할 분담 등을 위해 서로의 실력과 특기 따위를 미리 파악해둘 필요가 있기 때문이다. 앞으로 9일간 안전할 확률을 조금이나마 올리려면 여기서 시간을 좀 보낸다고 해서 손해 볼 것은 없다.

"의뢰를 받아들이셨을 때 그 자리에 없었던 분도 계시므로, 각 리더 분들께 미리 전해 들으셨겠지만 다시금 이번 의뢰에 대한 설명을 간단히 하고자 합니다."

　아무래도 다른 파티 역시 대표자만 의뢰주와 교섭한 모양인지, 레나 이외에도 직접 설명을 듣지 못한 자가 있는 것 같았다.

　의뢰주는 이야기를 계속 이었다.

　"이번 목적지인 암로스는 편도 사 일, 왕복으로 팔 일이 걸립니다. 그곳에서 체류하는 하루 동안 여러분은 자유로이 시간을 보내시면 됩니다. 그리고 이미 아시는 바와 같이, 이번에는 통상적인 호위 의뢰에 비해 보수액이 5할 많습니다. 그 이유는 동료분들께 들으셨겠지만, 우리가 가는 방면에 규모가 조금 큰 도적단이 활동하고 있기 때문입니다."

　이 대목에서 의뢰주 상단의 상단장이 호위 헌터들을 둘러보았는데, 이제 와서 놀라는 이는 아무도 없었다. 다들 사전에 각자의 리더에게 전해 들었다. 레나도 어젯밤에 설명을 전부 들었고 말이다.

　"하지만 이야기는 그게 다가 아닙니다. 도적단 때문에 이곳과 암로스를 오가는 상인 수가 격감해서 타격을 입은 사람들을 위하여 우리 상단은 비싼 사치품이 아니라 특히 중요한 의약품과 장인을 위한 특수 공구, 그 밖의 '그리 비싸지는 않지만 꼭 필요한 물건'을 중심으로 짐을 옮깁니다. 그리고 그러한 중요 물품을 전하는 것도 중대한 사명이나, 또 한 가지 중요한 목적이 있습니다. 바로……,"

　말을 잠시 끊고 다시 한 번 호위 헌터들을 둘러보는 의뢰주.

　"도적단의 섬멸입니다."

그렇다. 그것이 마일 일행이 어젯밤 의뢰주에게 들은, 이 상단의 진짜 목적이었다.

"영주나 나라 차원에서 움직이려면 시간이 걸립니다. 그걸 기다리다가는 암로스와의 교역이 완전히 끊기고 말 것입니다. 그래서 도적의 습격을 전제로 한 상단을 꾸려 이동, 아무 일도 일어나지 않으면 그대로 교역에 임하고 공격을 받으면 도망가는 것이 아니라 적을 모조리 제거할 목적으로 싸웁니다. 아직 확인된 것은 아니나, 도적은 20명이 넘을 가능성이 있습니다. 우리는 마술사 네 명까지 포함하여 B등급 헌터가 한 명, C등급 헌터가 11명으로 총 12명의 헌터면 놈들을 충분히 토벌할 수 있으리라는 확신을 가지고 있습니다. 이러한 사실을 의뢰서에 쓰지 않은 이유는 물론, 도적과 한패인 자나 내통자가 길드에 출입하고 있을 가능성도 고려했기 때문입니다. 그래서 수주 타진을 위해 오신 헌터 분들께만 상세하게 설명하고 수주 여부를 정하시도록 했습니다. 참고로 여러분 이외에 타진하러 오신 네 파티에는 거절당했고, 한 파티는 역량이 부족하다고 판단하여 이쪽에서 거절했습니다. 이 진짜 목적을 생각하면 보수가 부족하다는 사실은 저도 잘 압니다. 하지만 이익률이 낮은 상품을 많이 싣고 가기 때문에 그 이상은 도저히 변통할 수 없었습니다. 상인으로서의 긍지를 걸고, 처음부터 적자일 것이 뻔한 장사를 할 수는 없습니다. 부디 용서해주십시오."

그렇게 말한 의뢰주는 동료 상인들 쪽으로 눈을 돌려, 그들이 고개를 끄덕이는 모습을 확인한 후에 다시 헌터들을 둘러보며 말을 이었다.

"또한 그 대신이라고 말씀드리면 뭣하지만, 싸우실 때 저희 상인을 지키실 필요는 없습니다. 저희는 검 혹은 창을 움켜쥐고 마차 짐칸에서 버틸 거니까요. 위치상 유리하므로 짐칸에 올라오기 위해 두 손이 묶인 도적을 찌르는 것 정도는 할 수 있을 테고, 호위 여러분이 검을 휘두르고 있는 통에 짐칸으로 올라오려는 놈이 그리 많지는 않겠지요. 여러분을 모두 쓰러뜨린 후에 느긋하게 처리하면 그만이니까 말입니다. 그러니 여러분은 그저 적의 섬멸에만 전념해주십시오. 혹여 저희가 인질로 붙잡혀도 그냥 무시하고 싸우시면 됩니다. 항복해봐야 어차피 나중에 죽임을 당할 테니. 설명은 여기끼지입니다만, 질문 있으십니까?"

호위들은 의뢰주의 '자신들을 지키기보다 적의 섬멸을 우선해 달라'는 말에 표정이 멍해졌다. 교섭 자리에 있었던 사람들조차 처음 듣는 이야기인 모양이었다.

"……어째서 그렇게까지 하는 겁니까?"

호위 의뢰를 맡은 세 파티 중 하나인, 20살이 채 안 되어 보이는 청년 삼인조로부터 질문이 날아들었다.

"아니, 이유를 물어보셔도……. 뭐, 굳이 말씀드리자면 저희는 상인이고 암로스는 저희와 옛날부터 아주 활발하게 거래했던 곳이기 때문이랄까요……."

"……바보다! 바보가 여기 있다!"

또 다른 파티, 서른 전후의 남자 셋과 여자 둘로 구성된 파티에서 리더로 보이는 남자가 폭소하자, 옆에 있던 여자가 일침을 가했다.

"그럼 그런 의뢰를 수락한 너는 뭔데?"

"그야 당연하지. '대바보'다!"

푸하하하, 하고 바보 같이 웃는 그 파티의 다섯 멤버. 아무래도 늘 저런 식인가 보다.

"그럼 슬슬 각자 소개해볼까. 나는 '드래곤 블레스'의 리더인 버트라고 한다. B등급 검사야. 이 중에 또 B등급은 없겠지? 인원수도 우리 파티가 제일 많으니 전반적인 호위 계획과 전투 시 지휘를 맡았으면 하는데 이의 있나?"

한바탕 웃은 다음 그 리더가 진지한 표정으로 돌아와 입을 열었다.

모두 이의는 없는지 고개를 끄덕였기 때문에 그가 계속해서 말을 이었다.

"우리 멤버는 검사 칼럼, 창사 퍼거스, 활과 단검을 쓰는 베라, 마술사 지니다. 지니는 전투마법이 특기인데, 치유 쪽은 별로 기대하지 마라."

이어서 20살이 안 되어 보이는 남자 삼인조가 자기소개를 시작했다.

"'염랑'의 리더 브렛이야. 이쪽의 처크와 같은 검사다. 다릴은 창사(槍士)야."

"""""엥⋯⋯."""""

몇몇 호위 헌터의 입에서 무심코 의아하다는 목소리가 새어 나

왔다.

무리도 아니다. 누가 봐도 너무 불균형했기 때문이다.

B등급 이상이면 인원이 많은 곳도 있지만, C~F등급 파티의 적정인원은 대체로 대여섯 명 정도다.

네 명이면 수준 낮은 마물밖에 상대하지 않거나, 실력이 좋으면 문제 될 것은 없다.

여덟 명이 넘으면 은퇴를 앞둔 자가 있어 젊은 피를 양성 중인 것이 아닌 이상, 두 파티로 나눈 다음 추가 멤버를 들이는 것이 일반적이다.

파티란 인원수가 너무 적어도 위험하고 너무 많으면 금액 분배나 인간관계로 다툼이 일어나기 쉽다. 이번처럼 참가 인원수에 따라 보수가 지급되는 것이 아니면, 인원수가 많을수록 돌아가는 몫이 줄어드니까.

그리고 인원수와 상관없이 중요한 것이 바로 균형이다.

검사, 창사, 궁사, 마술사가 모인 4인의 파티와 검사, 검사, 검사, 검사로 구성된 4인 파티. 어느 쪽이 헌터로서 더 잘해나갈지 질문하면 대답을 고민할 필요도 없으리라.

그런 점을 생각할 때 '염랑'은 너무도 불균형했다. 게다가 총 세 명. 누가 봐도 의문을 느끼리라.

"……우리도 안다고, 인원수랑 균형 부분은! 우리도 몇 개월 전까지는 여자 궁사와 여자 마술사가 두 명 있었다고!"

"그 두 사람은?"

마일은 순간 아무 생각 없이 묻고 말았다. 다른 사람들이 아차하는 표정을 지었지만 이미 늦었다.

"잘생긴 남자만 있는 4인조 파티가 꼬드기니까 이때다 싶어 그리로 옮겨 타더라고. 그러다가 얼마 전에 돌아와서 다시 같이하자고 말하기에 거절했지. 우린 임산부를 전쟁터로 데려갈 생각도 없고, 다른 남자의 아이를 키워줄 계획은 더더욱 없으니까."

"그, 그렇군요……."

순간 싸~한 정적이 찾아왔는데, 이때는 분위기 파악이 빠른 메비스가 나설 차례다.

"나, 나는 '붉은 맹세'의 리더 메비스, 검사야. 이쪽은 마술사 레나와 폴린, 그리고 이 아이는 마법검사인 마일이야."

"""마법검사?"""

'염랑' 삼인조가 되물었다.

아무래도 '드래곤 블레스' 멤버들은 졸업 검정을 봤고, '염랑'은 보지 않은 듯하다.

어쩐지 '어떻게 이런 어린 계집애들한테 이 의뢰를 맡긴단 말인가!' 하는 말을 하지 않았던 것이다.

의뢰주 역시 졸업 검정을 본 것 같았다. 그렇지 않다면 메비스 이외에는 미성년자로 보이는 '붉은 맹세'에게 이 의뢰를 맡기는 것을 주저, 아니 아마도 거절했겠지.

"아, 네, 마법도 그럭저럭 쓰고 검도 그럭저럭 썼어요. 도중에 물 걱정은 안 하셔도 됩니다!"

흐음, 하고 살짝 걱정스러운 표정을 짓는 '염랑'을 보면서 '드래곤 블레스' 멤버들은 쓸쓸하게 웃었다. 아마 '걱정 안 해도 너희보다 강하거든!' 하고 생각하고 있으리라.

"레나는 공격마법, 폴린은 치유마법이 특기여서, 지원마법과 공격마법 모두 남들만큼 할 수 있어. 뭐, 만능형이랄까······."

"뭐라고? 그럼 살았다! 어린 여자애들만 있어서 짐이 되는 것 아닐까 걱정했는데 상당히 도움이 될 것 같군."

'염랑'의 창사가 그렇게 말하고 리더에게 옆구리를 쿡 찔렸다.

메비스는 그저 씁쓸하게 웃을 뿐이었다. 자신들이 다른 사람의 눈에 어떻게 보일지 정도는 자각하고 있다.

그 후로도 잘하는 마법 등 정보 교환이 이루어진 후 드디어 길을 나섰다.

이동할 때는 호위도 전원 마차에 탔다. 그러는 편이 이동 속도가 올라가기도 하고, 습격당했을 때 호위가 이미 지쳐 있으면 곤란하기 때문이다. 또 원래는 눈에 잘 띄게 해서 호위의 존재를 어필하려고 하지만, 이번만큼은 그에 해당하지 않았다.

여섯 대 중 선두 마차에는 '드래곤 블레스'의 세 사람, 두 번째 마차에 나머지 두 사람이 타고, 마지막 마차에 '염랑'의 세 사람이 배치되었다. 그리고 '붉은 맹세'는 모두 네 번째 마차에 탔다.

이는 측면 공격이 들어왔을 경우 초기 대처를 하고, 공격이 전방에서 들어오든 후방에서 들어오든 즉시 도울 수 있는 포지션이다.

전방과 후방에 있는 사람은 반대쪽이 습격당했을 때 신속하게 달려갈 수 없다. 멀어서가 아니라 한쪽에 전력을 집중시키는 사이 반대편에서도 공격이 들어오는 것이 도적의 상투적인 수단이기 때문이다.

'붉은 맹세'를 그 위치에 배치한 것은 아마도, 제일 안전한 중앙부에 소녀들을 모두 배치해주자는 버트의 배려였으리라. 속으로는 아무리 '염랑' 멤버들보다 강할 것이라고 생각해도 역시 성인이 안 된 소녀들을 안전한 곳에 두자고 생각하는 것은 남자의 본능인 법이다.

'염랑' 멤버들도 아직 20살이 안 되었다지만 아무리 그래도 성인 남자들이니 불만을 표시하지는 않았다.

아직 왕도와 가까운 첫날은 도적도 마물도 나오지 않고 무사히 야영까지 이어졌다.

보통 상인은 마차 속 좁은 공간에 담요를 깔고 새우잠을 잔다. 좁아도 밖에서 자는 것보다야 나을 테니까.

마부는 밖에서 담요 한 장을 바닥에 깔고, 다른 한 장을 덮고 잔다. 호위 헌터도 마찬가지다. 비가 오면 마차 밑이나 큰 나무 아래에서 잔다.

그러나 마일 일행은⋯⋯.

"어, 어이, 뭐야 그게⋯⋯."

"네? 그냥 평범한 텐트하고 쿠션하고 담요인데요⋯⋯."

"어디다가 넣고 왔어, 그런 걸!"

'염랑'의 청년이 의문스럽게 느끼는 것도 무리가 아니다. 마차는 짐으로 꽉 차 있으며, 상인들이 마차 안에서 잘 수 있는 것도 다른 모두가 밖에서 자려고 마차에서 내렸기 때문이다. 따라서 그러한 개인적인 짐을 실을 만한 여유 공간이 전혀 없었다.

그렇게 아직 해가 지기 전에 잘 준비를 끝마치고 나니 드디어 저녁 시간이 되었다.

이동 시의 식사는 의뢰주 측에서 준비하는데, 오래 보존할 수 있고 가볍고 부피가 작고 값싼 것, 이라고 하면 선택지가 그리 많지 않았다. 그렇다. 익숙한 딱딱한 빵과 말린 고기 한 조각, 수프 가루를 뜨거운 물에 녹인 다음 건조시킨 채소쪼가리를 넣은 것이었다. 게다가 배를 채우기에는 한참 모자란 양이었다.

마일 일행은 궁상맞아서 주는 것은 뭐든지 받는다. 그래서 딱딱한 빵과 말린 고기를 전부 받았는데, 다들 그것을 마일에게 건넸고 결국 아이템 박스 행이었다. 마일은 스리슬쩍 모습을 감추었다가 금세 돌아왔다. 양손에 혼래빗을 두 마리씩 들고서.

출처를 알 수 없지만 어쨌든 마일이 꺼내준 부엌칼을 이용해 메비스가 재료를 다듬었고, 레나가 모닥불을 피워 혼래빗을 구웠다. 점점 군침 도는 냄새가 퍼지면서…….

"여러분도 같이 드실래요?"

마일의 권유에 멀리서 둘러싸고 상황을 지켜보던 호위 헌터들이 앞다투어 모여들었다.

참고로 메비스가 요리할 때 단검이 아니라 부엌칼을 쓰게 된 것은 단검을 요리에 쓰면 왠지 어디에선가 통곡 소리가 들려오는 것 같아, 마일이 꺼림칙하게 느꼈기 때문이다.

다들 허겁지겁 먹어치워 혼래빗 고기가 금세 동이 났기에 마일은 아이템 박스에서 예전에 구웠던 바위도마뱀과 오크 고기의 일부를 꺼냈다.

"뭐야, 수, 수납?"

이번에는 '염랑'뿐 아니라, 출발 전날의 모임으로 마일의 수납 마법에 대해 미리 들은 리더 버트를 제외한 '드래곤 블레스' 멤버들도 놀라는 모습이었다. 졸업 검정에서는 보여주지 않았고, 수납 보유자는 희귀하니 당연하다.

식사를 제공하는 입장이어서 자존심 때문에 고기를 받으러 오지 않은 상인들도 그 모습을 보고 더는 참을 수 없었는지 마부까지 포함해 모두 모여들었다.

"수납 보유자라니 좋겠어요……."

진심으로 부러운 목소리의 상인들. 하기야 상인들이 동경할 만한 능력이긴 하다.

"고, 고기, 받아도 될까요……."

상인들도 드디어 고기를 달라고 졸랐고, 하나둘 고기를 덥석 물기 시작했다.

이번에는 냄새에 마물이 꼬이지 않도록 냄새의 입자를 모으는 마법을 썼기 때문에 다들 안심하고 받아도 된다고 전해두었다.

그리고 희망자에게는 온수 샤워 서비스도 해주었다.

'드래곤 블레스'의 여자 멤버인 베라와 지니는 물론 하겠다고 나섰다.

그리고 버트는 지금껏 몇 명이나 이미 입에 담았던 그 말을 중얼거렸다.

"진짜 편하겠다, 너희……."

다음 날 아침, 식사하려고 모인 상단 사람들이 눈을 크게 떴다.

"무, 무, 무슨 흉내야, 그게……."

격하게 동요하는 '염랑'의 리더 브렛. 다른 자들도 다들 비슷한 반응이었다.

다만, 의뢰주와 '드래곤 블레스'의 리더 버트만은 어느 정도 평정을 유지하는 것을 보아 이 두 사람은 이미 아는 듯했다.

그래서 그들이 무엇을 보았는가 하면…….

애클랜드 학원의 교복을 입은 마일과 레나.

그리고 애클랜드 학원의 체육복을 입은 폴린.

예의, 도적을 낚기 위한 레나의 아이디어였다.

학생 시절에 마일은 잠자는 시간만 빼면 늘 교복 차림이어서 옷이 해지는 속도가 빨라 여러 번 교환하다 보니 몸에 딱 맞는 반납 교복이 동이 났고, 마지막에는 조금 큰 옷을 지급받게 되었다. 그래서 레나에게 맞는 사이즈가 있었던 것이다. 발안자가 거부할 수는 없는 일이라, 싫어하면서도 레나는 강제적으로 교복을 입을 수밖에 없었다.

그러나 메비스는 알았다. 싫어하는 척했지만, 레나가 사실은 상당히 기뻐보였다는 사실을 말이다.

불운한 사람은 폴린이다.

마일이 학원에 다니면서 교복을 입지 않을 때, 즉 잘 때 입었던 체육복.

체육복은 늘어나기 마련이다. 그래서 아무리 사이즈가 작아도 억지로 쑤셔 넣으면 입을 수 있다.

그리고 그것을 입어야만 했던 폴린은……, 체육복이 꽉 끼여 금방이라도 빵 터질 것 같았다. 거기라든가, 거기라든가, 거기라든가…….

"흐, 흐에에엑……."

유일하게 마일의 교복 시리즈에서 벗어날 수 있었던 메비스는 속으로 생각했다.

다행이다. 몸이 커서 정말 다행이다, 라고.

살짝 볼이 발그레해진 레나와 얼굴이 시뻘게진 폴린. 그리고 그 모습을 가여운 눈빛으로 바라보는 메비스와 평소와 다름없는 마일.

식사와 철수 작업이 끝나자 선두부터 네 번째 마차까지의 마부석 옆에 '붉은 맹세' 멤버들이 각각 한 명씩 앉아 출발하게 되었다.

"잘 부탁드려요."

마일이 그렇게 인사하며 미소 짓자, 선두 마차의 마부인 노인이 환하게 웃으며 대답했다.

"그래, 나도 잘 부탁한다. 어제 고기는 정말 고마웠어!"

그리고 마일은 시간도 때울 겸 마차 모는 법을 배우거나 세상 사는 이야기 등을 나누면서, 연세가 상당한 그 노인이 어째서 마부를 하고 있는지 질문했다.

"사실은 훨씬 예전에 은퇴했었는데, 암로스 행 마차의 마부를 모집한다는 소리를 들었단다. 위험한 여정이면 죽어도 괜찮은 노인이 가는 게 낫지 않나 싶었지. 다른 녀석들도 나와 같은 생각이었는지, 여섯 대 중 네 대의 마부가 다 늙어서 은퇴한 사람들이야.

그리고 딸 내외가 암로스에서 장사를 하고 있거든. 물건을 사들여야겠다면서 마을 밖으로 나왔다가 습격이라도 당하면 큰일이니까. 얼마 남지 않은 생, 데리러 오기만을 기다려야 하나 생각하고 있었는데, 마지막으로 이렇게 보람 있게 죽을 수 있는 곳이 생길 줄이야……. 여신님이 아량 넓은 조치를 취해주시는구먼. 하앗하앗하앗!"

"하, 하핫……."

건성으로 대꾸하며 마일은 생각했다.

'죄송하지만 이번 일로 돌아가시게 하진 않을 거예요. 돌아가실 곳은 훗날 다른 데로 찾아보세요…….'

메비스, 폴린, 그리고 마일이 이 의뢰를 받기로 결정한 데에는 몇 가지 이유가 있었다. 물론 레나 일도 그렇지만, 단지 그것 때문에 생각이 바뀐 것은 아니다.

우선 의뢰 보수가 위험도에 비해 낮다는 이유.

이것은 상인들이 나빠서가 아니라, 상인의 왕래가 끊길 위기에 놓인 암로스에 가장 필요한 물건을 옮기기 위해 이익의 폭이 좁은 상품을 잔뜩 실어 전체적인 예산이 나빴기 때문이다. 아무리 단골 손님을 위해 몸을 던진다지만, 상인인 몸으로 처음부터 적자일 것이 뻔한 장사를 행할 수는 없는 노릇이다.

따라서 위험도에 비해 보수 금액이 낮은 이유는 납득이 간다. 그렇다고 의뢰를 받아들일 수 있는가는 별개의 문제지만 말이다.

다음으로 도적을 죽이는 것을 목적으로 호위 의뢰를 받아들여도 되는가, 하는 문제인데.

평범한 호위 의뢰를 '도적을 죽이기 위한' 의도로 받거나 일부러 도적을 유인하는 것은 목적에서 벗어난 행동이지만, 의뢰 자체가 '도적 섬멸이 목적이고, 5할 증액은 그 대가'라면 이 의뢰는 '호위를 겸한 토벌 의뢰'로 간주되며, 의뢰주가 희망하고 다른 동행자들도 동의한다면 유인 행위 역시 문제되지 않는다.

그리고 대인전이 일어날 확률이 높은 의뢰를 받아들이는 부분은 어떻게 생각해야 할까.

물론 틀림없이 공격이 들어오는 것은 아니다. 이미 다른 상단을 덮친 직후일지도 모르고, 도적이 매일 활동하는 것도 아닐 테니까. 또 이미 다른 나라로 갔을 가능성도 배제할 수 없다. 그저 통상적인 호위 의뢰보다는 공격당할 확률이 조금 더 높다는 것일 뿐. 완전히 운에 따르는 일이다. 그런 점에서 세 사람은 저마다 생각하는 부분이 있었고, 깊이 대화를 나누지는 않았다.

'귀여운 복장 작전'에 관해서는, 전위이자 검대와 방어구 등의 장비를 장착하는 데 시간이 걸리는 메비스는 어차피 마일의 옷이 맞지도 않으므로 제외되었다. 다른 마술사조는 방어구를 입는 데 별로 시간이 걸리지 않기 때문에 둘 다 포함되었다. 특히 혼자만 부끄러울 수는 없다는 마일의 강력한 주장에 의해.

먼저 말을 꺼낸 레나에게 거부할 권리는 없었고, 다른 두 사람이 전력으로 끌어들이려고 한 폴린에게는 도망칠 방법이 없었다. 그리고 억지로 끌려온 폴린이 입을 수 있는 것은 체육복밖에 없는 대참사가 일어난 것이다.

메비스는 자칫 말을 잘못해서 자신에게 불똥이 튀면 큰일이라는 듯, 그저 한결같이 관계없는 사람인 척 행동했다.

그렇게 해서 결국 레나, 폴린, 마일은 갈아 신기 힘든 부츠만 처음부터 헌터용으로 신고, 다른 옷은 마일의 학원 시절 옷을 입게 된 것이다.

첫날부터 입지 않았던 것은 왕도 근처에 도적이 없기도 하지만, 물론 가장 큰 이유는 왕도에서 그런 차림을 했다가 누군가가 알아보면 큰일이기 때문이었다.

사전에 수없이 연습했기 때문에 방어구 장착을 상당히 빨리할 수 있게 되어, 기습 공격만 받지 않는다면 괜찮을 것이었다.

뭐, 원래 마술사조는 근접 전투를 하지 않으며, 가죽 방어구는 대인전 때 검이나 창 공격을 완전히 막을 수 있는 방어력이 없기 때문에 방어구 자체는 그냥 마음을 안정시키는 역할 정도였지만.

마일이 마부 노인과 시시콜콜한 이야기를 나누고 있는데, 몰래 걸어놓은 탐색 마법에 반응이 왔다.

'으음, 이건……, 오크인가. 여섯 마리 정도네?'

마부석에 앉아 있던 마일은 마차 덮개 위로 뛰어 올라가, 후방 마차에 신호를 보냈다.

뒤이어 달리던 마차가 천천히 멈추는 모습을 확인하고 다시 마부석으로 내려온 마일은 노인에게 마차를 세워달라고 말하고 마차에서 뛰어내려 앞으로 달려갔다.

'……있다!'

마일은 커다란 나무 그늘에 숨어 상황을 살폈다.

예상대로 오크 여섯 마리였다. 조금 높은 곳에서 마차를 발견하고 앞질러 왔는지, 아니면 우연히 맞닥뜨린 것일 뿐인지. 어느 쪽이든 마차가 계속 나아가면 맞닥뜨리게 되어 있다. 지금은 싸울 수밖에 없다.

다른 헌터들에게 설명해야 한다는 점에서 너무 터무니없는 행동은 할 수 없다. 그렇게 생각한 마일은 아이템 박스에서 슬링쇼트를 꺼내 왼손에 쥐고, 오른손 손가락으로 파칭코 구슬 정도 크기의 쇠구슬을 꺼냈다.

'어째서 어른들의 오락인 파칭코의 구슬이랑 이 세계의 파칭코 탄이랑 크기가 똑같은 거야……. 뭔가 어원이 이어져 있기라도 하나? 구슬을 튕긴다는 공통점 때문인가?'

아무래도 상관없는 것을 생각하며 슬링쇼트, 별칭 파칭코의 탄 장착 부분에 쇠구슬을 끼웠다.

이번에 조약돌을 쓰지 않는 이유는 오크는 작은 동물과 달리 살이 두껍기 때문에 조약돌이 깨지면서 파편들이 살 속 깊이 파고들까 봐 걱정되었기 때문이었다. 그 누구든 고기를 씹다가 '뿌지직' 하거나 '빠지직' 하게 되는 것은 싫은 법이고, 이곳에는 제대로 된 치과의사도 없으니 이가 빠지면 손 쓸 도리가……, 아니, 그런데 치유마법은 치아도 복원해주나? 아니면 아예 빠지고 새 치아가 나나? 어찌 되었든 마일은 몸소 체험해보고 싶은 생각이 전혀 없었다.

아니, 어쩌면 자신은 돌도 씹어 먹을 수 있나? 소화 흡수하여

187

영양분으로…….

점점 무서워져서 마일은 생각을 멈추었다.

이번에는 평소처럼 작은 동물을 사냥하듯 쏘는 것이 아니라 왼손은 제일 앞까지 뻗고 오른손은 손대중으로, 탄소나노튜브가 최대치의 약 3분의 2까지 늘어나게 했다.

'잘 조준해서…….'

피슝!

……탁!

피슝!

……탁!

피슝!

……탁!

발사음과 명중음이 짧은 간격으로 세 번씩 들린 후, 마일은 검을 뽑아 나무 그늘에서 뛰어나갔다.

갑자기 옆 동료의 배에 커다란 구멍이 뚫리고 피와 살이 낭자하나 싶더니 뒤이어 다른 동료 두 마리의 머리가 날아가 대혼란에 빠진 나머지 오크 세 마리.

사실은 제일 첫 놈의 복부가 터지는 것을 본 마일이 '고기가 많이 상하겠네!' 하고 실패를 깨닫고는 머리로 조준을 변경했던 것이다. 상당히 냉정한지, 아니면 그저 단순히 먹을 의지가 강한 것뿐인지…….

혼란스러워하는 오크를 향해 돌격한 마일은 그대로 검을 휘두르며 오크 사이를 스치고 지나갔다.

푸쉬~

쿵, 쿠우웅!

빠져나온 마일의 등 뒤로 오크 세 마리의 상반신이 하반신과 분리되어 피를 마구 튀기면서 땅에 떨어졌다. 마일의 옷에는 피 한 방울도 튀지 않았다.

"너, 너어……."

뒤에서 들려온 목소리에 뒤돌아보니, '드래곤 블레스' 멤버들이 입을 반쯤 벌리고 마일과 오크의 사체를 번갈아가며 보고 있었다.

* *

"왜 멋대로 혼자 간 거야!"

그날 저녁, 야영지에서 버트에게 질책받는 마일.

"오크를 발견하면 당연히 나한테 먼저 보고해야지! 심지어 네 뒤에 고작 장막 한 장을 사이에 두고 몇 미터도 채 안 되는 곳에 내가 있었는데! 어째서 아무 말도 없이 혼자 간 거냐!"

"죄, 죄송합니다……."

"사과나 들으려는 게 아니야! 이유를 말하라고, 이유를!"

궁지에 몰린 마일은 어쩔 수 없이 바른대로 말하기로 했다.

"저기, 만약에 버트 씨가 호위 의뢰를 수행하던 중에 말이죠, 선두에서 걷고 있었는데 길 한복판에 혼래빗 새끼가 있었다고 생각해보세요."

"어, 어어……."

갑작스러운 예시에 살짝 당황했지만, 말을 막지 않고 그대로 귀를 기울이는 버트.

"그때 버트 씨라면 어떻게 하실 거죠?"

"그야 당연히 뻥 차버려야……, 설마, 너!"

"호들갑 떨면서 모두를 부르거나 하지는 않겠죠?"

"오크 여섯 마리가 너한테 혼래빗 새끼나 마찬가지라는 소리냐?! 햇병아리인 C등급이, 기고만장해가지고……."

그때 누가 어깨를 탁탁 쳐서, 버트가 도중에 말을 멈췄다.

"버트, 그 아이 혼자 잡은 오크 고기를 뼈 발라가며 씹어 먹으면서 그렇게 말하니까 영 설득력이 떨어지는데……?"

파티 멤버인 베라가 그렇게 말하자, 오른손에 쥐고 있던 살점이 붙은 오크 뼈를 반사적으로 쳐다보는 버트. 벌써 세 개째로 다음 분도 이제 곧 다 구워진다.

"죄송해요……. 뒤쪽 마차에는 신호를 보냈는데, 제가 탄 마차 안에 연락하는 걸 깜박했어요……. 앞으로 조심할게요……."

마일이 시무룩한 분위기를 풍겼고, 버트의 설교는 드디어 끝을 맞이했다.

버트도 별로 마일을 혼내고 싶어서 그러는 것은 아니다. 세 파티의 합동 임무로 지휘 계통을 철저하게 하는 것은 중요한 사항이었고, 무엇보다 마일의 몸을 생각한 교육이다. 그것을 알기에 마일도 순순히 사과할 수밖에 없었고 다른 파티 멤버들도 감싸주지 않았다.

"알았으면 이제 됐다. 너도 먹어. 네가 잡은 오크잖아."

겨우 용서받고 오크 고기를 먹기 시작하려는 마일이었는데, 이번에는 '드래곤 블레스'의 서브 리더이자 버트와 같은 검사인 칼럼이 끼어들었다.

"어이, 그런데 검술은 어디서 배웠어? 어떻게 오크의 몸통이 세 마리 연속으로 두 동강이가 났지?"

술도 마시지 않는데 눈이 멍했다.

"모, 몸통을 벤 건, 세가 키가 작아서 목까지 검이 안 닿으니까⋯⋯."

"그런 말이 아니잖아! 알면서 시치미 떼지 마!"

마일이 난처해하자 활을 쓰는 베라가 도움의 손길을 뻗었다.

"자자⋯⋯. 저 애가 곤란해하잖아. 너무 집요하게 나오는 남자는 인기 꽝이라고."

칼럼은 베라에게는 꼼짝 못 하는지, 투덜거리면서도 물러났다.

"덕분에 살았어요⋯⋯. 베라 씨, 정말 감사합니다!"

가슴을 쓸어내린 마일이 베라에게 인사하자⋯⋯.

"됐어. 이 정도야 별것도 아닌데, 뭐. 그런데 우리가 본 건 네가 검을 잡고 돌격하는 장면부터였는데, 그전에 세 마리를 이미 쓰러트렸지? 사체를 보니까 불마법이나 얼음마법, 흙마법, 바람마법, 어느 것 하나 쓴 흔적이 없던데⋯⋯. 뭔가, 독특한 원격 무기라도 썼니?"

'야단났네!'

마일이 뒷걸음질 치려는데, 탁 하고 등에 어떤 부드러운 것이 닿았다.

식은땀을 흘리며 마일이 슬쩍 뒤돌아보니 환한 미소를 띤 마술사 지니가 어깨를 꽉 움켜쥐었다.

"마법이지? 뭔가, 재미있는 마법이지?"

"아아아악~!"

마일이 오크 고기를 겨우 맛본 것은 한참 더 뒤의 일이었다.

* *

'슬링쇼트를 준비해두길 잘했지…….'

베라와 지니의 질문 공세로부터 벗어나기 위해 슬링쇼트를 꺼내 마법도 아니고 특별한 무기도 아닌, 지극히 간단한 구조의 장난감 같은 것이라고 설명해서 두 사람의 흥미를 떨구려고 하자, 그런 간단한 물건으로 무슨 저런 위력이 나오느냐며 레나처럼 그들도 덤벼들었다.

그리고 레나 때와 마찬가지로, 그들은 절대 쓸 수 없다는 사실을 알고 나자 급속도로 흥미를 잃었다.

레나 때의 경험이 큰 도움이 되었다. 역시 마일은 학습할 줄 아는 아이였다.

　사실 헌터끼리 서로의 과거나 능력을 캐내려고 하는 것은 금기 사항이었고, 칼럼과 베라와 지니의 집요한 질문공세는 명백한 규칙 위반이었다. 마일이 마음만 먹으면 '드래곤 블레스'라는 파티에 정식으로 항의하고 사과를 요구할 수 있을 정도다.

　만약 마일 일행이 성인 남자였다면 아마 그렇게 했겠지만, 상대가 성인 남자면 그들도 애초에 그렇게 나오지 않았으리라. 좋게 말하면 '동료라고 생각해서 허물없이 대했고 억지도 살짝 부려봤다'이고, 나쁘게 말하면 '어린 계집애라고 만만하게 봤다'가 되겠다.

　원래는 그 시점에서 양쪽 리더 버트와 메비스가 개입했어야 하지만, 버트 본인도 진실을 알고 싶었고, 다른 사람이 그러하듯 자신들의 눈에 어린애로만 보이는 '붉은 맹세'를 조금 가벼이 여기고 있기도 했다.

　한편 메비스는 아무리 그래도 베테랑 C급 헌터에게 덤빌 수 없었고, 슬링쇼트는 마일이 조약돌을 튕기는 바람마법을 숨기기 위해 준비한 것이라는 사실을 알았기 때문에 묵묵히 마일의 대처에 맡겨둔 것이었다.

　사실 얕보이지 않으려면 그렇게 해서는 안 되었지만, 신입 헌터에게는 상당히 시도하기 어려운 일이다.

　그래도 고압적이거나 다소 협박적인 태도로 나왔다면 '붉은 맹세' 멤버들도 관여했을 테지만, 그런 태도를 보였던 칼럼은 베라가 바로 막았고 베라와 지니는 '여자애들끼리 치는 장난'의 느낌이어서 관여하기 애매하기도 했다. 베라와 지니는 '여자애'라고 말하기에는 조금 시기가 지난 감이 있지만…….

그렇게 이러쿵저러쿵해서 겨우 베라와 지니로부터 해방되어 오크 고기를 자기 앞으로 가져온 마일이었다.

"자, 이제 먹어보자!"

"저기, 그거 좀 빌려줘."

버트가 다가왔다.

절망적인 표정을 짓는 마일에게 버트는 과연 조금 미안한 듯 말했다.

"아니, 너는 계속 먹어. 쓰는 방법은 아까 베라와 지니한테 설명하는 걸 봤으니까 괜찮아. ……아마도."

더는 귀찮아져서 마일은 아무 말 없이 슬링쇼트를 건넸다.

피슝!

놀랍게도 버트는 마일이 쏘는 작은 동물 사냥 모드보다 조금 더 세게 줄을 잡아당겨 조준한 나뭇가지를 날렸다.

생각해보면 이상한 일도 뭣도 아니다. 지구의 슬링쇼트도 일반인이 수렵에 사용하니까. 고무 대신인 나노튜브의 장력이 강하면 너무 확 잡아당기지 않아도 그럭저럭 위력이 나온다. 지금껏 시험해본 것이 힘이 약한 여성들이었을 뿐이다.

하지만 그렇게 생각하면 베라는 궁사니까 팔힘이 나름대로 셀 터. 어느 정도는 잡아당길 수 있었어야 하지 않나?

……역시, 버트가 조금 비정상인 것 같다. 과연 B등급답다.

재미있어졌는지 버트는 조약돌을 주워 모으기 시작했다.

마일은 그 모습을 무시하고 식사에 전념했으며, 그 후 바로 텐트로 돌아가려고 했는데…….

""마일~, 부탁이 있어~!""

"아, 네네……."

'드래곤 블레스'의 여성진으로부터 온수 샤워 요청이 들어왔다.

다음 날 아침.

마일이 눈을 뜨자 어딘가에서 왠지 좋은 냄새가 났다.

서둘러 단장을 마친 마일이 모닥불 쪽으로 가보니 버트가 고기를 굽고 있었다.

그리고 그 뒤에 쌓여 있는 새와 혼래빗, 그리고 여우.

'우와…….'

아무래도 해가 뜨자마자 사냥에 나선 모양이다.

검사인 버트는 원거리에 있는 작은 동물을 잡은 첫 경험이 상당히 즐거웠는지, 잔뜩 들떠 있었다.

"굉장해, 이거! 간단히 사냥에 성공할 수 있다고! 이것만 있으면."

'아앗, 그러지 마! 그다음 말은 내뱉으면 안 돼!'

마일의 소원이 허무하게도 버트는 미소를 지으며 다음 말을 입에 담았다.

"활이나 공격마법 따위 이제 필요 없어!"

195

'아아아, 끝났다…….'

퍽!

등을 맞아 뒤돌아본 버트의 눈에 비친 것은 이글이글 분노로 불타오르는 '드래곤 블레스'의 궁사 베라와 마술사 지니였다.

"아…………."

두 사람의 손에 질질 끌려간 버트는 나중에 마일을 찾아와 슬그머니 슬링쇼트를 내밀었다.

"……이거 돌려줄게."

그의 얼굴은 왠지 퉁퉁 부어 있었다.

오늘로 왕도를 나선 지 삼 일째다. 아무 일도 일어나지 않는다면 내일 저녁에 암로스에 도착할 것이다.

왕도에서 충분히 멀어졌고, 암로스까지는 아직 거리가 있다. 도적이 습격한다면 오늘 즈음이 고비일 것이다. 그렇게 생각하면서 어제와 마찬가지로 마부석에 앉는 '붉은 맹세' 멤버들.

습격 장소는 도적 쪽에서 자유로이 선택할 것이다. 당연히 자신들에게 유리한 곳을 고르겠지. 지형 그리고 상단 쪽의 피로도 등을 따져서.

'아마 저녁 무렵일 거야. 제일 지쳐 있고, 조금만 있으면 쉴 수 있다는 생각에 방심하는 시간대……. 이동 중에 올까, 아니면 야영 중에 올까.'

마일은 그렇게 예상했지만, 그들은 오전 중에 왔다.

탐색 마법의 반응에 따르면 전방에 인간, 그 숫자는 일곱.

'예상보다 적네? 양동(陽動) 작전이고 본진은 따로 있나?'

하지만 그 판단은 지휘관 버트의 몫이다. 마일은 장막을 들어 올리고 짐칸에 있는 버트에게 보고했다.

"전방 300미터에 일곱 명. 정지한 상태입니다."

"그걸 어떻게 아는 거야!"

버트는 지적하면서도 반쯤 질린 표정이었다.

"일단 정지하고 태세를 갖춘다. 그 후에 전진, 후방을 경계하면서 전방 집단을 확인한다. 도적일 경우는 배제한다. 전투 상황이 되어도 '염랑'은 그대로 마차 안에 숨어서 대기한다. 적의 별동대에 대비함과 동시에 적이 접근했을 경우는 상인들의 호위를 맡는다."

상인들은 '자신들은 호위할 필요 없다'고 말했지만, '그럼 그렇게 할게요' 하고 곧이곧대로 받아들일 수는 없다. 어쩔 수 없는 상황이 아닌 이상 의뢰주를 보호해야 한다.

마일은 버트의 지시에 고개를 끄덕인 후 마차 덮개 위로 뛰어올랐다. 그리고 후방 마차에 미리 정해놓은 핸드사인을 보냈다. 그렇다고 조금 전 버트의 지시를 한 토시도 빠짐없이 알린 것은 아니다. 그것은 사전에 정한 몇 가지 대응 패턴 중 하나에 지나지 않았으므로, 간단한 신호만 보냈을 뿐이다.

신호를 다 보내고 마차가 멈춰 서자 마일은 후방에 있는 네 번째 마차로 이동했다. 옷을 갈아입기 위해서였다.

시간이 없으면 남성에게 반대쪽을 보게 하고 그 자리에서 옷을 갈아입든지, 간단한 방어구를 교복 위에 걸치기만 하거나 혹은 교복 차림 그대로 싸울 작정이었지만 시간이 있으니 굳이 남자 앞에서 옷을 갈아입을 필요는 없었다. 과연 마일도 그 정도까지 서비스 정신이 왕성하지는 않았다.

마일이 네 번째 마차로 가니 세 번째 마차에 타고 있던 레나도 이미 와서 옷을 갈아입고 있었다. 폴린은 원래 네 번째 마차에 타고 있었고, 옷을 갈아입을 필요가 없는 메비스는 그대로 두 번째 마차의 마부석에서 대기했다.

"드디어 때가 왔네요……."

옷을 갈아입으며 마일이 그렇게 말하자, 레나와 폴린은 아무 말 없이 고개를 끄덕였다.

준비가 모두 끝나고 레나, 폴린, 마일은 선두마차로 향했다. 도중에 메비스도 합류했다. 마일 일행이 선두마차로 돌아가자 '드래곤 블레스' 멤버들이 전원 마차에서 내려와 대기하고 있었다.

여기서부터 호위는 걸어서 움직인다. 단, 후방에 있는 '염랑'은 비장의 카드로 마차에 계속 숨어 있었다. '염랑'에는 마일 일행이 옷을 갈아입는 동안 '드래곤 블레스' 중 한 사람이 작전을 전달해 주었다.

"좋아, 자, 그럼 가볼까!"

"아, 잠깐만 기다리세요!"

버트의 출발 지시를 막는 메비스.

"이번에는 저희에게 맡겨주시면 안 되겠습니까?"

"뭐라고?"

"아무래도 적은 전방의 일곱 명이 전부인 듯합니다. 그러니 대인전 경험을 조금 쌓고 싶어서요. 여러분은 저희가 열세에 몰리거나, 적의 증원 병력이 나타났을 때 나서주셨으면 합니다만……. 처음에는 저희만 있는 쪽이 녀석들도 방심할 수 있을 거라고 생각합니다. 그러면 혹시 있을지도 모를 나머지 적도 조심성 없이 나타날지도 모르고요……."

"……알았다. 그럼 그렇게 해. 단, 위험하다는 판단이 들면 바로 개입할 거니까. 그리고 적의 증원이 나타나면 가세하러 못 가게 될지도 몰라. 알고 있지?"

메비스의 말에 잠시 고민하던 버트가 승낙했다.

"네. 저희 멋대로 말씀드려 죄송합니다. 자, 가자!"

메비스가 지시를 내리자 묵묵히 고개를 끄덕이는 세 사람. 이는 사전에 서로 상의해서 정한 일이었다.

드디어 '붉은 맹세', 첫 대인전이었다.

평소보다 천천히 움직이는 여섯 대의 마차.

그 선두에서 걸음을 옮기는 네 명의 어린 소녀들.

'드래곤 블레스'의 다섯 명은 첫 번째와 두 번째 마차에 나눠 숨어, 버트의 신호가 떨어지면 즉시 뛰어나갈 채비를 갖추었다.

얼마간 이동하니 넘어진 통나무가 길을 가로막았다. 마차로는 도저히 지나갈 수 없었고, 길 폭이 좁아 마차를 되돌리기도 어려웠다. 상단이 정지했을 때 도적이 모습을 드러냈다.

"어~이, 너희는……, 잉?"

선두의 '붉은 맹세'를 보고 굳어버린 도적들.

"뭐야, 헌터야? 어느 집의 돈 많은 학생인 줄……. 제기랄, 망본 자식, 눈깔이 썩었나……."

역시 어딘가에서 길을 지켜보며 사냥감을 고르고 있었던 모양이다.

보통은 호위의 존재를 어필해서 도적이 덮치지 못하게 하지, 일부러 호위를 감추지는 않는다. 그래서 도적은 망보던 자가 그저 잘못 본 것뿐이라고 여기는 듯했다.

"뭐, 됐어. 너희들 정도 나이면 기껏해야 D등급으로 구성했겠지, 이런 인원수를 상대로 뭘 어쩌겠나. 얼른 항복하는 게 신상에 좋을 거야. 무기랑 방어구만 순순히 넘기면 상인한테 받을 것과 합해서 충분한 돈이 된다. 그러니 그 이상은 아무 짓도 안 할 테니까."

두목처럼 보이는 남자가 그렇게 말했지만, 징글징글한 얼굴을 보아 그 말을 곧이곧대로 믿어서는 안 될 것 같았다.

"그렇게 말해놓고, 무기를 건네자마자 바로 붙잡아서 노리개로 삼은 다음 노예로 팔아버릴 게 뻔하지!"

레나가 그렇게 말하며 노려보자, 도적 두목이 씨익 웃었다.

"헷, 그렇게 나온다면 힘으로 붙잡을 수밖에. 어차피 결과는 달라지지 않아."

두목이 신호를 보내자 도적들이 마일 일행을 에워쌌다.

검을 뽑아드는 메비스와 마일, 그리고 주문 영창을 시작하는 레나와 폴린.

"그렇게 내버려둘 것 같냐!"

마법 행사를 막기 위해 도적들이 레나와 폴린을 덮쳤다. 도적 중 둘은 각각 메비스와 마일을 견제해서 도우러 오지 못하게 막았다.

여기서는 어린 소녀가 휘두르는 뻔한 검보다 위력을 알 수 없는 마법 쪽을 경계하는 것이 당연하다. 그리고 아직 미성년자인 소녀들이 쓰는 마법 따위, 영창에 시간이 드는 데 비해 그리 큰 위력은 없어서 재빨리 공격하면 마법 발동 전에 간단히 제압할 수 있다.

"바보 같은. 후위 마술사가 앞에 나오다니……, 크헉!"

"헉!"

폴린의 스태프가 도적의 배를 가격했고, 레나의 스태프가 다른 도적의 턱을 쳐올렸다.

"하앗!"

두목이 당황해서 몇 걸음 뒤로 물러섰을 때는 메비스와 마일을 견제했던 두 사람도 이미 땅에 쓰러져, 이제 서 있는 것은 두목까지 합해 세 명뿐이었다.

"…………수폭!"

도적의 공격에도 흐트러지지 않고 주문 영창을 이어간 폴린이 마법을 발사했다.

상당히 위험하게 들리는 이름의 마법이지만, '물을 폭발적인 기세로 때려 붓는' 마법이지 딱히 핵융합이 일어나는 것은 아니다.

명명자는 마일이다.

그 밖에 지구의 역사로 말하면 중세 시대에 사용되었던, 둥글고 도화선이 달린, 만화에나 나올 법한 폭탄. 마일은 그것을 언젠가 재현할 때가 오면 이런 이름을 붙이려고 생각했다.

'중세사 폭탄.'

원시적인 폭탄이니 원시폭탄, 줄여서 '원폭'이라고 불러도 될 것 같다.

그리고 코볼트 집락을 괴멸하기 위해 만든 것은 별도로 '코볼트 폭탄'이라고 이름 붙여도 좋을 듯하다.

폴린의 '수폭'을 맞은 도적 둘이 각각 나무와 땅에 처박혀 그대로 움직이지 않았다. 이제 남은 것은 두목, 단 하나였다. 레나가 두목을 향해 마법을 쏘려고 했다.

"……염렬지."

"'그만둬~!'"

마일과 폴린이 소리쳤고, 메비스가 얼른 뛰어가 레나의 입을 틀어막았다.

그 마법은 바로.

졸업 검정 때 대전 상대인 마술사가 쓴, 힘 조절을 못해 상대의 뼈까지 녹여버리고 마는 그 주문이었다.

모두의 표정을 보아 자신이 처한 상황을 알아차렸는지, 도적 두목은 그 자리에 털썩 주저앉았다.

"……왠지 잘못 짚은 것 같은데. 별동대도 없어 보이고, 이놈들은 우리가 찾던 도적단이 아닌가 보다. 아마 그냥 평범한 도적이겠지."

항복했다고 판단하고 마차에서 뛰어내려 다가온 버트의 말에
마일과 폴린은 입을 모아 말했다.

""그렇죠~……?""

한편 레나와 메비스는 아직 티격태격하는 중이었다.

"쏘게 해줘! 쏘게 해달라고!"

"그만두라니까아아!"

제16장 과거

도적들은 타박상이나 골절을 입은 자는 있어도 생명이 위험할 정도의 중상자는 없어서 전원 포박되었다.

두목과 다른 도적들을 심문한 결과, 역시 이 도적 떼는 예의 대규모 도적단과 아무 연관 없는 평범한 도적들이었다. 최근 통행하는 마차 수가 격감한 데다 대부분 많은 호위를 고용한 대규모 상단이어서, 오랜만에 호위도 없고 돈 많아 보이는 소녀들만 있는 소규모 상단을 보고 뛰어든 모양이었다.

"……죽여야 해!"

"으음~……."

그리고 지금, 붙잡은 도적들의 처리에 관한 회의가 진행되었다.

"아직 목적지까지 하루 하고 반나절 넘게 남았는데, 이놈들을 달고 가는 건 너무 성가셔. 마차에 태울 여유도 없고, 걷게 하면 진행 속도가 느려져서 내일 중으로 암로스에 도착 못한다고. 게다가 한밤중에 줄을 푼 다음, 자고 있는 우리를 덮칠 가능성도 있고……. 물론 암로스까지 데려가면 보상금 이외에 범죄 노예로 판 돈의 일부를 받을 수야 있겠지만, 지금 우리는 중요한 임무 중이잖아. 목만 가져가서 보상금만 받아도 된다고!"

강력하게 주장하는 레나와 그녀의 말에 벌벌 떠는 도적들.

"아니, 그런데 말이지……. 전투 중이면 모르겠지만, 붙잡아서 무력화시킨 후에 죽이는 것도 좀. 이놈들의 패거리가 쫓아온다면 주저 없이 죽이겠지만…….."

버트는 무익한 살생을 하고 싶지 않은지, 아니면 범죄 노예로 팔았을 때 떨어지는 돈을 포기하기 어려웠는지, 살려서 데려가고 싶어 했다.

결국 다수결로 정하기로 하고, 호위 12명과 상인 네 명이 표결에 들어갔다. 마부는 제외했다.

결과는 9대7로 '산 채로 데려간다'가 결정되었다.

의외였던 것은 온순해 보이는 상인들 전원이 '죽인다'에 손을 든 점인데, 생각해보면 당연할지도 모른다. 헌터에게 '데려가자' 는 의견이 많았던 것은 딱히 박애주의자여서가 아니라, 그저 단순히 위험이 없는 한 조금이라도 이익이 많은 편이 낫다는 이유에 지나지 않았다. 특히, 재정 상태가 나쁜 '염랑'은 전원 '데려간다' 파였다.

그래서 걷기에 지장 있는 도적들만 폴린과 마일이 최소한으로 치료해주었고, 다른 부분은 조금이라도 위험 요소를 줄이기 위해 치료하지 않고 그대로 두었다. 암로스에서 관헌에 넘길 때 마저 치료해줄 생각이었다. 그렇게 하면 수사와 판결이 끝나고 범죄 노예로 팔릴 때 값이 내려가지 않고, 잘만 하면 별도의 치료비를 받을 가능성도 있다.

이동 시에는 두목만 묶어서 마차 안에 두고, 나머지 여섯은 각각 손을 묶고 목에 줄을 걸어 마차 한 대에 한 놈씩 연결했다. 걷

205

기 싫어하면 목이 졸리게 된다. 걷든지 아니면 죽어서 질질 끌려 가든지, 본인의 선택에 자유롭게 맡긴 것이다. 이렇게 하면 일부러 천천히 걸어 시간을 버는 것 등을 막을 수 있다. 마차마다 한 명씩 따로 묶은 것은 물론, 놈들끼리 간교를 부리거나 조사 전에 미리 입을 맞추면 곤란하기 때문이다.

참고로 이 방법을 제안한 사람은 폴린이었다.

'붉은 맹세'의 네 멤버는 마부석에 앉기를 관두고, 왕도를 출발했을 때와 마찬가지로 다 함께 네 번째 마차에 탔다. 복장은 헌터 장비를 갖춘 그대로였다.

한편 네 사람의 분위기는 그다지 좋지 않았다.

"레나, 어째서 그때 치사율이 높은 마법을 쓰려고 했어? 다른 도적들을 전원 무력화시켰고, 충분히 여유가 있었는데. 정보 수집이라는 점에서 봐도 그때 두목에게 그런 마법을 쓸 필요는 없었어. 레나 너라면 생포하기 위한 마법을 얼마든지 쓸 수 있었잖아?"

"그건 살려둘 필요가 없었기 때문이야. 도적 따위 동정해봐야 언제 배신할지 모르는 거고, 지금까지 잘도 선량한 사람들을 죽이고 농락해왔으니 자기 차례가 되었다고 해서 불평하진 않을 거잖아?"

메비스의 말에 레나는 잔뜩 부은 얼굴로 대답했다.

"아니, 전투 시라면 몰라도 무력화시킨 다음은 다르지. 관헌에 넘기면 벌을 충분히 받게 되어 있어. 레나가 말하는, 우리가 경험하길 바랐던 '첫 살인'이란 저항 못하는 상대를 일방적으로 죽이는 건가?"

"…………."

입을 꾹 다문 레나.

"……붙잡은 도적을 죽이는 것에 집착하다니, 평소의 레나 씨답지 않아요! 무슨 일이라도 있었나요? 도적들과……."

폴린이 그렇게 묻자, 얼마간 입을 닫고 있던 레나가 조용히 중얼거렸다.

"……당했어……."

"네?"

"살해당했다고! 아버지도, 동료도, 다들 도적한테 살해당했다고!"

그리고 레나는 모두에게 자신의 과거를 털어놓기 시작했다.

* *

레나는 행상인의 딸이었다.

철이 들었을 때는 이미 아버지와 함께 마차 한 대로 도시에서 도시로, 마을에서 마을로 행상을 도는 나날을 보냈다. 어머니에 대한 기억은 없다.

일상생활에 약간 편리한 수준과 말단 마술사의 딱 중간 정도 되는 마력을 지닌 레나는 말과 자신들이 필요한 만큼의 물을 만들어낼 수 있었고, 불을 지피는 것도 가능했다.

"레나가 있으니 편하구나."

"에헤헤……."

유복하지는 않지만 그리 가난하다고도 할 수 없어, 부녀 둘만의 행상 여행은 꽤 즐거웠다. 이 생활이 끝나는 것은 돈을 모아 도시에 가게를 차릴 때일까, 아니면 레나가 시집갈 때일까…….

하지만 그날은 갑작스레 찾아왔다.

레나가 열 살일 무렵이었다. 다음 마을로 이동하던 중, 짐칸 앞부분에서 쉬고 있던 레나에게 마부석에 앉은 아버지가 갑자기 크게 소리쳤다.

"도적이다! 짐 속에 숨어 있어!"

레나는 서둘러 짐칸을 꽉 채운 물건들 사이에 몸을 숨겼다. 긴 행상 생활이었기에 도적의 습격은 처음 당하는 일도 아니었다.

도적 역시 마차 한 대에 호위도 없는 행상인이 목돈을 가지고 있으리라고는 생각하지 않을 것이고, 마을 사람들을 상대로 파는 냄비나 농기구 따위를 빼앗아 봐야 짐만 늘어날 뿐 돈으로 바꿀 방법도 없다. 그래서 원래 그런 행상인은 노리지 않고 봐주었으며, 더 돈이 될 만한 사냥감을 노리는 것이 보통이었다.

하지만 종종, 돈이 많이 궁한지 별 볼 일 없어 보이는 마차에도 손을 뻗는 도적들이 있었다. 그럴 때는 가진 돈을 내어주면 대체로 마차와 짐에는 손대지 않는다. 도적에 의한 피해가 지나치게 늘어나면 그만큼 토벌대가 구성될 확률이 높아지고, 값어치 없는 짐을 빼앗기보다는 돈을 벌어 다시 오라고 길목을 터주는 편이 도적들에게도 이익이기 때문이다. 상인 입장에서 현금을 빼앗겨도 마차와 팔 물건이 무사하다면 재기는 그리 어렵지 않다.

그래서 아버지는 도적의 습격에도 별로 비관하지 않았다. 지금껏 수차례 겪었던 불운이며, 이번에도 단순히 그 불운의 회수가 하나 더 늘어났을 뿐이라고 여겼던 것이다.

그러나 이번 도적은 상당히 급했는지 질이 나빴다.

"지금 장난하나! 고작 이것밖에 없다는 거냐?!"

"그, 그렇게 말씀하셔도, 벌어들인 돈으로 다음 도시에서 또 물건을 사야 하니…… . 저희는 약간의 차액을 남겨 먹고 사는지라, 수중에 돈이 그리 많지는…… ."

"그런 건 내 알 바 아니고! 우린 돈이 필요하다고! 별수 없지, 가진 물건 중에서 값나갈 만한 물건이랑 먹을 것을 전부 가져갈까…… . 어이!"

그렇게 말한 사인조 도적의 두목은 부하들에게 지시해서 짐칸을 뒤지게 했다.

"그, 그만두십시오! 팔 물건을 못 쓰게 되면 장사를…… ."

아버지는 레나를 찾을 수 없도록 필사적으로 막으려고 했지만, 도적들이 그 말에 따를 리는 물론 없었다. 부하들이 짐칸으로 올라가 값비싼 물건이 없는지 물색하기 시작한 지 얼마 뒤, 짐 속에서 비명이 들려왔다.

"싫어! 이거 놔!"

그리고 짐칸에서 질질 끌려 나온 레나.

"어허, 얌전히 있지 못해?!"

부하들에게 붙들린 레나를 보며 두목이 히죽거렸다.

"있었잖아, '값진 물건'이…….."

"노, 놓아주십시오! 딸아이는 이제 겨우 열 살입니다!"

"걱정하지 마, 제대로 귀여워해줄 테니까……. 그런 뒤에 어느 귀족이나 부자에게 보내 행복하게 살도록 해줄게, 노예로 말이지. 학학학학!"

바로 그때, 이상한 소리를 내며 웃던 두목에게 부하가 초조한 표정으로 말했다.

"두, 두목! 저, 저기!"

"뭐야……."

기분 좋게 웃고 있는데 찬물을 끼얹자 두목이 무슨 일인가 싶어 부하가 가리키는 방향을 쳐다보니…….

"뭐야, 헌터잖아?!"

도적에게 습격당한 마차를 구하기 위해 전력으로 달려오는 네 명의 헌터가 있었다.

어엿한 헌터가 되지 못하고 도적으로 전락한 자가, 같은 숫자인 현역 헌터들에게 맞설 수 있을 리 없었다. 게다가 헌터 측에는 마술사로 보이는 자도 포함되어 있었다.

헌터들은 의협심 때문인지 사례금이 목적인지 아니면 도적의 목을 가져가 보상금을 받기 위함인지는 몰라도, 의욕에 불타오르는 모습으로 이쪽으로 오고 있었다. 레나 부녀와 짐에 정신이 팔려 있었던 도적 떼는 상당히 늦게 그 사실을 깨달았다.

"제기랄, 도망가자! 계집은 데려간다!"

두목의 지시에 붙잡고 있던 레나를 일으켜 세우려는 부하들.

그러나 시간을 조금만 더 벌면 살 수 있음을 안 레나는 그 틈을 놓치지 않고 손을 뿌리친 다음, 마차 밑으로 굴러 들어갔다.

"아, 제기랄, 이 계집이······."

부하들이 당황하며 마차 밑에서 레나를 끌어내려고 했지만 레나는 두 손과 발로 차축을 단단히 붙잡고 있어서, 아무리 성인 남자라고 해도 불안정한 자세로는 힘이 제대로 주어지지 않아 레나를 도저히 끌어낼 수 없었다. 그러는 동안 점점 더 가까워지는 헌터들.

"이 계집이! 네 애비가 어떻게 되어도 상관없나!"

성난 두목의 목소리가 들려왔다. 마차 밑에 엎드린 레나에게는 그 모습이 보이지 않았지만, 쉽게 상상이 갔다. 아마도 아버지에게 검을 들이밀었겠지.

"안 나온다면······ 이렇게 해주지!"

하지만 아무런 소리도 들리지 않았다.

"이 새끼가, 딸에게 비명을 안 들려주겠다는 거냐······. 그럼, 이건 어때!"

"으, 으으윽······."

이번에는 도저히 참을 수 없었는지, 고통으로 가득 찬 신음을 내뱉는 아버지.

"하, 하지 마! 나가요, 지금 나간다고요!"

"안 된다, 레나야! 나오지 마! 나오면 안 돼, 으아악!"

아버지의 고통스러워하는 목소리에 참지 못하고 마차 밑에서 기어 나온 레나는, 도적의 부하에게 팔을 붙들려 강제로 일으켜 세워졌다.

"아버지!"

땅에 쓰러진 아버지의 오른쪽 어깨에 검을 꽂아 마구 돌리는 광경을 보고 레나가 비명을 지른 순간.

"좋아, 좋아. 이제 이놈은 쓸모를 다했군. 그럼 마지막으로 마술사가 이놈에게만 정신이 팔리도록, 이렇게……."

두목은 어깨에서 검을 뽑아 이번에는 아버지의 배를 찔렀다.

"으윽……."

몸이 뒤로 확 젖혀지더니 아버지의 몸에서 힘이 빠져나갔다.

"어라, 내가 실수했나? 뒈져버렸나……. 뭐, 됐고, 얼른 튀자!"

"""넵!"""

"아버지이이이!"

레나는 필사적으로 손발을 휘둘러 도적의 얼굴을 마구 할퀴었다.

"아야야, 날뛰지 마, 얌전히…… 크헉!"

도적 중 하나가 배를 뻥 차였다.

"으헉!"

하복부에 발끝이 박혔다.

"뭘 그리 꾸물대! 서둘러, 놈들이…… 으악!"

슝!

화살이 두목의 뺨을 스치고 지나갔다.

부하를 내팽개치고 전력을 다해 달아나는 두목.

"앗, 두, 두목!"

그 사실을 깨닫자, 레나를 잡은 손을 놓고 마찬가지로 도주하는 세 명의 부하들.

"아버지, 아버지!"

달려가 안는 레나에게 아버지는 마지막 힘을 짜내 손을 붙잡고 말을 띄엄띄엄 이어갔다.

"레나, 행복……하게, 아버지랑, 네 엄마는, 네가…….."

그것이 마지막 말이 되어 아버지의 손은 힘없이 땅에 떨어졌다.

"아버지이이이!"

드디어 마차에 도착한 헌터들은 달아나는 도적들에게 공격마법과 화살 세례를 퍼부으면서 세 사람은 그들을 추격했고, 나머지 한 사람만 그 자리에 남았다.

"괜찮아? 다친 데는?!"

"아버지가! 아버지가!"

마술사로 보이는 남자가 바로 아버지의 상태를 확인한 후, 아무 말 없이 고개를 가로저었다.

"아악, 아버지…….."

얼마 후, 추격에 나섰던 세 사람이 돌아왔다.

도적 넷 중 숨통을 끊어놓은 것은 두 놈. 화살과 공격마법을 맞아 속도가 느려진 두 사람은 죽었지만, 나머지 둘은 달아나는 데 성공한 모양이었다. 그러나 죽은 둘 중 한 놈이 두목이었던 점은 행운이었다.

"나만 없었으면……. 내가 마차 밑에서 나가지 말고 조금만 더 시간을 끌었더라면……."

오열하며 그 말만 반복하는 레나에게, 네 명의 헌터로 구성된 '붉은 번개'는 묵묵히 머리를 쓰다듬어주었다.

'붉은 번개'는 남자 넷으로 구성된 파티였다.

검사 브라운, 38세. 마찬가지로 검사인 오거스트, 27세. 창사 고든, 22세. 그리고 '기용빈핍(器用貧乏)' 그 자체인 마술사 겸 궁사 에릭, 28세. 에릭은 마력이 그리 많지는 않은데, 잘하지도 못하지도 않지만 그럭저럭 마법을 쓸 수 있고 마력을 절약하기 위해 활도 쏜다. 어느 것 하나 뛰어나게 잘하지는 않지만 있으면 무척 도움이 된다. 그런 포지션이었다.

그들은 레나의 아버지가 살해당한 원인 중 하나가 자신들이 조심성 없게 접근한 것에 있다고 생각하고, 책임을 통감하고 있었다. 사실은 불가항력이어서 책임감을 느낄 필요는 전혀 없었지만, 다들 헌터치고 순진한 부류였던 것이다.

레나에게는 돌아가신 아버지 말고 다른 가족이 없었고, 유랑하는 행상 생활이어서 친척 등과도 교류가 없다는 것을 안 그들은 잠시 상의한 후 레나에게 말했다.

"우리랑 같이 갈래?"

"네……?"

열 살배기 소녀가 혼자서 살아가기에 이 세계는 너무도 험난했다.

고아원에 들어가면 되지만, 어지간히 운이 좋든가 돈이 있을 때의 이야기였다.

어딘가에서 허드렛일을 하며 돈도 못 받고 혹사당하다가 병이라도 걸리면 쫓겨나거나 아니면 아예 처음부터 슬럼에서 고아로 살아가든가. 게다가 외모가 반반한 소녀는 노예사냥의 표적이 될 가능성도 있어 위험이 크다. 그러니 아무리 위험하다고 해도 헌터와 같이 행동하는 편이 훨씬 낫다.

비록 열 살이지만 행상인의 자식. 여행 중 다양한 것을 보고 들어 그 정도쯤은 알고 있었다.

레나는 잠시 생각에 잠긴 뒤 대답했다.

"……부탁드립니다."

'붉은 번개' 멤버들은 땅을 파 레나의 아버지를 묻어주고, 죽은 도적들을 레나 아버지의 마차에 실은 다음 도시로 향했다. 마차가 없으면 목만 가져가도 되었지만, 운반만 가능하면 시체를 그대로 가져가는 편이 보상금을 받을 때 인정되기 쉽다.

마차와 짐은 레나의 동의를 얻어 도시에서 팔기로 했다. 마차가 있으면 도로 이동은 편리하나 숲이나 언덕에서 이동하기 힘들고, 마차 정비와 말의 유지비가 들어 곤란하다. C등급 이하의 헌터에게 마차는 돈만 드는 애물단지에 지나지 않았다.

물론 마차와 짐을 판 돈은 레나의 것이다.

이렇게 해서 열 살의 레나는 '붉은 번개'와 행동을 같이하게 되었다.

지금까지 아버지와의 여행에 도움이 되었던 마법을 중심으로 혼자 연습했던 레나는 말과 자신들을 위해 물을 만드는 물마법, 질퍽거리는 땅에 마차 바퀴가 빠지지 않게 하는 흙마법, 그리고 땔감에 불을 붙이기 위한 약한 불마법 정도밖에 쓸 줄 몰랐다. 그래서 '기용빈핍'으로 불리는 마술사 에릭에게 여러 가지 마술을 배워, 마술사로서는 하수 중의 하수인 에릭보다 마력이 더 적은 레나는 착실하게 '기용빈핍 2호'의 길을 걸었다.

몸집이 작고 마력도 어엿한 마술사가 되기에는 한없이 모자라며 힘도 전투 기술도 없다. 그래서인지 '붉은 번개' 멤버들은 열 살임에도 불구하고 레나를 헌터에 등록시키려고 하지 않았다.

아마도 레나는 헌터가 되기에는 역부족이어서, 성인이 되면 어느 도시에서 평범하게 일할 수 있게 만들 생각이었으리라. 그래서 장차 도움이 되도록 적은 마력으로도 쓸 수 있는 마법과 호신을 위한 스태프 사용법을 가르쳐주었다.

한편 레나는 조금이라도 모두에게 도움이 되도록 필사적으로 연습했다. 마법도, 스태프로 하는 장술도, 그리고 헌터로서의 지식 연찬도.

20대부터 마흔 전후에 걸친 성인 남자들 사이에 헌터 등록도 하지 않은 열 살 소녀가 단 한 명. '붉은 번개'는 헌터 동료들로부터 온갖 야유를 들었지만, 다른 헌터들도 '붉은 번개'가 고아 소녀를 보호하게 된 경위를 알기에 진심으로 그렇게 말하는 것은 아니었다. 그저 귀여운 소녀와 함께 있다는 점에 대한, 놀림 반 질투 반이었다.

그렇게 시간은 흘러 레나가 열세 살이 되던 어느 날, '붉은 번개'는 호위 임무를 맡게 되었다.

마차 두 대에 호위는 '붉은 번개' 네 명. 적당한 인원이었다. 레나는 일단 공격마법도 익혀두었지만, 에릭의 마력을 온존하기 위한 물통 담당 그리고 효과는 미비하지만 치유와 회복 마법 담당이었으며 전력에는 속하지 않았다.

'붉은 번개' 이외에는 상인이 한 명, 마차마다 마부가 한 명씩 있었다. 잡화 등을 실은 행상인의 마차가 아니라 도시에서 도시로 어떠한 물건을 옮기는 마차라는 점은 호위의 존재를 봐도 명백한데, 호위를 경계해 그냥 보내줄까 아니면 먹음직스러운 사냥감이라는 것을 믿고 위험을 감수하면서까지 공격해 올까. 그것은 도적의 생각과 호주머니 사정에 달렸다.

그리고 그날, 도적의 마음속 판단의 저울은 '습격한다' 쪽으로 기울었다.

"오른쪽 전방에 도적이다! 길을 막고 있어! 숫자는 대략 열 명!"

"후방에 여섯! 너무 많아!"

호위가 있어도 아랑곳하지 않고 공격할 것이다. 16명이나 되니 아무리 호위 헌터라도 최소 일고여덟 명은 있어야 승부가 난다. 이 인원으로는 싸우기도 전에 항복하게 되고, 도적 쪽은 피해가 없을 것이다. 도적들도 딱히 헌터를 죽이고 싶어 하는 것은 아니어서, 싸우지 않고 돈을 벌 수 있으면 그보다 더 좋은 일은 없었다.

"차라리 처음부터 항복하는 것이……."

"아니, 싸우시오!"

"""""네?"""""

'붉은 번개'의 리더 브라운이 항복을 권했지만, 고용주인 상인은 싸움을 명했다.

"하, 하지만 16대4인데 어떻게 이깁니까! 이건 섶을 지고 불로 뛰어 들어가는 격이나 마찬가지입니다!"

"그게 호위가 할 일 아니오? 돈과 짐을 다 빼앗겼는데, 임무를 방치한 호위의 보수까지 지불할 수는 없지! 어서 싸워서 다 물리쳐주세요!"

"""""…………."""""

얼마간 정적이 흐른 후, 브라운이 선언했다.

"항복한다."

"""""알겠습니다!"""""

"뭐요, 고용주의 명령을 거스르겠다는 겁니까! 명백한 계약 위반입니다!"

소리치는 상인에게 브라운이 싸늘한 목소리로 말했다.

"호위가 전멸한 후에 항복해서 의뢰비를 주지 않고 끝낼 속셈인가? 그런 악질 의뢰주에 대비해 '항복은 의뢰주의 승낙이나 호위 지휘를 맡은 자가 그렇게 판단했을 경우에 인정된다. 그 경우 타당성이 인정되면 호위 헌터는 의무를 다한 것으로 간주하여, 보수를 지급해야 한다'라는 규칙이 있지. 뭐, 길드에서 확인 조사를 하니까 규칙의 악용은 불가능하지만, 이런 전력 차이라면 문제없이 인정될 거야."

"무, 무슨!"

여전히 소리 지르는 상인을 무시하고 브라운은 큰 목소리로 항복을 표했고, 도적단 쪽도 안심한 분위기를 풍기며 수월하게 접근했다.

아무리 호위가 소수라고 해도 자신들보다 강한 헌터와 싸우게 되면 동료가 다치고 죽기도 한다. 어쩌면 그 대상이 자신일지도 모르고 말이다. 그것을 피하고 안전하게 돈을 벌 수 있다면 그보다 더 좋은 일이 있을까? 애초에 그러한 효과를 노리고, 그리 강하지 않은 어중간한 자들을 끌어모아 머릿수를 채운 도적단이었다.

"항복한다. 그러니 사람들에게는 손대지 마. 돈과 물건에 관한 건 저기 있는 고용주랑 상의해라."

"알겠다. 관습대로 사람들에게는 손대지 않으마. 우린 마차와 돈만 가져가면 그만이야."

호위 헌터와의 교섭을 마친 도적단 두목은 이번에는 상인과의 교섭을 진행했다.

"실은 물건은 뭐야?"

"……소금, 말린 고기, 소금에 절인 고기랑 밀 같은 식료품, 그리고 술통이다."

"""""얏호오~!"""""

도적단이 환호했다.

"좋았어! 전부 다 가져간다!"

"기다려! 교섭하자!"

"교섭이라니?"

상인의 말에 두목이 의아한 표정을 지었다.

당연하다. 교섭이고 뭐고, 마차를 통째로 빼앗으면 그만인 도적에게 무슨 교섭이 가능하다는 말인가.

"그래, 뭘 요구하고 대가로 뭘 줄 생각이지?"

비열한 웃음과 함께 묻는 두목에게 상인이 대답했다.

"내 요구는, 빈 마차 한 대와 소금의 절반을 남겨달라는 것. 그리고 대가는 물을 얼마든지 만들고 불도 피울 수 있고 여러 가지로 쓸모가 많은 계집이야. 그래, 여러 가지로 쓸모가……."

그 말에 얼어붙는 레나.

"웃기지 마!"

"그건 협정 위반이다!"

'붉은 번개' 멤버들로부터 비난과 분노의 목소리가 쏟아졌다.

"흐흐음……."

두목은 순간 매우 흥미롭다는 얼굴이었는데, 그 입에서 나온 대답은 부정적인 말이었다.

"재미있는 이야기를 하는 놈이군. 자신이 고용한 호위를 팔겠다는 건가……. 하지만 그건 항복 조건인 약속을 깨는 게 돼. 항복했는데 약속을 깨버리면 앞으로 헌터들은 웬만하면 항복하지 않게 되고, 도적들의 피해가 커지겠지. 이건 우리만의 문제가 아니야. 도적밖에 될 수 없는 놈들 모두의 생계가 위태로워지는 아주 큰 문제다. 그건 용납할 수 없지."

"그건 들켰을 때의 이야기 아닌가?"

두목의 말에 히죽 웃으며 답하는 상인.

"고용주가 항복하라고 했는데 토벌 보수를 받고 싶어 항복을 거부하고 싸웠다. 자기들 실력을 과신한 바보 같은 헌터, 쓰러진 동료를 버리고 도적 쪽으로 갈아탄 물통 대용 계집애. 무슨 문제라도 있나? 내가 있는 그대로 솔직하게 보고하면 끝 아닌가? 나는 항복 지시에 따르지 않고 전멸한 호위에게 보수를 지급하지 않아도 되고, 마차 한 대랑 소금의 절반을 잃지 않고 끝날 수 있지. 너희는 약속을 깬 것이 아니라 편리한 노예를 얻는 거야. 서로 손해 볼 것 없는 거래 같지 않아?"

"""""너…….""""

상인의 엄청난 제안에 말문이 막힌 '붉은 번개' 멤버들. 레나는 목소리조차 나오지 않았다.

"푸하하하, 지독한 놈이군! 상인으로 상종 못 할…… 아니, 그래서 상인인 건가!"

두목은 그렇게 말하며 끈적끈적한 눈으로 레나를 훑어 내린 후, 아주 잠깐 고민하더니 부하에게 지시를 내렸다.

"……죽여."

순간, 마법으로 상인을 죽이면 이 거래는 실현 불가능해진다는 생각이 레나의 뇌리를 스치고 지나갔다.

도적 몇 명을 죽여 봤자 상황은 바뀌지 않지만, 상인이 죽으면 도적들은 '아마도 항복했을 호위와 상인을 전부 죽였다'는, 두목이 피하고 싶어 하는 사태를 맞게 된다. 그럴 바에야 '배신하려고 했던 상인을 헌터가 죽였다'고 해서 원래 예정대로 마차를 전부 빼앗고 헌터는 놓아주는, 좋은 쪽으로 정리하는 편이 낫다고 생각할지도……. 도적이 아니라 무방비한 상인이라면 비교적 약한 레나의 마법으로도 어떻게든…….

하지만 지금까지 사람을 죽여본 적도, 그러한 것을 생각조차 해본 적 없는 레나는 망설임 없이 상인을 죽이기가 불가능했고, 그저 제지하는 말을 짜내는 것이 최선이었다.

"그만……."

하지만 그 말을 채 끝내기도 전에 검과 창이 '붉은 번개'의 네 멤버의 몸을 꿰뚫었다.

도적들에게 둘러싸인 네 사람으로서는 저항할 방도가 없어 희미한 신음만 내뱉은 채 땅에 쓰러지는 브라운, 오거스트, 고든, 그리고 에릭.

"아, 아…………."

철썩, 바닥에 무릎을 꿇는 레나.

"아, 아, 아아아악…………."

"그럼 저쪽 마차의 짐을 내리고, 소금을 옮겨……."

꿀렁.

"그나저나 너도 참 지독한 놈이구나!"

"하하하, 피차일반 아닌가?"

보글보글…….

부글부글…….

마술사로서 먹고 살 만큼의 마력량은 없다.

헌터가 아니라, 불을 만들어내는 것이 전부인 비전투원.

처음 봤을 때 레나를 그렇게 소개받은 상인은 도적들에게도 그대로 전했다.

실제로는 미약하리나마 공격마법을 구사할 수 있는 레나였지만, '붉은 번개' 멤버들은 고용주에게 항상 그렇게 전달했다. 그것은 사실에 거의 가까웠고, 경솔하게 '공격마법을 쓸 수 있다'고 말했다가 레나까지 전력으로 기대하거나 비호 대상에서 벗어나는 것을 염려했기 때문이리라. 그리고 만일의 사태가 일어났을 때 적의 방심을 유도하도록…….

그런데 레나가 잘하는 마법은 물마법. 마력이 약한 레나에게는 이렇다 할 공격력이 없었다. 그럴 터였다.

"그나저나 물 걱정이 없어지면 행동 범위가 넓어지겠군. 이거, 운이 따르……."

펄펄…….

아까부터 가슴속에서 끓어오르는 이 뜨겁고 끈적거리는 게 도대체 뭐지…….

슬픔? 절망? 분노? 아니면 증오……?

땅에 두 손과 무릎을 댄 채 작은 목소리로 중얼거리는 레나를, 도적들은 히죽거리며 징그러운 시선으로 바라보았다.

"자, 빨리 물건을……."

그때, 입을 떼던 두목과 상인의 몸에 뜨거운 바람이 닿아, 무슨 일인가 싶어 뒤돌아본 두 사람이 목격한 것은……

"""""으아아악~~!"""""

회오리치는 홍련의 화염에 휩싸여 햇불로 변한, 절반에 해당하는 부하들의 모습이었다.

"무, 무, 무슨……."

영문을 몰라 우왕좌왕하는 상인과 입을 쩍 벌린 채 굳어버린 두목. 남은 절반의 부하들도, 그저 멍하니 불타오르는 동료들을 지켜볼 수밖에 없었다.

그리고 화염 속에서 나타난 작은 그림자.

"이런 말도 안 되는! 너는 기껏해야 물밖에 못 만드는, 아직 신통찮은……."

"아하, 그 애라면 이미 죽었어."

"뭐……?"

의미를 알 수 없는 말로 상인의 말을 끊은 레나가 계속 입을 열었다.

"레나라는 이름의, 하찮은 물마법이나 쓰던 행상인의 딸이라면 아까 마음이 산산조각 나서 동료들과 같이 죽었어. 지금의 나는, 모두의, '붉은 번개' 멤버 모두의 유지를 이은 자. '붉은 레나', 도적을 죽이는 자다!"

"죽여라아아앗!"

두목이 목청이 찢어질 듯 큰 소리로 외쳤다.

하지만 도적들은 전부 칼을 뽑지 않은 상태였고, 레나와는 거리가 조금 있었다. 영창이 끝나기 전에 베어버릴 시간이 없었다.

그리고 레나는 말을 자아냈다. 걸쭉한 마음 깊은 곳에서 끓어오르는 그 말을.

"불타올라라, 지옥의 업화여! 뼈까지 전부 녹여버려라!"

*　　*

30대의 마차, 다수의 호위를 붙인 대규모 상단. 길을 지나던 그들이 목격한 것은 불타버린 들판과 17개의 잿더미, 헌터의 것으로 보이는 시신 네 구, 두 대의 마차와 그 안에서 부들부들 떨고 있는 두 마부.

그리고 무표정으로 서 있는 한 소녀의 모습이었다.

제17장 싸움

　"'붉은 번개' 멤버들이 모두 살해당한 직후의 기억은 잘 나지 않아. 그래서 그다음에 벌어진 일은 마부 두 명이 증언했는데…….뭔가, 굉장히 무서운 걸 봤는지 '거짓말했다간 살해당하고 말 거야' 하면서 전부 솔직하게 털어놓아서 난 문책을 피했어. 상인의 재산은 몰수되어 '붉은 번개'의 유족들에게 나눠줬다고 해. 내가 가지고 있던, 아버지의 마차와 상품을 판 돈도 모두의 재산이라고 그때 전부 유족에게 건넸기 때문에 난 무일푼이 되었지. 생명에 위기가 찾아온 순간 마법의 재능에 눈뜨는 사례는 아주 드물게 있는 모양이었어. 뭐, 대체로는 그때 죽어버리니까 그게 알려지는 건 흔하지 않다지만……. 그래서 나도 여러 가지 조사를 받았지. 그 결과 마부들이 증언했던 엄청난 힘은 없어도 그럭저럭 마법을 쓸 수 있는 상태였어. 마부들은 공포에 질린 데다가 너무 놀란 나머지 내 마법이 엄청나게 느꼈던 것뿐이고, 나는 마력이 동날 때까지 몇 발이고 불마법을 계속 쏘다가 마력결핍증으로 의식이 몽롱해져서 그사이의 기억이 모호해지게 된 것이란 결론이 났어. 그 후로 헌터 등록을 하고 일 년 반, E등급이 됐을 때 양성학교 시험을 권유받았어."

　""'호~음…….""""

"……엥? 그게 다야?"

다들 너무 반응이 없자 레나는 왠지 불만스러운 표정을 지었다.

"엥? 무슨 말을 해주길 바랐어? '아아, 그래서 도적을 죽이고 싶어 하는구나'라든가, '증오에서는 아무것도 피어날 수 없어!'라든가, '사람을 증오하면 안 돼. 증오는 나쁜 마음이야!'라든가……."

"이, 이~!"

메비스의 너무도 노골적인 말투에 얼굴을 붉히는 레나.

"뭐, 레나가 도적에게 연연하는 이유는 잘 알았으니까 그걸로 됐어. 어떤 생각이나 주장을 가지고 있든, 그건 개인의 자유야. 다만, 다른 사람과 파티의 행동에 개인적인 감정을 주입하면 안 돼. 그러니까……."

"사람을 죽이는 연습, 같은 건 그만둬요."

"뭐……."

메비스에 이어 마일이 말하자 레나는 뾰로통한 표정을 지었다.

"처음에는 레나 씨가 선배 헌터로서 올바른 방법을 가르쳐 줄 줄 알았단 말이에요! 그런데 그게 아니라 뭔가, 개인적인 문제 같으니까?"

"윽……."

마일의 말에 대꾸하지 못하는 레나.

"저기, 누구든 무슨 일이든 '처음'은 반드시 오는 법이잖아요. 그걸 위한 자리를 굳이 억지로 설정할 필요는 없지 않을까요? 그냥, 그때를 위해 마음가짐만 단단히 한다면……."

"…………."

폴린의 말에도 돌려줄 대답이 없는 레나.

"그리고……."

폴린이 계속해서 말을 이었다.

"죽으면 고통은 한순간이잖아요? 더 오래 끔찍한 고통을 맛보면서 후회하게 만드는 편이 더 속이 후련할 것 같은데……."

모처럼 나눈 훈훈한 이야기가 다 수포로 돌아갔다.

"어쨌든, 어쩔 수 없는 순간이 오기 전까지는 무리해서 상대를 죽이려고 하지 말자. 그리고 나는 너희와 내 편, 그리고 무고한 사람들이 위험해진다면 주저 없이 적을 죽일 거야. 적과 도적의 목숨보다 내 사람들의 목숨이 훨씬 중요하니까. 하지만 그건, 결코 적의 목숨이 가벼워서가 아니라 내 사람들의 목숨이 훨씬 몇 곱절은 무겁기 때문이야. 그리고……."

메비스의 말은 끝나지 않았다.

"저번에 내가 말했지. '우리를 죽이려는 상대를, 우리는 죽이지 않고 포획할 생각으로 싸우는 건 상당한 역량 차가 있어도 어렵다'고 말이야. 하지만 상당한 역량 차로 어렵다면, 어마어마한 역량 차를 보이면 되는 거 아닌가?"

"뭐……?"

메비스의 말에 레나의 표정이 멍해졌다.

"마, 말이 되는 소릴 해! 그런 건……."

하지만 아무 생각도 없어 보이는 마일의 얼굴을 보자, 왠지 그것이 쉬운 일처럼 느껴지기도 했다.

"절대 다치게 하면 안 된다는 것도 아니고요. 치유마법도 있고, 신체 부위가 몇 개 없더라도, 광산 말고라도 범죄 노예가 일할 수 있는 장소는 얼마든지 있으니까……. 만약 죽었다면, 그럼 '그때' 가 온 거라고 생각하면 될 일이죠. 너무 무리해서 죽이려고 할 필요도 없고, 위험을 감수하면서까지 억지로 안 죽이려고 할 필요도 없어요. 생포하는 편이 돈도 되고 오래 후회하게 만들 수 있으니 기본 방침은 포획이지만, 무리해서 구애받을 일은 아니라는 이야기예요. 뭐, 정보를 토해내게 해야 할 때는 조금 상황이 달라지지만……."

여전히 폴린은 폴린이었다.

레나는 얼마간 입을 꾹 다물고 있다가, 불쑥 말을 내뱉었다.

"알았어……."

잠시 후 마차가 멈춰 서고 점심시간이 되었다.

상인과 마부는 평소처럼 밥을 먹었지만, 호위 헌터들은 음식을 별로 입에 대지 않았다. 다들, 오늘 오후가 고비라고 판단했기 때문에 전투에 대비하는 것이었다. 마일을 제외하고 말이다.

"너는 정말……."

여느 때와 다름없이 와구와구 먹어치우는 마일을 보며 레나가 어이없다는 듯 잔소리를 늘어놓았다.

"그렇게 먹으면 몸이 둔해지잖아! 그리고 만약 배라도 찔리면 그땐 어쩔래!"

"헉, 그런가요? 하지만 양성 학교에서는 그런 걸 안 배웠……."

"그건 어린애라도 아니까!"

"헉⋯⋯, 그럼 지금 당장 소화시킬게요."

"네 몸은 도대체 어떻게 생겨먹었니?!

너무 흥분한 나머지 숨을 씩씩대는 레나.

"레나 씨, 몸이 좀 지친 거 아니에요?"

"그게 과연 누구 때문일까?!"

"저기, 잠깐 좀 볼래?"

레나가 쓸데없이 지쳐서 숨을 헐떡이며 말하는데, '염랑'의 세 사람이 다가와 말을 걸었다.

"이번 일이 끝나면 우리와⋯⋯."

"기각!"

끝까지 들어보지도 않고 레나가 뚝 잘라버렸다.

"잠깐, 끝까지 좀 들어봐! 그리고 다른 세 사람의 의견도⋯⋯."

"기각!"

"기각!"

"기각!"

다른 세 사람의 의견까지 들은 '염랑'의 세 사람은 풀이 죽어 원래의 위치로 돌아갔다.

이동 중에는 담당 위치가 떨어져 있기도 하고, 오늘 밤에는 그런 이야기를 꺼내기 힘든 가능성도 있었다. 그래서 기회는 지금밖에 없다고 생각했겠지만, 지금이든 언제가 됐든 그녀들의 대답은 늘 똑같으리라.

그들의 사정을 들은 만큼 '드래곤 블레스'의 남성진은 가엾다는 눈빛으로 쳐다보았지만, 베라와 지니로부터 '너희나 잘해라!' 하는 식의 싸늘한 시선을 받았다.

점심을 겸해 휴식을 충분히 취한 다음 다시 이동하기 시작한 상단.

줄로 마차에 묶인 도적은 멀리서 보기에는 호위 헌터처럼 보일지도 모른다. 거리가 충분히 떨어진 곳에서 본다면 말이다. 가까이에서 줄을 눈으로 확인하면 끝이지만, 망보는 자가 그렇게 근처까지 접근하지는 않으리라. 아마도 먼 고지대에서 마차의 숫자, 바깥에 나와 있는 호위의 숫자 등을 확인하는 선에서 그칠 것이다.

주목적인 도적이 아니기는 했지만, 이놈들도 방치하면 상인을 계속 공격할 것이고 어쩌면 호위뿐 아니라 상인까지 죽일지 모른다. '도적의 섬멸'이 의뢰주의 요구 사항이니, 이놈들의 포획 역시도 임무의 일부라고 볼 수 있다.

그래도 어쨌든 목표물이 아닌 도적이 또 꼬이면 일이 성가셔지므로, 효과가 지나쳤던 마일 일행의 '낚시'는 그만두고 '붉은 맹세'는 왕도 출발 때와 마찬가지로 네 번째 마차 안에서 대기했다.

레나는 무릎을 끌어안고 생각에 잠겼다.

도적은 적이다. 성실하게 살아가는 사람들을 착취하고 목숨을 빼앗는 악당. 놈들은 고블린, 오크 등과 마찬가지로 해로운 짐승이었으며 죽여 마땅한 존재였다.

싸움이 끝난 후에 살아 있다고 해도 그대로 살려둘 수는 없다.

지금까지 얼마나 많은 이를 죽이고, 그 가족을 절망의 구렁텅이에 빠뜨렸는가.

그리고 만약 놓아준다면 앞으로 피해는 계속 늘어나게 된다. 아니, 달아나면서 자기를 붙잡았던 자들을 죽이려고 하거나 일단 달아난 후에 다시 복수하러 올지도 모른다. 심지어 자신들이 아니라 소중한 가족과 친구들을 표적으로 삼아서 말이다.

……너무 위험하다.

죽이는 것이 제일이다. 안전하고, 귀찮은 일이 생기지 않고, 마음이 개운해진다.

그런데 마일은 물론이고 메비스와 폴린까지 참으로 안이하게 말했다.

메비스가 동경하는 기사는 악인을 없애는 것이 임무가 아닌가?

폴린은 더 속이 새카맣지 않았나?

자신은 사람을 죽였다.

그러나 그때의 기억이 모호해서 잘 생각나지 않는다.

어째서 생각나지 않을까?

동료들을 죽인 적을 죽였다. 그럼 상쾌하고 기분 좋은 기억이 아닌가? 왜 그것을 잘 떠올리지 못할까?

……떠올리고 싶지 않은 기억인가?

사실은 도적들을 죽인 것을 후회하고 있나?

……바보 같네. '붉은 번개' 사람들의 원수야. 후회 따위, 내가 할 것 같아?!

하지만 폴린의 말에도 일리가 있다.

'죽이면 고통은 한순간', 이란 말이지. 광산에서 사고나 질병으로 죽을 때까지 평생 고통받고 후회하면서 살게 하는 것도 좋을까…….

일단 무조건 죽이는 건 보류할까…….

아무것도 신경 쓰지 말고, 자신만의 방식으로 자유롭게 하자.

죽든 말든 그건 상대방의 자유다.

그렇게 생각한 레나는 동료들을 쳐다보았다.

검을 뽑아 검신을 닦는 메비스.

어딘지 섬뜩한 미소를 띤 채 노트에 뭔가를 써넣는 폴린.

그리고 입을 헤벌리고 침을 질질 흘리며 자느라 정신없는 마일.

그 광경을 본 레나는 이런저런 고민을 하던 자신이 왠지 바보처럼 느껴졌다.

그러나…….

'아니, 안 돼! 이런 녀석들이니까 내가 더 정신을 바싹 차려야 해! 이번엔 아무도 안 죽게 할 거야! 반드시!'

레나. 걱정이 끊이지 않는 소녀였다.

움찔!

쿨쿨 잠에 빠졌던 마일의 몸에서 갑자기 경련이 일어났다. 자다가 이따금 일어나는 그것이다.

그리고 마일은 눈을 번쩍 떴다.

"……적이에요."

"아니, 그러니까 그걸 어떻게 아냐고!"

소리치는 레나를 무시하고, 마일은 짐칸의 후방을 통해 마차 덮개 위로 기어 올라가 손 피리를 불었다.

삐이이이~!

여섯 대의 마차는 곧바로 정지했고, 선두의 '드래곤 블레스'와 후미의 '염랑'에서 리더들이 달려왔다. 다른 사람은 물론 각자의 마차에 숨은 채 경계 태세를 갖추었다.

"무슨 일이야?! 적인가?"

"네, 전방에 약 20명 정도요."

"그걸 어떻게 아는 거야!"

'염랑'의 리더는 아직 익숙해지지 않은 눈치다. '마일의 비상식(非常識)'에.

"대략 스물이라……. 좀 더 자세히 알 수 있을까?"

버트는 '염랑'의 리더 브렛의 말을 가볍게 넘기고 마일에게 물었다.

"으~음, 19명이요. 아홉 명씩 정렬했고 제일 앞에 한 사람이 서 있어요."

"아니, 그걸 어떻게 아냐니까?!"

"뭐라고?!"

"무시하냐!"

무시였다.

"전원 모이라고 해. 긴급사태다!"

그리고 재빨리 모두 모이자마자, 버트의 설명이 시작되었다.

"일이 어렵게 되었다. 마일의 마법…… 맞지? 아무튼 마법에 따르면, 저 앞에 적 19명이 대기하고 있다고 한다. 그것도 9, 9, 1 정렬로……."

"그건 예상했던 범위잖아? 20명이 넘을 가능성도 있다고 들었는데, 생각보다 적으니 다행 아닌가?"

도적을 상대로 할 때, 자신들보다 두 배 많은 인원수까지는 그리 큰 문제가 아니다. 그렇게 생각하고 낙관적으로 말하는 '염랑'의 검사 처크에게, '드래곤 블레스'의 창사 퍼거스가 고개를 가로저으며 대답했다.

"아니, 이런 의뢰의 인원 보고는 실제보다 상당히 적은 게 당연하다. 있는 자를 빠뜨리는 경우는 있어도, 없는 자를 착각해서 많게 보는 경우는 없으니까 말이지. 숲속에서 20명 이상 봤다고 하면 실제 숫자는 당연히 그 이상이고, 그 반대는 극히 드물어. 또한, 정렬했다고 하니 더 쉽지 않아."

"뭐가 쉽지 않은데?"

아직 의미를 모르는 '염랑'의 멤버들. 그러나 '붉은 맹세'의 멤버들 역시 아직 이해가 안 되었기 때문에 안심했다.

"인원수가 적은 건 아마도 협공하기 위해 인원수를 나눴기 때문일 거다. 따라서 적은 그 두 배라고 봐야 해. 그리고……"

버트는 모두의 얼굴을 둘러본 후 천천히 말했다.

"도적은 원래 반듯하게 줄 따위 서지 않아. 사냥감을 노리고 기다릴 때 줄을 반듯하게 서는 건 기사나 병사……, 즉, 군대다."

"""""…………"""""

버트가 계속 말을 이었다.

"많은 나라에서 군대는 9인 1조로 분단을 편제하지. 병사 여덟 명을 그대로 여덟 명이나 2인 4조나 4인 2조 따위로 나누고, 나머지 한 사람이 그걸 지휘하는 거야. 그런 것을 네 개씩 소대가 편제돼. 그리고 소대에는 사관인 지휘관, 부관, 그리고 두 명의 상급하사관이 붙어 있어. 총합 40명, 이라는 이야기지. 그리고 이 상급하사관이 분대 두 개의 지휘를 각각 맡는다. 따라서 저 앞에 정렬한 19명이 서서 기다리고 있다는 소리는……."

몇 명이 마른 침을 꿀꺽 삼켰다.

"……그렇다. 조금 더 가면 지휘관과 부관을 포함한 나머지 21명이 있다, 는 소리다. 어쩐지 이상하다고 생각했어. 기근도 전쟁도 일어나지 않았는데 이런 데서 대규모 도적 떼가 거점도 없이, 바로 이동하지도 않고 눌러앉았다고 해서……. 어떤 보급을 받지 않는 이상 식량이 확보될 리가 없으니까."

"무리야! 많아도 기껏해야 20명 좀 더 되는 도적을 상대로 한다고 해서, 이런 전력으로도 충분하다고 생각했는데! 그 곱절인 40명, 그것도 병사라니! 이길 리가 없어!"

'염랑'으로부터 절망의 목소리가 터져 나왔다. 그것은 당연한 반응이었으며 옳은 이야기였다.

"아니, 그런데 왜 군대가 있는 거야! 언제부터 군대가 도적질을 하게 됐어?! 이상하잖아! 그 녀석들도 도적을 퇴치하러 온 게 아닐까?!"

'염랑'의 멤버가 비통하게 소리치는데, 마일이 불쑥 한마디를 던졌다.

"……통상 파괴?"

그 말을 들은 버트는 깜짝 놀랐다.

"뭐라고? 너, 바보가 아니었어?"

"누가 그래요!"

"……아직은 어디까지나 단순한 예상에 지나지 않아. 그런 걸 할 법한 나라가 어딘지 짐작 가지 않는 바도 아니지만, 상대는 그냥 도적일지도 모르고 19명이 전부일지도 몰라. 다만, 모든 일은 최악의 사태에 대비해야 한다는 거다."

마일의 항의를 무시한 버트가 불안해하는 사람들에게 말하자, 조금 안도하는 공기가 흘렀다.

"그래서, '최악의 사태'일 확률은 얼마나 되지?"

'염랑'의 리더 브렛의 질문에 버트는 태연한 얼굴로 대답했다.

"8할 정도?"

"""""…………."""""

그리고 버트는 그때까지 끼어들지 않았던 상인들에게 의사를 확인했다.

"의뢰주는 어떻게 하고 싶소?"

"으음, 글쎄요……. 우리 쪽 전력의 세 배가 넘는 병사가 있다니, 제대로 싸워서 이길 상대가 아니겠지요? 지금은 상대의 정체와 인원수를 확인한 후 후퇴, 그대로 왕궁에 알리고 우리 쪽도 군을 보내게 해서 맞설 수밖에 없지 않을까요?"

"하지만 우리 군대가 움직이기 전에 적이 먼저 이동할 텐데요. 그리고 지금까지 상단 사람들을 전멸시킨 건 당연히 자신들의 정체를 숨기기 위해서였겠죠. 아무리 도적으로 변장했다고 하나, 생존자가 있으면 어떤 계기로 들킬 가능성도 있으니까요. 그러니 여기서 우리가 물러나면 적은 분명 자신들이 들켰다고 깨달을 겁니다. 그리고 자신들의 정체가 어디까지 발각되었는지 걱정되어 우리를 추격하겠죠. 우리가 생포한 도적들을 죽여 버리고 달아나도, 짐마차로는 금세 따라잡힐 것입니다. 저쪽에서 추격용으로 기마를 준비했을 가능성도 있고……. 어디서 습격당할지도 모르는 상태로 도망치기보다는 차라리 우리가 장소를 골라 맞대응하는 편이 더 나을지도 모르겠군요."

버트는 헌터들을 둘러보며 씨익 웃었다.

"그냥 일 인당 서너 명만 쓰러트리면 끝인데. 그게 뭐 힘든 일이라고."

"뭐예요. 그럼 처음부터 선택지 따위 없었던 거잖습니까!"

"그렇게 되나요."

마주 보며 웃는 버트와 상인들.

'드래곤 블레스'의 다른 멤버들은 질렸다는 표정으로 어깨를 으쓱했다. 아마도 늘 이런 식인가 보다. '염랑'의 세 사람은 낯빛이 조금 흐려졌지만, 그래도 헌터로서의 자존심 때문인지 태연함을 유지하고 있었다. 그리고 '붉은 맹세'로 말할 것 같으면…….

((((뭐야, 이 사람들…….))))

버트와 상인들의 신경에 마일 일행은 황당해했다. 그리고…….

"왠지 도적이 아닌 것 같죠? 모처럼 논의한 게 헛수고로 돌아갔네요……."

"아니, 아무리 군대라도 정규 전쟁이 아니라 다른 나라에 침입해 약탈하는 행위는 군사행동이라고 할 수 없어. 간첩 아니면 그냥 도적 행색 하는 놈들이니 죽여도 문제없어. 도적으로 대해줘야지."

"지휘관을 붙잡아 정보를 캐내면 보상금을 아주 많이 받을 거예요~."

"너희……."

평소라면 아직 조금 더 이동하는 시간대였다. 하지만 상단은 더 가지 않고 그 자리에서 야영하기로 결정했다. 길은 바위산을 돌아 들어가는 부분으로 오른쪽에는 깎아지른 듯한 암벽, 왼쪽은 암지가 살짝 펼쳐져 있었으며 숲이나 샘터는 없었다. 원래라면 야영에 적합한 장소가 아니다. 조금만 더 걸어 바위산을 넘으면 초원이 있으니 더욱 그랬다.

하지만 이 장소는 괜찮았다. 야영, 이 아닌 전투에.

나무가 없는 암지이므로 거리낌 없이 불마법을 쓸 수 있다.

우뚝 솟은 암벽을 등지고 싸울 수 있으니 다수를 상대하기에 적합하다.

좀처럼 모습을 드러내지 않는 사냥감을 살피러 접근한 적군이, 이런 곳에서 일찍 야영 준비를 하는 상단을 보고 의문을 품겠지만, 그렇다고 뭘 어떻게 할 수 있는 것도 아니다.

불과 수백 미터밖에 안 되는 거리인 만큼 아침까지 계속 기다리기보다는 직접 움직여 이곳을 덮쳐올 것이 분명하다.

상단은 마차를 세 대씩 두 줄로 암벽에 딱 붙여서 지켜야 할 면적을 최소화했다. 붙잡은 도적들은 팔뿐 아니라 다리도 줄을 칭칭 휘감아 꼼짝 못 하게 만들었고, 전투가 시작되면 의식을 잃게 만들 계획이었다. 그리고 상인들에게는 만약 우리 편이 밀려 적이 접근할 것 같으면 그들을 즉시 죽이라고 신신당부해두었다. 상인 넷이서, 꽁꽁 묶인 데다가 의식도 없는 일곱 명을 죽이는 것이니 썩 많은 시간이 걸리지는 않을 것이고, 상인들도 어느 정도 연륜이 있는 만큼 도적을 죽이는 데 주저할 거라는 생각도 들지 않았다.

마차 고정, 도적 결박 등의 일을 마친 후 만전의 요격 태세를 갖추는 호위 헌터들.

밥은 먹지 않았다. 검과 창으로 싸우는 전투 전에 음식을 먹는 바보는 오래 살아남을 수 없다.

모든 준비가 끝났고, 이제는 적이 오기만을 기다리면 된다.

그리고 약 한 시간 후.

"……왔다."

궁사여서 시력이 좋은 베라가 앞장서서 접근하는 적을 발견했다.

상당히 빨리 야영 준비에 들어갔기 때문에 일몰까지는 시간이 있어, 주위는 아직 환했다. 어두워지고 나면 몇 명은 놓칠 가능성도 있어서인지, 압도적인 전력 차로 포위하는 쪽 입장에서는 밝을 때 공격하는 것이 유리하다는 판단을 내렸으리라.

암벽을 등져서 퇴로가 막힌 야영 중의 상단이라면 공격 측에서 전력을 분산시킬 필요가 없다. 모든 전력을 모았는지 40명 전후의 적이 상단을 반원 모양으로 둘러쌌다. 버트의 추측대로라면 딱 40명인 것일까…….

"우리는 도적이다! 무기를 버리고 투항하라!"

포위한 적의 지휘관으로 보이는 자가 내뱉은 목소리는 몹시 또랑또랑하고 귀에 쏙쏙 들어왔는데, 스스로 '도적'이라고 밝혔다. 심지어 '항복'이 아니라 '투항'이라고 했다. '무기를 버리고' 말이다.

"……어차피 싸울 거니까 아무 말이나 해도 되지? 정보를 조금이나마 얻고 싶으니까 적당히 거짓말 좀 섞어도 되겠지?"

버트의 말에 상인들이 동의했고, 무슨 소리인지 잘 모르는 '염랑'과 '붉은 맹세' 멤버들도 그에 이끌려 고개를 끄덕였다.

"아니, 이 목소리는 소대장이잖아?! 남의 나라에서 뭐하는 거야?"

"엥……."

버트가 큰 목소리로 외친 적당한 유도신문에 딱 걸려들어 동요하는 지휘관.

"나야, 나. 왕도에 있는 가게의……."

"모, 몰라! 난 그냥 도적이다! 뚱딴지같은 소리는 집어치우고 빨리 무기를 버리고 투항해!"

"……어떻게 생각해?"

"아하하…….."

버트의 물음에 건조한 웃음을 흘리는 마일.

"뭐, 솔직히 말하는 것 같지는 않지만, 거의 확정이네. 그 말은 우리가 항복해도 전원 죽일 거라는 소리다. 다들, 각오는 됐나?"

모두 입을 다문 채 고개를 끄덕였다.

"좋아, 비전투원은 계획한 대로 두 번째 마차에 올라타. 호위는 각자 위치로 간다!"

모두 버트의 지시에 따라 지정된 위치로 움직였다.

상인들은 미리 짐을 내려 공간을 확보한 두 번째 마차의 짐칸에 올라탔다. 암벽에 딱 붙어 있는 세 대 중 가운데 마차로, 쏟아지는 화살이나 마법 등을 다른 마차가 막아주는 위치에 있다.

사전에 회의한 대로 마일도 그 마차에 올라타, 짐칸에 눕혀둔 도롱이벌레 상태의 도적들에게 마법을 걸었다.

"에테르를 강력하게 만든 것이여, 새벽녘까지 의식이 돌아오지 못하게 하는 것이여, 도적의 코와 입 앞에만 나와라!"

……정말 대충이다. 이게 무슨 마법의 주문인가? 하고 따지고 싶을 만큼 상당히 대충이었는데, 나노머신이 마일의 의도를 헤아렸는지 도적들은 의식을 잃었다. 이렇게 해서 혹시 모를 반격의 가능성도 없애버렸다. 여차하는 상황이 오면 상인들에게 마무리를 맡겨야 한다. 물론 마일은 그런 일을 시킬 생각이 눈곱만큼도 없지만.

"자, 그럼 여기서 기다려주세요!"

상인들에게 그렇게 말하고 활짝 웃은 마일은 짐칸에서 내렸다. 그리고 마차에서 멀어지기 전에 조용히 중얼거렸다.

"격자력 배리어, 완전 투명 버전!"

끼익, 하는 소리가 어렴풋이 나더니 순간 공간이 반짝하며 빛을 반사하는 듯 보였다.

마일이 맡은 위치로 돌아가니, 때마침 적들은 질서정연하게 통솔된 움직임으로 접근하고 있었다.

일단은 도적 같은 행색이지만, 그 움직임이나 무장한 모습이 위화감으로 가득했다. 지나치게 정연하고, 무기도 질이 좋다. 누더기 속에 금속제 방어구를 걸친 자도 있다.

도달 거리가 아슬아슬해지자 버트의 지시로 지니가 공격마법을 쏘았다.

압도적인 소수이므로 위력과 명중률이 높아지는 유효 사정권에 들어올 때까지 기다리는 것이 아니라 선제공격으로 조금이라도 적의 수를 더 줄이려는 것은 당연하지만, 버트의 진짜 목적은 적을 명중시키는 것이 아니라 간을 보기 위해서였다.

"……염탄!"

선두에 있는 적을 향해 날아가는 지니의 불꽃 폭렬탄은 적에게 도달하기도 전에 소멸해버렸다.

"뭐, 특수 작전에 투입될 만한 부대라면 당연히 있겠지. 분대에 마술사 한둘쯤은."

통상적으로 전쟁에서 일반 부대에는 마술사가 포함되지 않고, 마법은 마술사만으로 구성된 부대를 집중 운용한다. 그편이 더 효율적이기 때문이다. 하지만 적지에서 단독으로 행동하는 특수 부대는 그렇지 않다.

버트는 군대에 관해 상당히 잘 알고 있는 모양이었다. 그것은 헌터로서 쌓은 오랜 경험 때문일까, 아니면 예전에 군대에 소속된 적이 있었나⋯⋯.

"상당히 실력 좋은 녀석을 준비해두었군. 우리 쪽 마술사는 넷인데, 저쪽은 과연 몇 명 있을까⋯⋯."

"머릿수 따위 상관없어."

버트에게 그렇게 대꾸한 레나가 공격마법 영창에 들어갔다.

"⋯⋯염탄!"

날아가는 불꽃 폭렬탄.

"염탄으로는 또 막힐 게⋯⋯."

지니가 조금 전 자신이 막힌 것과 똑같은 염탄을 쏜 레나에게 그렇게 말하려고 했을 때 레나가 쏜 염탄이 적의 방어마법에 막혀 불꽃을 날리면서⋯⋯, 그대로 적 하나를 명중하고 폭발했다. 직격탄을 맞은 병사의 몸이 뒤로 날아갔고, 불길에 휩싸인 양쪽 병사가 몸에 붙은 불을 끄려고 땅을 마구 굴렀다. 방어마법 때문에 염탄의 위력이 떨어지기도 했고, 직격탄을 맞은 병사가 누더기 안에 금속제 방어구를 걸쳤던 모양인지, 전투 불능 상태는 되었어도 숨은 아직 붙어 있었다.

"헉⋯⋯."

"왜?"

몸을 돌려 말문이 막힌 지니에게 그렇게 묻는 레나.

겉모습만 봐서 레나도 마일과 같은 12살 정도일 것이라고 생각했던 지니는 졸업 검정에서 본 그 강고한 방어마법뿐 아니라 자신을 뛰어넘는 공격마법의 위력에 깜짝 놀랐다. 레나는 그저 방어마법이 특기인 지원형 마술사인 줄로만 알았던 것이다.

"……보일링 워터 볼."

레나에 이어 영창을 개시한 폴린이 별로 힘을 들이지도 않고 마법을 쏘니, 소프트볼 크기의 수구 두 개가 그다지 빠르지 않은 속도로 날아갔다.

맞아봤자 그리 큰 충격이 없을 듯 비틀비틀 날아가는 수구 따위 굳이 마력과 영창 시간을 써서 막을 필요는 없다고 판단했는지, 도중에 마법으로 요격하지도 않고 그대로 날아오는 수구를 병사가 아주 쉽게 피한 순간, 갑자기 그 수구가 진로를 변경해 병사의 목덜미에 명중했다.

"으아아아악~!"

목덜미를 타고 방어구와 옷 안쪽에 스며들어 온몸으로 퍼지는, 100도가 넘는 뜨거운 물.

꽉 조이며 큰 압력을 받은 수구는 100도가 넘는 고온이 되었다. 그리고 그것이, 압력의 속박에서 벗어나 원래의 기압 아래에 놓인 순간 급격하게 끓어올라 기화해 확산되었다. 그야말로 폭발이나 다름없다.

물을 털어내려고 마구 발버둥 쳐도 뜨거운 물은 직접 살에 닿은 데다가 옷으로 스며들어 도저히 내보낼 수 없었고, 온도 또한 내려가지 않았다. 시간이 지날수록 피부 심층까지 화상을 입어 상태가 심각해졌다.

그 병사의 옆에서는 수구, 아니 열탕구를 얼굴에 맞은 병사가 절규했다.

마일은 가만히 기다렸다.

그러자 후방에 있던 병사 몇몇이 레나와 폴린의 마법을 맞고 다친 병사들에게 달려왔다.

'좋아, 지금이다!'

마일은 무영창이라고 생각하지 않도록 일단 형식적으로 적당한 주문을 중얼거리면서, 꾸밈없는 표정으로 어설프게 한쪽 눈을 감았다.

"어리석은 자들에게 전격을 가하라, 소단안(素單眼)!"

피싯, 하는 소리가 나더니 부상자에게 달려갔던 적군들이 모두 그 자리에 쓰러졌다.

죽지 않을 정도로 조절한 전격마법이다. 그리고 그것은 훗날 '천사의 윙크 쇼트'라고 불리게 되는, 마일의 일곱 필살기 중 하나의 탄생이었다.

그렇다, 그 시점에 부상자들에게 달려오는 자는 치유마법을 걸어주려는 마술사인 게 뻔하다. 그렇게 판단한 마일은 일부러 때를 노렸다. 마술사도 다른 병사와 마찬가지로 도적 같은 행색이어서 구분하기 어려웠기 때문에 행동의 차이로 알아보려고 생각했던 것이다.

이렇게 해서 적의 마술사는 그 숫자가 상당히 줄었을 것이다. 마일의 생각이 옳았을 때의 이야기지만.

마일이 마술사로 간주한 자들뿐 아니라 원래 다친 자들도 전격마법을 맞고 의식을 잃었는데, 부상자들 입장에서는 차라리 그편이 나왔다. 특히, 폴린의 공격마법을 받아 심한 화상을 입고 이리 저리 뒹굴던 부상자들은.

"""""너……."""""

적에게서 눈을 떼고 마일을 쳐다보는 '염랑'의 세 사람.

적의 움직임이 멈췄으니 큰 영향은 없지만, 그래도 썩 칭찬할 만한 행동은 아니다.

과연 '드래곤 블레스' 멤버들은 그들과 달리, 깜짝 놀라면서도 적의 동정을 꼼꼼히 주시하고 있었다.

"온다!"

버트가 잠시 방심한 '염랑'의 세 사람에게 소리쳤다.

여섯 명의 호위밖에 없고, 마술사는 있어봐야 하나 혹은 둘. 쉽게 투항할 테니, 무장 해제시킨 다음 짐과 마차를 통째로 빼앗는다.

지금껏 몇 번이고 거듭했던 간단한 일이라고 여겼건만, 오히려 일방적인 마법 공격을 받고 빛의 속도로 2할에 가까운 전력을 잃었다. 게다가 귀중한 마술사의 절반이 쓰러지는 바람에 순간 전진을 멈춘 적군이었는데, 곧바로 지휘관의 지시가 나와 접근을 재개했다. 그것도, 조금 전처럼 느긋한 접근이 아니라 빠른 돌격이었다.

당연하다. 천천히 걸으면 계속 마법 공격을 받을 테니까, 요격 시간을 주지 않고 일제히 돌격할 수밖에 없다.

몇몇 군사들은 접근하지 않고 거리를 둔 채 멈춰 섰다. 나머지 마술사와 궁수였다. 그들의 유효 사정권에 들어온 모양이었다.

투척창 공격은 조금 더 접근한 후에 이루어질 듯했다.

마일이 공격하는 동안 다음 영창을 끝낸 레나와 폴린, 그리고 지니의 공격마법이 적진의 선두 검사와 궁사들 쪽으로 날아갔다.

쿵! 슝! 피슝!

레나의 염탄이 다시 날아갔지만 이번에는 적군에게 맞지 않고, 땅에 떨어지며 터진 화염이 병사 몇 명에게 화상을 입히는 데서 그쳤다.

폴린이 날린 것은 졸업 검정에서 두 번째로 보여주었던, 파이어 볼의 응축판이었다. 그 수는 두 발. 한 발은 적군의 오른쪽 어깨를 관통했고, 또 한 발은 다른 병사의 배에 맞았다. 복부는 방어구의 보호를 받았지만, 명중한 충격과 고열 그리고 터지는 불꽃이 온몸에 퍼지면서 병사가 땅을 뒹굴었다.

지니가 쓴 마법은 얼음창이었다. 마력으로 계속 연소하는 화염계 마법과 달리 마법을 방어해도 이미 실체가 된 얼음창은 소멸하지 않는다.

하지만 이번에는 수가 줄어든 적의 마술사들이, 아군들이 다소 피해를 입는 것을 허용하기로 했는지 방어보다 공격을 우선한 듯 방어마법을 쓰지 않았다. 얼음창은 그대로 적군을 파고들었다.

그리고 곧바로 다음 영창에 들어가는 세 사람.

마일은 서 있는 병사의 움직임을 주시했다.

슈웅!

적의 궁수들이 일제히 화살을 쏘자, 마일은 즉시 화살을 향해 바람 방어마법을 연속으로 쏘았다.

"윈드, 윈드, 윈드으~!"

떨어졌다.

연속으로 쏜 바람마법에 휩쓸리며 적이 쏜 모든 화살이 무력화되어 땅에 떨어졌다.

역시 윈도즈는 무력화가 잘된다.

이것은 평소에 쓰는 바람마법보다 조금 더 강력한 수준으로 특별히 남들이 깜짝 놀랄 만한 마법은 아니었다.

화살에 이어 이번에는 공격마법이 날아들었다. 마법의 종류를 통일했는지 전부 염탄으로, 일제 공격이었다. 정밀하게 목표물을 설정한 것이 아니라, 착탄 시 폭발하면서 넓은 범위에 피해를 주는, 이른바 면적제압의 효과를 노린 것이리라.

방어마법을 담당한 자가 화살 방어에 마법을 쓴 직후를 노리고 쏜 듯, 염탄 세례가 상단의 호위진을 덮쳤다.

"매직슈트!"

마일의 주문(?)과 동시에 날아간 여러 발의 요격탄.

요격탄은 나노머신의 유도로 한 발도 빠짐없이 염탄에 명중했고, 적이 쏜 염탄은 전부 공중에서 폭발했다.

"말도 안 돼……."

적의 최후미에 있던 소대 지휘관이 가볍게 이길 줄 알았던 상대의 전투 능력에 아연실색했다.

하지만 그는 곧바로 접근전에 돌입했다. 마술사의 실력이 뒤처져도, 이러한 인원 차이와 검과 창으로 벌이는 접근전 실력은 헌터 따위가 병사에 이길 수 있을 리 없다.

그리고 적과 아군이 뒤섞여 싸우면 마법도 쓰기 힘들다. 먼저 전위를 쓰러뜨린 후 마술사를 노리면 그만이다. 전위를 잃은 마술사 따위 공략할 방법이야 얼마든지 있고, 이쪽에도 마술사는 아직 있으니까 말이다. 접근할 때까지 다소 피해는 있겠지만, 나중에 치유마법을 써서 치료하면 된다. 지휘관은 마음을 다잡고 소리쳤다.

"돌격하라!"

'자, 접근전 개시 전에 뭔가 한 발 쏴둘까…….'

마일은 혼자 힘으로 적을 섬멸할 생각은 없었다.

그렇게 하면 다른 호위들의 입장이 곤란해지고 자신이 확 튀게 될 테니까. 자신은 어디까지나 보통의, 평범한 신인 C등급 헌터다. 쓸데없이 주목을 모으는 것은 좋지 않다.

하지만 이대로 접근전이 되면 아군의 피해가 커진다. 다소의 부상이라면 치유마법으로 고쳐줄 수 있지만, 즉사하면 아무래도 손 쓸 방법이 없다.

그래서 적의 전투력을 떨어트리기 위해 무슨 좋은 방법이 없는지 궁리했던 것이다.

'뭔가, 튀지 않으면서 적의 힘을 떨어뜨리는 방법은……. 아, 그렇지!'

그리고 마일은 악마의 주문을 외웠다.

"구두창이 비스듬히 깎이고, 그 안에 모난 돌멩이가 들어가랏!"

““““으헉!””””

““““아야얏, 아파!””””

발목을 삐끗해 신음하는 자, 발바닥에서 느껴지는 고통에 전투 중인 병사답지 않게 비명을 내지르는 자. 그중에는 바닥을 뒹구는 자도 있어서 적군은 일단 정지했다.

“갑자기 왜 저래?”

적군이 멈추자 이상하다는 듯 묻는 버트.

“무슨 일이지……. 꼭 신발 안에 뾰족한 돌이라도 들어간 것처럼 말이야.”

뒤뚱뒤뚱 갑자기 우스꽝스럽게 걷는 적군을 보면서 베라가 상당히 적확한 감상을 내뱉었다.

적군들은 평소에도 신어 익숙한 부츠를 신고 있었다. 그리고 군용 부츠는 다시 신는 데 시간이 많이 든다. 일단 끈을 전부 풀어 부츠를 벗은 다음, 안에 든 돌멩이를 꺼내고 다시 신어야 하기 때문이다. 과연, 적을 코앞에 두고 배짱 좋게 그런 짓을 할 수는 없는 노릇이었다.

병사들은 고통과 걷기 불편한 상황을 참고 다시 돌격을 재개했다. 절뚝절뚝, 이상한 걸음걸이로.

신발 밑창에 돌멩이가 있어서 그런 것만이 아니라, 조금 전 발목을 다친 자도 꽤 많았기 때문이다.

“좋아. 전위, 나가자! 마술사조와 베라는 여기서 지원을 부탁한다!”

드디어 접근전이었다. 후위를 남겨두고 전위만 조금 전진했다.

당연히 전위에 가세한 마일을 보고, 마일이 호위용 검을 가지고 있지만 본직은 마술사라고 여겼던 '염랑'의 세 멤버는 깜짝 놀란 표정을 지었지만 특별히 뭐라고 말하지는 않았다. 그런 데 쓸 시간이 없으니까.

격돌 전에 먼저 서로의 전위를 향한 강력한 공격마법이 오갔다. 마일이 없는 상단 쪽의 마법 공격은 적의 방위마법에 가로막혀 절반 이하의 효과밖에 얻지 못했고, 적의 공격은 마일이 완전히 방어했다. 이제 마법은 난전 속에서 정밀한 소규모 공격에밖에 쓸 수 없다. 혹은 서로의 후위를 노린 원거리 공격이거나.

그리고 드디어 전위의 접근전이 시작되었다.

'드래곤 블레스'의 전위 세 사람은 강했다. 리더 버트는 B등급이었고, 다른 두 사람도 거의 비슷한 실력이었다. 아마도 B등급 승격을 코앞에 둔 C등급이리라. 평소에 흐르는 여유도, 힘에 자신이 있어서였겠지. 그들은 무리해서 적을 쫓지 않고, 자신에게 접근하는 적을 하나하나 해치워나갔다.

반면 '염랑'의 세 사람은 상당히 초조해 보였다.

무리도 아니다. 중견 C등급 헌터는 원래 다수의 병사를 상대로 한 싸움을 상당히 버거워하기 마련이니까.

하지만 싸우는 동안 생각보다 자신이 우위에 있다는 점을 점점 느끼게 되자, 그들도 기세를 끌어올리기 시작했다.

그것은 어찌 된 영문인지 적군의 움직임이 둔해져 공격과 방어에 힘을 제대로 넣지 못해서라는 이유가 컸으며, 후방 마술사조의 마법 지원과 베라의 정확한 화살 공격 지원도 큰 도움이 되었기 때문이다. 그래서 일격필살, 까지는 아니라도 어떻게든 적의 공격을 막아내고 상대방에게 조금씩 부상을 입혔다. 자신들을 숫자로 압도하는 병사를 상대로 그렇게 싸우는 모습은 충분히 칭찬할만한 것이었다.

한편 마법조는 레나가 적의 후방 마술사들과 원거리 마법전, 폴린과 지니가 전투 집단을 향한 공격과 지원을 담당했다.

적의 마술사는 나머지 세 명이었는데, 자신들을 공격하는 레나의 마법을 막는 데에 두 명을 계속 할당하는 바람에 공격으로 돌릴 여력이 부족했다. 자신들이 한 발이라도 직격을 받으면 끝이므로 방어에 중점을 둘 수밖에 없었다.

나머지 한 사람이 전위에 보내는 공격도 폴린과 지니가 공격 틈틈이 방어했다. 근접 전투의 위치가 적의 마술사보다 상단의 마술사 쪽이 가까웠기 때문에 그 점에서는 폴린 일행이 조금 더 유리했다.

레나의 공격을 상대편 마법사 두 명이 막았고, 나머지 하나가 근접 전투 중인 '드래곤 블레스' 멤버들에게 공격마법을 쏘자 폴린이 그것을 요격한 후, 레나와 폴린, 지니가 힘을 모아 공격마법 영창에 들어갔다. 그리고 영창 완료와 동시에 발사된 세 발의 공격마법. 표적은 전부 적진의 후방에 있는 마술사들이었다.

적의 마술사들은 당황하며 방어마법을 펼쳤지만, 두 사람이 이미 레나의 마법을 막고 있는데 삼 인분의 공격마법이 들어온 것이다. 나머지 한 사람은 영창 중인 공격마법을 빨리 멈추고 방어마법으로 전환해야 한다는 판단이 늦고 말았다.

둥!

레나 일행의 공격마법이 착탄하였고 적의 마법 공격은 침묵했다.

"아, 레나 씨 쪽이 해낸 것 같은데요!"

적의 마법 공격이 끊기고, 후방에서 아군의 공격마법과 지원이 늘어났음을 알아차린 마일이 검을 휘두르며 그렇게 말하자, 근처에서 싸우던 버트가 씩 웃었다. 역시, 느긋하게 대화를 나눌 여유는 없어 보였다.

상대를 죽이지 않도록, 가죽 방어구를 한 적에게는 검을 옆으로 눕혀 휘둘러 늑골을 부수거나 쇠로 된 방어구를 입은 적에게는 칼날을 원래대로 세워 휘둘러 방어구를 움푹 들어가게 해서 뼈를 부수는 등, 마일은 여유롭게 적을 처리했다.

블루 온 블루, 다시 말해 아군을 공격할 위험을 감수한 적군이 일제히 쏜 화살 공격을 마일은 가볍게 오른손을 휘두르며 형식적인 주문을 외워 떨쳐냈다.

그 직후 투척창의 일제 공격.

"매직 실드!"

쾅, 쾅, 쾅, 쾅!

모든 창이 공중에서 마치 벽 따위에 막힌 것처럼 멈추더니 땅에 떨어졌다.

그리고 뒤이어 다시 날아온 화살은……

"불화살이다!"

버트의 말대로, 그것은 전투 중인 전위가 아니라 후방의 마차를 노린 불화살이었다.

마차를 불태워 후방을 교란하고, 비전투원을 태워버리려는 책략이리라.

높게 포물선을 그리며 날아오는 불화살을 막으려고 하지 않는 마일을 보며, 버트는 마차의 상실을 각오했다. 그러나.

쾅쾅쾅쾅!

어떻게 된 일인지 마차의 바로 앞 공중에서 화살들이 일순 정지하더니 그대로 땅에 곤두박질쳤다.

"………."

조금 전 투척창 때도 그랬지만 딱히 바람마법을 쓴 것 같지도 않았다. 바람이나 물질의 매개 없이 물리적인 방어를 행하는 마법은 여태껏 들어본 적이 없었다.

이제, 신경 쓰지 말자. 버트는 그렇게 생각했다. 드디어 '붉은 맹세'에 익숙해진 것이다.

"……아! 저, 잠시 왼쪽 지원 좀 하고 올게요! 그래도 돼요?"

귀찮아졌는지 아니면 깜박했는지, 마법을 숨기는 것이 점점 어설퍼진 마일은 '염랑'을 지원하러 가겠다고 말했다.

"그래, 다녀와!"

적의 숫자가 점점 줄어들었고, 마법 지원은 상단 쪽만 했기 때문에 조금 여유가 생긴 버트는 왼쪽의 '염랑'이 걱정되기도 하여 즉시 허락했다. 버트의 생각 이상으로 메비스의 활약도 눈부셔서, 이쪽 걱정은 별로 할 필요가 없었다.

'드래곤 블레스'보다 왼쪽에 위치한 '염랑'이 싸우는 곳으로 마일이 달려가니, 그들은 상당히 고전 중이었다.

'염랑'과 가장 가까운 위치에 있던 '드래곤 블레스'의 검사 칼럼도 '염랑'의 부담을 줄여주려고 왼쪽으로 치우쳐 싸우고 있었는데, 아무리 상대가 발밑이 불편해 불안정한 상태라고는 해도 중견 C등급 헌터가 다수를 상대하기에는 부담스러울 수밖에 없었다. 한편 검사 처크는 부상을 입어, 고통으로 얼굴이 일그러지면서도 오른손에 검을 쥐고 있었다. 처크를 보호하면서 싸웠기 때문에 다른 두 사람도 행동에 제약을 받아 생각대로 잘 싸워지지 않는 모습이었다.

그때 적군의 검이, 부상 때문에 방어가 약해진 처크의 몸 왼쪽을 향해 내리쳐졌다.

"처······."

채앵!

리더 브렛의 외침이 끝나기 전에 휘둘러진 적의 검, 그리고 그것을 받아낸 마일의 미검(謎劍).

차악!

막은 적의 검을, 검신을 끌며 도로 튕겨 올리는 마일.

그 엄청난 힘에 적군은 몸이 뒤로 뒤집히며 균형을 잃었다. 그때 들어오는 처크의 검. 한쪽 손만 자유로웠기 때문에 방어구에 검이 막혀 몸통을 벨 수는 없었지만, 그럼에도 불구하고 병사의 몸은 뼈가 부러지는 소리가 나며 튕겨 날아갔다.

"……고맙다. 덕분에 살았어."

고마움을 표하는 처크와 가볍게 고개를 숙이는 브렛.

마일도 고개를 살짝 끄덕이고는 다음 적을 향했다.

이미 적의 숫자는 20명으로 줄어들었고, 마술사를 잃어버린 지금은 일방적인 마법 공격을 받고 있었다.

화살이 전혀 먹혀들지 않는다는 사실을 알아채고, 멀리 떨어진 위치에서 강력한 마법 공격을 받는 것보다는 낫겠다며 궁사들도 전부 예비무기인 검을 뽑아 들고 근접전투에 가세했는데, 전문 검사도 하나둘 쓰러지는 마당에 궁사가 검을 쥐고 공격에 뛰어든다고 한들 전세를 크게 뒤집을 수는 없어서 적진은 점점 무너져 내렸다.

그리고 어느새 후위 마술사조도 측면으로 나와, 적이 달아나지 못하도록 둘러싸는 위치로 이동해 있었다. 이제 십수 명밖에 남지 않은 적군은 눈앞의 적을 베고 마술사조에게 공격할 여유가 없었고, 만약 단독으로 그런 행동에 나서더라도 어느 정도 거리가 떨어져 있으면 채 접근하기도 전에 공격마법을 받기만 할 뿐이다.

적의 지휘관은 달아날 기회를 완전히 놓쳐버렸다.

애초에 다치기만 했지 죽지는 않은 부하를 대거 남겨두고 달아났다면, 작전의 상세한 내용이 발각되어 위험해지리라. 아무리 정예요원만 모았다고 해도 포로가 이렇게 많으면 고문을 견디지 못하고 입을 여는 놈이 나와도 이상하지 않다. 그러니 달아난다면 다친 부하들도 함께 데리고 탈출하고, 그것이 어려운 중상자는 미안하지만 입을 막아버릴 필요가 있다.

하지만 지금 상황에서 그럴 여유는 없었다. 그리고 설령 여기서 달아나더라도 국경을 넘기 전까지 집요한 추격을 받을 것이며, 추격 부대를 달고 고국으로 돌아갈 수도 없는 일이었다.

결국 이곳에서 반드시 헌터들을 해치우고 상인들을 결박해 당분간 아무도 모르는 곳으로 이동한 다음, 그곳에서 마차를 빼앗아 짐을 버리고 대신 부상당한 부하를 태워 고국으로 돌아가는 방법밖에 없었다. 그렇게 하면 중상자도 옮길 수 있고 죽은 부하의 시신도 길가 어딘가에 잘 묻어줄 수 있다.

하지만 앞일은 헌터들을 다 해치운 다음에 생각해야 한다. 애초에, 그런 걱정을 할 필요가 없어질지도 모르기 때문이다. 죽은 자는 아무것도 고민할 필요가 없으니까.

그렇게 생각하며 필사적으로 검을 휘둘렀지만, 신발이 자꾸 옆으로 기울며 발목이 꺾여 제대로 땅을 밟을 수 없었고, 영문을 모르겠지만 양쪽 신발 안에 뾰족한 돌멩이가 들어 있어 너무 아파 제대로 서 있을 수조차 없었다. 목숨이 걸려 있으니 이 정도 고통쯤, 하고 생각해보지만 땅을 디디려고 할 때마다 힘이 들어가지 않아 도무지 싸움에 집중할 수 없었다. 진짜 힘의 10분의 1도 낼 수 없는 느낌이다.

자신의 생애 마지막 전투를 이렇게 뜻대로 되지 않는 상태로 치러야 하다니, 분해서 화가 머리끝까지 치솟았지만 우는 소리를 내봐야 무슨 소용인가.

이상한 것은 부하들도 꼭 자신과 비슷한 상태로 보였다는 점이다. 아무리 마법전에서 뒤떨어진다고는 해도, 원래 이렇게 형편없는 결과를 낼 자들이 아니다.

어째서지, 어쩌다 일이 이렇게 되었나…….

결과적으로 큰 전력 차는 아니었다.

전위끼리 접근전을 시작하기 전까지, 마법 공격으로 마술사 셋을 포함한 11명이 전투 불능 상태가 되었다. 그리고 마술사 셋, 궁사 넷, 투척창 넷, 도합 11명이 도중에 정지했다. 결국 처음으로 상단 쪽의 전위와 충돌할 때는 18명밖에 남지 않았던 것이다.

적은 남은 18명을, 중앙을 지키며 가장 강하게 보이는 '드래곤 블레스'의 세 명에게 각각 세 사람씩 배치하고, '염랑'의 세 명에게 각각 두 명 그리고 메비스에 둘, 마일에게는 한 명을 할당하였다. 압도적 다수로 밀어붙여 순식간에 쓰러트리겠다는 확신으로.

메비스는 특기인 '신속검'을 써서 오히려 적을 신속하게 쓰러트렸다. 진짜 힘을 쓰면 적의 몸통이 위아래로 이등분될 것 같았기에 검신을 눕혀 검의 옆면으로 때렸다. 엉터리로 사용해도 부러지지 않다니 참으로 좋은 검이다.

마일 역시 적을 순식간에 쓰러트린 후, 시간이 남아돌아서 옆에 있는 버트의 몫까지 혼자 처리했다. 그다음에는 남의 것까지 너무 가로채는 것도 미안하게 느껴져 화살과 투척창을 요격했다. '염랑'의 지원을 떠올리기 전까지는.

'드래곤 블레스' 멤버들은 원래 실력이라면 모를까 제 실력을 발휘하지 못하는 병사 셋을 처리하는 데 별로 힘이 들지 않았고, '염랑' 조차도 처크가 다치기는 했지만 모두 적군과 호각을 다투다시피 했다.

그 후 투척창사와 궁사가 예비무기인 검을 쥐고 공격했지만 그때는 이미 '붉은 맹세' 두 사람과 버트가 손이 노는 상태여서, 전력의 순차 투입에 대한 각개 격파라는 결과가 되었다.

결국 최후의 다섯 명만 남은 시점에서 적군은 백기를 들었고, 그 속에 지휘관인 소대장의 모습은 없었다.

도망간 것은 아니다. 근방에 쓰러져 신음하고 있거나 아니면 운 나쁘게도 죽은 자들 사이에 섞여 있거나 둘 중 하나다.

"퍼거스, 마차에 말을 한 마리 풀어서 전령을 보내줘. 암로스의 헌터 길드, 그리고 그다음에는 영주 저택에 상황을 알리고 호송 마차와 경비병을 즉시 대거 보내달라고. 알겠지, 길드가 먼저다. 잊지 마!"

버트는 알리는 순서에 신중을 기했다.

영주가 적과 내통했거나 이 사건을 왕도에 숨기고 뭔가를 꾸미고 있을 가능성이 희박하리나마 있는 한, 안전책을 취해야 했기 때문이다.

"그리고 그 후에 이번 사건의 개요를 편지에 써서 왕도로 보내. 같은 내용으로 여섯 통 만들어서 길드와 왕궁 앞에 각각 세 통씩, 전부 다른 루트로 다른 사람들이 모르도록. 알겠지?"

퍼거스는 고개를 끄덕인 다음 바로 마차가 있는 곳으로 향했다. 이해가 빨라 믿음직스러운, 이 임무의 최고 적임자였다.

말은 마차를 끄는 말이라고는 하지만 일단 사람을 태우는 훈련도 받았다. 안장은 없지만 걷는 것보다는 훨씬 빨리 도시에 당도할 것이다. 별빛도 있고, 도로를 달리기만 하면 되니 문제될 것은 없다. 날이 새기 전에 도착할 수 있으리라.

"신중하시네요……. 이런 의뢰를 받는 사람이라고는 생각할 수 없을 정도예요."

"나는 머리 좋은 바보거든."

마일의 지적을 그렇게 받아넘기는 버트였다.

"자, 어서 포로와 시신을 정리하자고."

"……네."

다행히도 아군에 부상자는 있었어도 사망자는 나오지 않았다.

그 부상도 폴린과 마일의 마법에 의해, 처크의 왼팔과 다른 병사들의 가벼운 상처도 완전히 치료되었다.

'염랑'은 상처 하나 없이 그 자리에서 완치된 처크의 왼팔을 보고 아연실색했지만, '드래곤 블레스'의 멤버들은 졸업 검정에서 골절의 순간 치료를 목격했기 때문에 그 정도로 놀라지는 않았다. 사실은 눈을 크게 뜨고 경악해야 할 부분이었지만, 대부분 마비 상태였던 것이다.

적 쪽은 '붉은 맹세'가 힘 조절을 하기도 해서 마법의 직격을 받고 죽은 자는, 지니의 얼음창을 정면으로 맞은 병사 한 사람뿐이었다.

그 밖에는 화상을 비롯한 중상을 입은 자가 다수. 특히 심각했던 것은 폴린의 열탕 공격을 받은 자들로, 방어구와 의복을 벗겨내고 공격자 본인이 힘써 걸어준 치유마법에 의해 겨우 목숨을 건졌다.

마법 이외에는 다섯 명의 사망자를 냈다. '드래곤 블레스'와 '염랑'이 싸운 상대로, 힘을 조절할 여유가 없었던 '염랑'과 싸운 병사 중에 특히 사망자가 많았는데 그것은 어쩔 수 없는 일이다. 살아남은 자가 행운이었다. 단지 그런 것이다.

베이고 찔린 상처 때문에 출혈이 심한 자나 부러진 뼈가 내장을 찔렀을 가능성이 있는 자 등은 폴린과 마일이 치유마법으로 응급처치를 했고, 단순 골절 등은 그대로 놔두었다.

지금은 단지 '죽지 않게 하는' 처치를 해줄 뿐, 굳이 고쳐서 반격할 위험성을 높이는 바보 같은 짓은 하지 않았다. 그래서 포로들의 호소에도 불구하고 신발 속의 돌 역시 그대로 두었다.

부상자들도 마일과 폴린이 치유마법을 쓰지 않으면 상당한 수가 죽거나 혹은 부위 결손, 큰 후유증이 남을지도 모른다. 그래서 불평할 입장이 아니었다. 반대로 고마워해도 모자랄 판이었다.

아니, 실제로 감사를 표하는 병사도 많았다. 그들도 목숨을 건 임무여서 그렇지 딱히 증오심 때문에 상단을 습격한 것도 아니고, 이번에는 자신들이 잘못했다는 사실을 잘 알았기 때문이다. 그리고 사망자가 여섯 명으로 끝났다는 것은 기적이라고 해도 좋았다.

봐주었다. 그것 역시 이해하고 있었다.

호위들은 시신을 수습하고, 포로는 결박해 한곳에 모았다. 이제부터 이대로 심문이 시작된다. 내일 관헌에 넘기면 더는 기회가 없으므로 혹시 몰라 지금, 가질 수 있는 정보를 최대한 캐내려는 것이었다.

'웬일인지 영주가 넘겨받은 포로가 전원 탈주'했다든가 '웬일인지 전원 자살'이 될 가능성이 전혀 없다는 보증은 어디에도 없다.

마일이 만든 배리어가 몰래 해제되어 상인들도 다가왔다. 의식을 잃은 도적들도 모두 옮겨졌다. 아무리 아침까지 의식이 돌아오지 않을 것이라고는 해도 만일의 경우도 있으니까. 모두가 볼 수 있는 곳으로 옮겨두는 편이 안심할 수 있다.

이렇게 해서 기나긴 밤이 시작되었다.

제18장 심문

붙잡은 적군은 결박했고, 특히 마술사는 재갈을 물리고 눈과 귀까지 막은 다음 마일의 마법으로 의식을 빼앗았다. 심문 상대가 몇 명 줄어든다고 해서 그다지 지장은 없다. 안전이 제일인 것이다.

적군은 처음에는 자신들이 도적이라고 주장했지만, 그렇다면 포로에 관한 제도가 적용되지 않으므로 고문 끝에 교수형에 처해지거나 범죄 포로로 죽을 때까지 광산에서 지옥의 중노동, 정치적 거래 등으로 조국에 돌려보내질 가능성이 제로이며, 만약 신원이 밝혀지면 고국에 있는 가족과 주변인에게 '타국에서 도적 행위를 일삼은 극악무도한 범죄자'라는 사실이 통보된다는 소리를 듣자 상당히 동요했다.

그리고 짐을 조사한 결과 결정적인 증거는 나오지 않았지만 주머니에 든 돈이 알반 제국의 화폐였으며 무기명 역시 알반 제국에 있는 유명 공방의 것이라는 점 등으로 미루어보아 흑막은 거의 확실해졌다.

만약 현대 지구의 잠입 공작원이라면 그런 물건은 절대로 가지고 다니지 않겠지만, 이런 수준의 세계에서는 그런 부분에 상당히 대충이었다. 게다가 다소의 정황 증거가 있어도 '그런 거 난 몰라', '다 날조된 거고, 생트집이야!' 하고 우기면 그만이었다.

그러므로 제국에 죄를 덮어씌우기 위해 그렇게까지 잔꾀를 부릴 나라는 없으리라는 게 버트의 주장이었다.

"그래서, 교섭은 누구랑 하면 되나?"

버트의 질문에 잠시 뜸을 들이더니 한 남자가 나섰다.

"……나다."

그는 비록 중상을 입긴 했지만 살아남은 지휘관의 소대장이었다. 마일의 치유마법으로 목숨은 건졌으나 갈비뼈와 오른쪽 팔은 부러진 그대로였고, 옆구리의 열상도 지혈만 되었지 완치까지는 한참 먼 상태였지만 대화할 정도까지는 회복했다.

"그럼 정말 도적으로 처리하면 되는 거지? 군인으로서의 명예도 자긍심도 없이, 비열한 범죄자가 되어 광산 노예로 일생을 끝마치고, 어쩌면 가족에게도 그렇게 전달될 텐데?"

"비, 비열하다!"

"뭐? 무슨 소리야, 자기 입으로 말하지 않았나? '우리는 도적이다'라고?"

"으윽……."

분한 표정으로 입을 다무는 지휘관에게 폴린이 도와주는 척 나섰다.

"제게 좋은 생각이 있어요! 이분들의 조국과 주변국에 공지하는 게 어떨까요? '알반 제국 출신으로 위법 행위를 일삼은 상단 파괴 부대 군사들이 모든 것을 솔직하게 실토하여 보상으로 각각 금화 50닢씩 받았다'라고. 그렇게 하면 여러분은 나라의 명령을 받아 목숨을 걸고 행동한 군인이 되고, 가족분들도 분명 당당해지시겠죠."

"무, 무슨……."

밀문이 막힌 지휘관.

그런 소문을 퍼트렸다가는 조국에서 배신자로 낙인 찍혀 가족은 물론이고 친족과 지인들까지 어떤 일을 당할지 모르는 일이다.

"정말로 솔직하게 말해주시는 분께는 '고문에도 끝까지 입을 열지 않은 자의 유품이다. 적이지만 훌륭한 자였으므로 이것을 보낸다. 유족에게 전달해달라' 하면서, 본인의 것임을 확인할 수 있는 물건을 전해드리고 나중에 가족에게 몰래 연락을 취해 조국에서 빼내 온다든가……. 그런 다음에는 우리나라에서 제국의 군사에 관한 상담 역할을 맡든지, 아니면 평범하게 군사 업무를 본다든지, 헌터가 되거나 다른 나라에 가는 등 선택지는 얼마든지 있으니까요."

"무슨…… 말을…………."

"그것참 좋은 생각이다. 이 녀석들이 제국의 병사였다, 라고 말하자는 거군. 뭐, 이 녀석들은 어차피 그냥 도적이니까 그렇게 한다고 해서 가혹한 일을 당할 가족 따위는 없겠지. 다만, 우리나라가 제국에 트집 잡을 이유를 하나 만드는 것일 뿐. 그렇군, 모두 실토했다고 하면 되겠어. 보수라든가 신변 보장을 노리고. 이야, 참 다행이지 뭐야. 가족이 제국에 있는 진짜 제국의 병사 따위가 아니라서!"

"그, 그런……."

폴린은 그들이 제국 군사라는 전제하에 이야기를 꺼낸 반면, 버트는 어디까지나 '너희는 단순한 도적이지?' 하는 자세로 일관했다. 그래서 두 사람의 대화는 아귀가 맞지 않았지만, 어쨌든 무슨 이야기인지는 일목요연하다. 얼굴이 창백해지는 지휘관. 다른 포로들도 술렁거렸다.

"그런데 포로가 이렇게 많을 필요는 없지 않나요? 협력해줄 사람만 남기고 입을 열 기미가 안 보이는 자는 처리한 다음, 나중에 다른 사람이 말한 것까지 전부 그 사람들이 말했다고, 어마어마한 돈을 받고 다른 나라로 떠났다고 둘러대면……."

폴린의 말에 정적이 찾아왔다. 적에게도, 아군에게도…….

"……그, 그러면 되겠군. 수를 조금 줄여도……."

버트의 목소리에도 과연 약간 질린다는 느낌이 실려 있었다.

"기, 기다려! 그건 포로 취급에……."

"포로? 네놈들은 병사가 아니라 도적이라며? 게다가 네놈들은 항복한 것도 아니고. 마지막에 남은 다섯 명도 '손대지 않으면 싸우지 않겠다'는 조건을 걸고 항복한 게 아니라 '무기를 버릴 테니 죽이지만 말아 주세요'라는 단순한 굴복이었지. 뭐, 그 다섯 명은 죽이지 않겠지만. 네놈들과 달리 우린 약속은 지키거든."

"…………."

적의 지휘관이 아무 말도 못하고 있자 병사들 사이에서 소리가 터져 나왔다.

"싫어! 싫다고! 난 도적으로 죽으려고 병사가 된 게 아니야! 이 임무는 명백한 조건 위반이잖아! 모두 그걸 알지! 조국과 가족을 지키기 위해서라면 목숨 걸고 싸워도 상관없다. 그렇게 생각하고 병사가 되었다. 조약을 깨고 남의 나라의 민간인을 죽이고, 도적으로 처형되기 위해 지금껏 열심히 해온 게 아니란 말이다! 그리고 이대로라면 내 가족은 배신자의 처자식이라고 학대받고 죽임을 당할 거야! 그걸 묵묵히 수용할 수 있게 나라가 우리에게 해준 게 뭐야!"

"""""………….""""""

의외로 그자의 말에 지휘관이 분노하며 부정하는 일은 일어나지 않았다.

병사들도, 지휘관도, 모두 고개를 푹 숙인 채 침묵을 지켰다.

"……나도 싫다."

"나도…….

"제국이 우리를 배신한 거야. 더는 따라야 할 의리가 남아 있지 않아……."

너무나도 간단히 일이 풀리자 오히려 놀라는 상단 사람들.

'폴린 씨는 절대 적으로 돌리지 말아야지…….'

그렇게 생각하며 마일이 옆을 슬쩍 쳐다보자, 레나와 메비스도 같은 생각을 하는지 표정이 미묘했다. 역시 파티 동료, 죽이 잘 맞는다.

몇몇 사람이 함락당한 시점에서 다른 자가 열심히 버틸 의미는 사라졌다. 어차피 진실은 밝혀질 것이고, 말하지 않는 자는 모든 오명을 뒤집어쓴 채 교수형 내지는 광산행이 될 뿐이다.

"말할게!"

"나도!"

"나도 말할게!"

병사들이 하나둘 입장을 바꾸었고, 지휘관마저 거기에 동참했다.

결국 의식을 잃은 마술사들을 제외한 전원이 증언에 동의하여, 대외적으로 공포할 배신자는 사망한 여섯 명이 될 것이었다. 그들의 친족에게는 미안하지만, 결과적으로는 '입장을 바꾸지 않고 끝까지 제국의 병사로서 상단 사람들을 죽이려고 한 자들'이기 때문에 그렇게까지 배려할 의리는 없었다.

그리고 그대로 밤늦게까지 심문이 이어져서 이번 임무에 대한 것이나 알반 제국의 정세, 재정 상태, 이번 폭거의 이유 추측, 그들에게 식량을 운반하는 제국 쪽 상인의 존재, 기타 여러 가지 진실이 밝혀졌다.

어차피 왕도에서 같은 이야기를 하게 되겠지만, 어딘가에서 입이 틀어 막힐 가능성도 있는 이상, 여기서 여러 가지 이야기를 끌어내는 것은 결코 의미 없는 작업이 아니었다.

지휘관의 말에 따르면 암로스에 내통자가 존재하는 것은 아니라는데, 그 말을 믿어도 될지는 알 수 없었고 지휘관에게도 알리지 않았을 가능성 역시 남아 있다.

그러는 동안 마술사가 의식을 되찾아서 귀마개만 벗기고 지휘관이 자초지종을 설명하자 마술사들도 전원 동의했다.

그러나 마술사는 '무기를 빼앗는 것'이 불가능했기에 별수 없이 재갈과 눈가리개는 계속 채워두었다. 무영창을 쓰면 어쩔 수 없지만 그때는 위력이 대폭적으로 떨어지니 괜찮고, 눈을 가려두었으니 적절한 마법 행사는 못 하리라.

자신을 묶은 줄을 자르지 않도록 항상 지켜보고 있으니, 수상한 움직임이 보이면 주저 없이 베어버리면 된다. 물을 마실 때만 엄중한 감시와 함께 단 몇 초간 재갈을 벗겨주었다.

심문 후에는 저녁을 먹었는데 포로들에게 나눠줄 것은 없었다.

인간, 며칠 굶는다고 해서 죽지 않는다. 게다가 앞으로 하루만 지나면 목적지에 도착할 상단이, 상단 인원수의 두 배에 가까운 포로의 식량을 제공할 수 있으면 그게 더 이상하다. 심지어 도착이 하루 연기될 것 같은 때에…….

상단 쪽 사람은 마일의 수납에 충분한 식량이 있는 것이 아닌가 하고 생각하기는 했지만, 손을 자유롭게 해서 역습 기회를 주거나 앞으로 자신들의 손에서 벗어나 계속 심문받을 적군들에게 굳이 마일의 능력을 알려줄 생각은 전혀 없었다.

결국 식사는 상단 사람들만 했다. 점심도 아주 조금 먹고, 저녁은 아예 거르게 된 호위 헌터들의 배에서 꼬르륵 소리가 들렸다.

마일은 마차 짐칸에서 가져온 척하면서 고기며 과일이며 땔감 등을 아이템 박스에서 꺼내 식사 준비에 들어갔다. 레나가 불을 붙였고, 메비스가 고기를 손질했고, 폴린이 따끈따끈한 마실 거리를 준비했다.

변함없이 편리한 네 사람이었다.

                        *   *

　그리고 늦은 밤.

　전투 시 배치 그대로, 암벽을 뒤에 둔 채 멈춰 있는 여섯 대의 마차와 그것을 지키기 위해 각자 위치에서 얕은 수면을 취하는 헌터들.

　상인들은 짐을 여전히 내려놓은 상태인 두 번째 마차의 짐칸에서 잤고, 포로와 도적들은 감시하기 좋은 장소에 손발이 묶인 채 누워 있었다. 담요 한 장조차 주지 않았지만, 원래 없으니 어쩔 수 없다. 인간, 피곤하면 어떠한 상황에서든 잘 잘 수 있고, 하룻밤이나 이틀 밤을 제대로 못 잔다고 해서 죽지는 않는다.

　진짜 도적단과 깍두기 도적. 모두 붙잡았으니 밤에 공격당할 확률은 낮다.

　하지만 그렇다고 불침번도 서지 않고 자는 바보는 없다. 그런 자가 있었으면 이미 예전에 죽었을 것이고, 바보 유전자가 도태되는 것은 인간이라는 종에게 무척 다행인 일이었다.

　하지만 아무래도 적을 붙잡았다는 안심감 때문에 마음이 흐트러졌다.

　밤눈이 밝기도 하고 적의 표적이 되는 것도 막기 위해 불침번은 모닥불을 피우지 않은 채 섰는데, 그래서 지독한 졸음을 부르기 쉬웠다. 특히 목숨을 건 전투를 끝마친 후의 불침번은…….

　암벽을 따라 세워진 마차의 한쪽은 도로였고 그 너머는 바위 밭

272　저, 능력은 평균치로 해달라고 말했잖아요! 2

이었다.

도로까지 나오는 자는 쉽게 발견되지만, 그 전까지는 바위 그늘에 가려져 어느 정도 발각되지 않고 접근하는 것이 가능하다. 그리고 지금, 때마침 접근해 오는 여섯 개의 그림자가 있었다.

그중 한 사람, 리더로 보이는 사의 신호에 전원이 발걸음을 멈추고 활을 손에 들었다. 활시위에 메긴 화살은 어둠에 가려 눈에 잘 띄지 않게 하는 것이 목적인지 까만색으로 칠해져 있었다.

단순한 염료일까, 아니면 어떤 종류의 맹독일까…….

리더가 손을 살짝 들었다가 내린 순간, 화살들이 마차 쪽의 불침번을 덮쳤다.

쾅, 쾅, 쾅쾅쾅!

"뭐야!"

순간 너무 놀란 나머지 리더가 자기도 모르게 소리를 지르고 말았다. 치명적인 실수다.

하지만 무리도 아니었다.

보초에게 쏜 화살이 전부 공중에서 튕겨나가고 말았으니까.

그리고 놀라운 것은 그뿐만이 아니었다.

파아아아앗!

"""""으아아악!"""""

갑자기 엄청나게 눈부신 섬광이 날아와 자신들의 모습이 그대로 드러났는데, 눈이 너무 부셔 아무것도 보이지 않았다.

273

섬광은 한순간에 사라졌지만, 남자들의 눈에는 암흑밖에 보이지 않았다. 겨우 눈이 어둠에 익숙해지게 했건만 모두 허사로 돌아갔다.

혹독한 훈련의 성과인지 덜컥 소리 지르고 난 뒤에는, 어떻게든 아무 소리도 내지 않고 태세를 정비하려는 남자들이었지만 이제는 아무 의미도 없었다.

남자들의 존재는 전부 발각되었고, 눈이 다시 어둠에 적응될 때까지는 제대로 움직일 수도 없다. 가로등은커녕 별빛조차 없는 흐린 하늘 아래 어두컴컴한 공간에서, 한 번 강렬한 빛을 받아버린 눈은 정말로 아무것도 보이지 않았으니까.

그때 초조해하는 남자의 귀에 어떤 목소리가 들렸다. 그것은 아직 앳된 소녀의 목소리였다.

"아니나 다를까 왔네요, 독전대(督戰隊) 여러분."

독전대.

그것은 자군 부대를 후방에서 감시하다가 자군 부대 병사가 명령 없이 멋대로 퇴각하거나, 도망 혹은 항복하려 할 때 공격을 가하여 강제로 전투를 속행시키는 임무를 맡은 부대이다.

하지만 이번 독전대는 일반적인 경우와는 조금 다른 임무를 받았다.

통상 파괴 임무를 받은 부대가 공격한 상단의 생존자를 뒤에서 은밀하게 공격하여 전멸시키는 것.

그들은 부상당하고 무기를 빼앗긴 상단 호위들은 물론, 일단

해산된 상단의 생존자들은 모조리 죽였다.

그것은 통상 파괴의 효과를 더욱 높이기 위함이었고, 일반 병사들인 통상 파괴 부대원들에게는 불가능한 '저항하지 않는 자를 학살하는 행위'를 대신 해주는 것이었다. 그리고 그 행위는 전부 통상 파괴 부대가 저지른 것으로 기록된다.

그들은 어디까지나 어둠의 존재. 그 자리에 없었고, 아무 일도 하지 않았다. 그런 자들이었다.

그리고 만약 통상 파괴 부대 병사들이 포로로 붙잡히거나 배신했을 경우에는 적과 함께 모두 말살한다. 그렇다, 본래 맡은 임무대로.

특수 훈련을 받았고 제국에 절대적인 충성을 맹세한, 어떤 더러운 일이든 태연하게 행하는 정예요원들. 그들이 바로 '독전대'였다.

하지만 이번에는 그들에게 운이 따라주지 않았다.

공격할 상대가 호위 몇 명밖에 없는 소규모 상단이라고 판명 나자, 쓸데없는 이동을 피하려 한 그들은 야영 준비 중인 상단을 덮치려는 통상 파괴 부대와 반대 방향, 즉 해산된 상단의 생존자가 향할 암로스 방향으로 이동했던 것이다. 한 소대 병사가 고작 몇 명의 호위에게 질 리 없으므로, 몰래 뒤따라가서 전투를 확인하고 다시 정세를 뒤집는 수고를 생략해버린 것이다.

물론 그 판단은 틀리지 않았다. ……평범한 경우였다면 말이다.

그러나 이번에는 '평범'하지 않은 자가 섞여 있었고 독전대는 그것을 알지 못했다.

그들은 아무리 기다려도 상단의 생존자가 오지 않자 이상한 생각에 되돌아왔다가 믿을 수 없는 광경을 목도했다.

　싸움에 진 것인가, 아니면 제국을 배신하고 망명하려는 것인가.

　어느 쪽이든 간에 자신들이 해야 할 일은 바뀌지 않는다.

　입을 막기 위해 전원 말살한다. 단지 그것뿐이었다.

　"이상하다고 생각했거든요. 소대장의 진술에 따르면 저항하는 호위를 무력화시킨 후에 물자를 빼앗고 생존자는 놓아준다고 했는데, 실제 생존자는 한 명도 없었죠. 보통, 짐을 빼앗기고 걸어서 돌아가는 빈털터리 상인을 공격하는 도적은 없잖아요……."

　남자들에게 그렇게 말한 소녀 마일의 목소리는 굴곡이 없었다. 마일의 뒤에 서 있는 레나, 메비스, 그리고 폴린이 지금까지 한 번도 들어본 적 없는 단조롭고 억양 없는 말투.

　처음 들어본다. 처음 들어보지만, 그래도 세 사람은 제대로 이해했다.

　(((…………화났어…….)))

　그렇다. 화났다.

　마일은, 무척, 몹시, 화가 난 상태였다.

　"그래서, 어떻게 할래요? 항복해서 모든 것을 불고 포로가 될 건가요? 아니면……."

　"죽여!"

　말 금지는 해제된 듯하다. 하기야, 정체를 들킨 싸움이 되었으니 말하지 않는 것에 더는 아무 의미가 없으며 의사소통이 오히려 더 중요했다.

마일이 말하는 동안 남자들의 시력도 점점 회복되었는데, 그 정도는 마일도 잘 알았다. 그사이에 상단 측은 호위 전원이 무기를 잡고 맡은 자리에 가 있었다. 마일 이하 총 12명.

그 모습을 본 독전내 리더는 살짝 놀란 표정을 지었다.

무리도 아니다. 40명이 넘는 군사를 상대했으니 어떤 기적이 일어나 승리할 수는 있었다고 치더라도 전멸 직전인 너덜너덜한 상태일 것이라고 여겼건만, 거의 아무 상처도 입지 않은 호위가 12명이나 건재할 줄은 꿈에도 생각하지 못했던 것이다.

독전대 리더는 어쩌면 원래 이 상단은 함정이고 짐마차 안에 병사 혹은 헌터가 50명 정도 숨어 있으며, 이 12명은 싸움에서 어쩌다가 다치지 않은 자들이리라는 생각도 했으리라.

그 전투를 직접 보지 않았다면 그렇게 생각하는 것이 보통이다.

그리고 자신들은 정예 중의 최정예이므로, 상대가 병사가 아니라 헌터 나부랭이이니 두 배 가까운 수라도 이기기 쉬울 거라고 생각하는 것 역시 보통이다.

물론 정예요원과 일반적인 C등급 헌터의 대결이니, 마물과의 싸움이면 모를까 대인전에서는 그 정도의 실력 차이가 충분히 있었다.

……'일반적인 C등급 헌터'라면 말이다.

"여러분은 나서지 마세요."

"""엥……."""

갑작스러운 마일의 말에, 레나를 비롯한 '붉은 맹세' 멤버 이외에는 전부 놀라 의아한 목소리를 흘렸지만, 레나 일행은 곧바로 뒤로 물러섰다.

'드래곤 블레스'와 '염랑' 멤버들은 잠시 주저하다가 '붉은 맹세'의 세 사람이 너무도 태연하게 있자 어떤 비책이 있으리라고 생각해 역시 뒤를 따랐다.

동료 호위들이 충분히 멀어지는 것을 확인한 마일은 영창을 생략한 마법, 즉 마법명만으로 발동되는 주문을 외웠다.

"······샌드 월."

바위 터라고 해도 모래, 자갈, 흙 등이 전혀 없는 것은 아니다. 또한, 설령 그것들이 없어도 나노머신이 바위를 깨서 준비해주리라.

모래, 자갈, 흙 등이 일어나면서 강한 바람과 함께 회오리치는 모래바람 벽이 마일과 독전대 병사들을 감쌌다.

공격하기 위해서가 아니다. 싸우는 모습을 아군이 못 보게 하기 위해서다.

"자, 덤벼."

그렇게 말하며 왼손을 까닥까닥하는 마일을 보자, 평정을 유지하는 데 익숙한 독전대 정예요원들도 과연 조금 욱하는 표정들이었다.

"까불기는······. 네 어리석음을 지옥에 가서 후회해라!"

그렇게 외치며 달려드는 독전대 대원의 검을 마일은 앉은 자세에서 재빨리 검을 뽑아 들어 두 개로 절단했다.

"헉······."

믿을 수 없다는 듯 두 동강이 난 자신의 검을 바라보는 남자의 옆구리를, 마일은 검의 측면으로 때렸다.

쨍그랑!

······부러지고 말았다.

물론, 마일의 검은 아니다.

싸움 도중에 적에게서 시선을 떼는 남자에게는 흥미 없다. 바닥을 구르며 고통스러워하는 남자로부터 시선을 거둔 마일은 적의 리더 쪽을 향해 다시 까닥까닥 손짓했다.

"이, 이놈이······."

휘익!

마일과 마주 보고 선 리더가 아닌 다른 자가 측면에서 튀어나와 참격을 시도했다. 경고도 없는 급습. 지금 비열함 따위가 문제가 아니다. 놀이나 연습 시합을 하는 것이 아니니까.

하지만.

채앵!

휘두른 검은 분명 방어할 틈이 없었을 마일의 검에 가로막혔고, 공격자는 검을 떨어뜨렸다. 상대방의 검은 꿈쩍도 하지 않고 마치 쇠기둥에 검을 힘껏 때린 것 같은 결과가 되었기 때문이다.

"으아악!"

검을 떨어뜨린 남자는 검을 줍지도 못한 채 두 팔을 껴안고 웅크렸다. 아마 그냥 저린 정도가 아니라 근육이나 인대 혹은 뼈가 다쳤기 때문이리라.

마일이 그자의 정강이를 발로 차자 퍽, 하는 이상한 소리와 함께 남자가 비명을 지르며 쓰러졌다. 바로 그 순간 마일을 향해 불덩어리가 날아들었다.

파이어 볼. 가장 일반적인, 즉 영창이 짧고 위력이 그럭저럭 있어서 쓰기 편한 공격마법이 무영창으로 날아든 것이다. 보아하니, 마술사가 존재를 숨기기 위해 다른 사람처럼 검사 장비를 갖추고 있었던 모양이다.

마일은 검을 놓고 왼쪽 손등으로 불덩어리를 튕겨냈다. 무표정으로, 지극히 가벼운 몸동작으로.

"마, 말도 안 돼!"

리더가 경악했고, 파이어 볼을 쏜 마술사는 혼이 나간 채 서 있었다.

지금껏 수십 년 동안 쌓아온 마술사의 상식을 한순간에 날려버렸으니 무리도 아니었다.

전력을 연달아 투입하는 것은 먹히지 않는다는 사실을 드디어 깨달은 리더가 남은 대원과 함께 동시 공격에 나섰다. 하지만 모든 공격은 마일의 검에 너무도 쉽게 막혔고, 검을 놓치지는 않았지만 그때 빈틈이 생긴 몸통으로 마일의 검 측면이 거세게 들어와 몸이 허공을 날았다.

당황하며 다음 공격마법을 영창하던 마술사는 순식간에 거리를 좁힌 마일의 공격으로 한 방에 혼절해버렸다.

마술사의 존재를 감추기 위해 후방에서 대기하지 않고 전위와 함께 행동하는 작전이었는데 망했다. 아니, 설령 후방에 있었더라도 결과가 달라지지는 않았겠지만…….

한편 돌연 모래바람이 일어나 자신들의 시야를 가리자, 마일이 걱정되어 서둘러 달려간 '드래곤 블레스'와 '염랑' 그리고 '붉은 맹세'의 멤버들은 땅을 뒹굴며 신음하는 적군 여섯 명을 발견하고 어이없어하며 망연히 섰다.

"빠, 빨리 심문하지 않으면 잘 시간이 없어져요!"

그들에게 한 그 대사는 평소의 마일 같았지만, 그녀의 표정은 딱딱하게 굳어 있었으며 목소리는 아직도 언짢은 기색이 역력했다.

*　　*

다시 잠자리에 든 시각이 아침이나 마찬가지였기 때문에 보초를 서는 사람을 제외한 모두 정오 무렵까지 더 잠을 청했다.

그리고 겨우 일어나 이제는 아침이 아니라 점심이 되어버린 식사 준비를 하는데, 그때 헌터로 보이는 남자가 말을 타고 지나갔다. 암로스에서 왕도 쪽으로 가는 방향이었다.

지나갈 때 이쪽을 보며 꾸벅 인사하는 듯했다.

"……아마도 퍼거스가 고용한 전령일 거야. 곧 한 명 더 지나

갈걸.”

버트의 말대로 곧바로 또 말 한 마리가 나타나더니 그대로 지나갔다.

“길드와 왕궁에 한 통씩, 이지. 나머지는 눈에 띄지 않도록 마차와 도보로. 빠른 대신 남의 눈에 띄는 것과 느린 대신 남의 눈에 띄지 않는 것과 그 중간. 세 종류 중에서 어느 쪽이 무사히 도착하려나.”

여섯 조로 나누었고 기마까지 포함했으니 상당한 지출이었지만, 그런 소리를 하고 있을 때가 아니다. 반드시, 확실히 전달되어야 한다. 그것이 무엇보다도 우선이다.

또한, 보상금과 별도의 필요경비도 받아야 한다.

오후 무렵이 되자 20여 마리의 기마가 찾아왔다. 헌터 길드에서 온 기마와 영주의 병사가 거의 반반이었다.

“정말 잘해주었다!”

도착하자마자 마흔 전후로 보이는 남자가 선두 기마에서 내려와 웃으며 말을 걸었다.

“나는 암로스 영주군인 코넬리라고 한다. 그렇지 않아도 상단이 도착하지 않아 당혹스러워하던 차였지. 우리가 나가도 적은 모습을 보이지 않고 정말 어떻게 해야 하나 싶었는데 이런 소식이. 이야, 정말 살았어! 우리 영주님은 평소에는 돈을 많이 아끼시지만, 공로를 세운 자에게는 관대하시지. 보상은 기대해도 좋다!”

아무래도 ‘우리의 공로를 가로채다니!’ 하는 식의 부류는 아닌 것 같아 버트는 마음을 놓았다. 이따금 그런 무리들도 있는 것이다…….

다음으로 초로의 남성이 다가왔다.

"난 헌터 길드 암로스 지부의 길드 마스터다. 이번 일은 정말 수고 많았어. 지정 토벌 의뢰는 안 되지만, 상시 의뢰에 해당하는 도적 토벌 보상금이 나올 거야. 인원수도 많으니 기대해도 좋아! 그리고 범죄 노예로 팔리는 놈은 잡은 자에게 7할의 몫이 돌아가게 되어 있어. 호송용 마차는 저녁때까지 도착할 거야. 출발은 내일 아침이다. 식량은 마차에 있을 테니 걱정하지 말고. 술도 있어. 우리가 안 마시고 보초를 설 테니, 너희는 조금이라도 마시고 느긋하게 쉬어라."

그 말에 뒤에 있던 '염랑' 멤버들이 환호성을 질렀다. 보상금 때문인가, 아니면 술 때문인가…….

아마도 최근에는 생각대로 돈을 벌지 못해 술도 제대로 못 마셨겠지.

"고맙군……. 그런데 좀 설명해야 할 것이 있는데……."

그리고 버트는 이번 사정을 상세히 설명했다.

나머지는 특별히 말할 것도 없이, 저녁 전에 호송용 마차가 도착했고 '염랑' 멤버들은 술과 먹을 것을 만끽했으며, '드래곤 블레스'는 음식만 먹었다. 아무리 영주군과 다른 헌터가 있다고 해도 이런 곳에서 취해버릴 바보는 없을 것이다.

'붉은 맹세'는 폴린이 생일을 맞아 15살이 되었기 때문에 마일 이외에는 이제 성인이지만, 식사 때에 와인을 조금 마시는 것 말고는 음주를 하지 않는다. 원래 이 나라에는 음주에 연령 제한 따위 없기는 하지만.

어젯밤에 자지 않은 상단 사람들은 그 후 곧바로 취침했다. '드래곤 블레스'는 교대로 불침번을 설 생각인 듯했다. 역시 '드래곤 블레스'다.

'붉은 맹세'는 마일이 '결계마법과 자동 경보마법을 쳐놓았으니 괜찮다'고 해서 텐트를 치고 다 함께 잤다. 과연 오늘 밤은 '일본 전래 허풍동화'를 하루 쉬기로 했다.

다음 날은 호송 마차조가 준비해준 아침을 먹고 곧바로 출발했다. 병사의 시신과 도적 일곱 명도 잊지 않고 실었다.

이 전력에 도전하는 도적 따위 있을 리 없어서 화물을 잔뜩 실은 상단에 맞추어 천천히 이동한 호송부대는 저녁 전에 무사히 암로스에 도착했다.

일행은 그대로 영주군의 시설로 향했고 포로들은 그곳에 구속되었다.

구속이라고 해도 손발을 결박한다는 의미가 아니라 실내 연금 같은 느낌이었다. 단, 지휘관과 생존한 상급 하사관 하나는 각각 독실로 보냈고, 다른 자도 몇 그룹으로 나누어 교류를 막았다. 뒤에서 말을 맞추지 못하게 한 것이다. 일단은 변심해서 협력자가 되었지만, 탈주 기회가 생기면 얼마든지 달아날 가능성도 있으므로 그 부분은 방심해서는 안 되었다.

포로를 넘긴 다음에는 헌터 길드로 가서 도적을 넘기고, 정산은 다음날에 해준다고 하기에 상인 마차와 함께 최종 목적지로 향했다.

"기다리고 있었습니다! 무사히 도착하셔서 무엇보다도 다행입니다."

그렇다. 실어 온 물건을 전달할 의뢰주 상인들의 거래처였다.

"약속한 대로 통상 가격으로 팔겠습니다. 그러니 그쪽도……."

"알고 있습니다. 저희 역시 값을 올리지 않고 통상 가격으로 팔겠습니다."

그리고 가볍게 쥔 오른손 주먹을 왼쪽 어깨에 갖다 대는 상인들. 아마도 맹세 같은 것이리라.

"그리고, 실은 약속한 물건 이외에도 상품을 더 가지고 왔습니다만, 그것도 사주실 수 있을까요?"

"네? 물건이야 부족한 상황이니 물론 기쁘게 사겠습니다만, 마차에 있는 짐은 이게 전부가 아닙니까?"

사들이는 쪽 상인의 말에, 의뢰주는 뒤돌아 마일에게 말했다.

"마일 씨, 부탁합니다."

"아, 네!"

그렇게 대답한 마일은 물건을 꺼냈다. 수납, 이라고 둘러댄 아이템 박스에서 공식적으로 알린 대로 2톤에 해당하는 물자를.

"이, 이이이런……."

아무것도 없던 공간에 갑자기 물건이 산더미처럼 쌓이자, 자신도 모르게 몇 발자국 뒤로 물러나는 상인.

그런데 상단의 운행이 거의 중단되어 품귀 현상이 일어났던 상품들이 잔뜩 쌓여 있었다. 상인은 곧바로 달라붙었다.

"토, 통상 가격이겠지요? 당장 삽니다!"

그 상인도 물론 도적단이 괴멸되었다는 소식은 들어 알고 있었다. 하지만 지금부터 상단을 꾸리는 준비를 시작해도 상품이 도착하려면 한참 기다려야 한다. 높은 가격에 팔아 마구잡이로 돈을 벌 생각은 없지만, 이 정도 양이면 충분히 벌어들이고도 남는다. 게다가 무엇보다도 손님들이 기뻐할 것이다. 사는 것 이외의 선택지가 있을 리 없다.

"수납, 이지요. 그런데 용량이 어마어마……. 놀라운 인재를 찾아냈군요, 아아, 부럽습니다……."

앞으로 50년 넘게 쓸 수 있을 듯한, 짐 2톤이 들어가는 마법 주머니. 상인의 입장에서 마일을 얻을 수만 있다면 금화 수천 닢 정도는 아깝지 않을지도 몰랐다. 진심으로 부러워하는 상인.

"아아, 아쉽지만 저희 사람이 아닙니다……. 이번 호위를 맡아준 헌터인데, 더 많은 물건을 옮기고 싶으면 받아주겠다고 말해준 것일 뿐이죠. 그래서 이 물자로 저희가 벌어들이는 돈은 마일씨와 절반으로……."

그 말을 들은 폴린의 눈이 커지더니 갑자기 마일의 멱살을 움켜쥐었다.

"드, 들은 바 없는데, 마일!"

"제, 제가 말을 안 했네요, 폴린 씨……. 그런데, 이러는 건, 레나 씨만으로도 충분한데……."

폴린이 목을 점점 조여 오자 마일은 괴로워하며 손바닥으로 그녀의 팔을 마구 때렸다.

"그래서, 그 돈은……?"

"파, 파티의 것이죠, 당연히!"

그 말에 폴린은 겨우 팔을 풀었다.

"그래서 말인데, 마일…….."

"네, 무슨 말씀을?"

마일의 대답에 폴린은 생긋 웃으며 입을 열었다.

"돌아갈 때도 짐 운반을 맡을 거지, 물론?!"

제19장 보상, 그리고 귀로

다음 날.

원래는 처음 와본 도시에서 자유 시간을 보내기로 했지만, 저녁에 영주가 저택으로 초대한 모양이었다.

그래서 '붉은 맹세'는 아침 일찍 길드에 들러 보수를 받은 다음, 도시 구경을 할 예정이었다. 모처럼 왔으니 어떤 도시인지 보고 싶기도 했고, 레니에게 줄 선물도 사고 싶었다.

"저기, 우리와 같이 구경⋯⋯."

"'너희는 빠져!'"

마일 일행에게 말을 걸려던 '염랑'의 세 사람을 베라와 지니가 쫓아 보냈다.

"자, 가자!"

"아, 네에⋯⋯."

먼저 길드부터 가므로 결국 '염랑'도 함께 가지만.

"수고 많았다. 이게 길드가 주는 보수 금액이다. 수주 의뢰가 아니어서 많지는 않지만, 상인들이 낸 상시 의뢰로 도적 토벌 보수가 도적 한 놈 당 금화 세 닢. 범죄 노예로 파는 대금의 몫이 금화 일곱 닢. 총 일곱 명이니 합계 70닢이다. 그리고 46명 쪽은 도적이 아니었지만 그건 결과론이고, 실제로는 도적이나 마찬가지였으니 마찬가지로 일인당 금화 세 닢, 이쪽은 노예 대금이 없으니 46명에 총 금액 138닢. 전부 합해서 금화 208닢이다. 공로를 세운 것치고는 적은 액수지만, 이 도시 상인들이 공출한 돈이니, 이것으로 만족해주길 바라네. 그리고 영주님도 조금씩 내주실 듯하니, 그거면 그럭저럭 돈이 될 것이다⋯⋯."

길드에 도착하자마자 안내받은 2층 회의실에서 길드 마스터가 그렇게 말하며 건넨 금화 208닢. 일인당 17닢이 조금 안 된다. 일본 엔으로 환산하면 170만 엔이 조금 넘는 금액이다. 원래는 소금화 24닢, 24만 엔에 상당하는 일이었을 터인데⋯⋯. '붉은 맹세' 네 사람 분을 모두 합하면 금화 70닢에 조금 못 미친다. 700만 엔에 가까운 목돈이다.

다들 고개를 끄덕거렸다.

"모두에게 금화 한 닢씩 나눠주고, 나머지는 마일이 보관해."

레나도 큰돈을 가지고 걷는 것이 불안했는지, 받은 보수의 대부분을 마일의 수납에 넣을 것을 지시했다. 불안하기도 했지만 금화 60닢이 넘으면 들기에는 조금 무겁다. '붉은 맹세'의 돈은 원래 마일이 전부 맡는다.

일반적으로 파티 활동을 하는 동안 수입과 지출은 모두 파티의 공용 자금으로 관리되고, 파티의 필요 경비인 숙박비와 전위의 무기, 방어구 수리나 재구입 등에도 쓰인다. 그렇지 않고 도적을 직접 쓰러뜨린 자가 그만큼의 보상금을 받게 되면 수급이 맞지 않아, 후위의 지원 및 치유마술사는 전원 전직해버리고 말리라.

또한 장비의 소모가 빠른 전위에게 그것을 전부 개인이 부담하게 하는 것 역시 가혹한 이야기다. 그래서 쉬는 날 등 단독 행동 시의 수입을 제외하면, 보통 파티 멤버의 돈주머니는 하나였다.

개인적인 지출에 관해서는 모두 같은 금액을 나누는 형태였고, 수입이 소액일 때는 그 자리에서 바로 4등분하기도 했다.

파티에 따라 개인의 등급과 파티의 가입 기간 등을 고려해 몫에 차이를 두는 곳도 있지만, '붉은 맹세'는 동기생이므로 평등했다. 그리고 원래 직종과 힘에 의해 지급액을 달리 하는 발상을 할 만한 인물들도 못 되었다.

그래서 마일이 수납으로 상인의 짐을 운반한 몫 역시 '파티로서 받은 임무이며 행동 중의 돈벌이'이므로 원래 파티의 수입이 되어야 했다.

돈의 보관은 수납마법을 쓰는 마일이 맡았지만, 금전 관리 자체는 폴린의 역할이다. 그리고 폴린은 매일 밤 마일에게 수납에서 대형 돈주머니를 꺼내게 해 몇 번이고 돈을 세었다. 께름칙한 웃음을 마구 흘리면서……

"각자 금화 한 닢. 오늘 하루 동안 다 쓰자고!"

""하앗~!""

레나의 말에 씩씩하게 입을 모으는 세 사람.

그렇지만 술을 마실 수 있는 것도 아니고, 수상한 가게에 갈 것도 아니다.

기껏해야 맛있는 음식을 먹거나 선물을 사는 정도다. 짐을 짊어지고 다닐 걱정은 없으므로 다들 마음껏 쇼핑을 즐길 계획이었다.

"자, 어서 가자!"

"……결국 반의 반의 반도 못 썼네……."

지친 표정의 레나.

원래부터 메비스 이외에는 다들 궁상을 떠는 성격이었다. 그러니 돈을 막 쓸 수 있을 리가 없다.

다소 비싼 것을 먹으려고 해도 몸집이 작은 소녀의 위장에는 얼마 들어가지도 않았고, 산해진미를 먹는 것도 아니다. 옷이나 헌터 장비, 보존식 등은 왕도가 더 질 좋고 종류가 많아 굳이 이 도시에서 살 의미가 없었다. 그리고 부피가 큰 것은 마일이 있으니 운반 걱정은 없지만, 머무는 여인숙이 4인실로 그리 넓지 않았기에 마구 사들일 수도 없는 노릇이었다.

결국 바다에 가까운 이 도시의 특산품인 어패가공품, 건어물, 훈제물 따위를 마일이 대량으로 구입한 것 정도다.

"이제 슬슬 가볼까……."

벌써 해가 기울어서 영주 저택에 갈 시간이 다가왔다.

그래서 다른 사람들과 합류하기 위해 숙소로 돌아가는 도중에 마일은 모두에게 제안했다.

"저기, 이번 일은 '드래곤 블레스'와 '염랑' 분들이 활약한 것으로 하고, 우리는 주로 지원을 도왔다는 식으로 하면 안 될까요?"

""""뭐?""""

무슨 소리야, 하는 표정의 레나와 메비스, 폴린이었다.

"왜 그렇게 해야 하는데! 우리도 이름을 널리 알려서 B등급을 노려야지!"

"귀족인 데다가 젊을 때 A등급이 되면 기사가 될 가능성도 있는데……."

"저는 별로 상관없는데……."

폴린은 그렇다 치고, 레나와 메비스는 납득하지 못하는 모습이었다. 그것은 당연하다.

"저기, 사실은 이번에 여러 가지로 귀찮은 일이 생기지 않을까 싶어요. 왕궁이며, 알반 제국이며, 기타 다른 나라며, 귀족이며, 정치며, 전쟁이며……. 아직은 당장에 전쟁 같은 이야기는 안 나오겠지만, 여러 모로 성가셔질 것 같은데……. '46인의 병사를 쓰러트린 12명의 호위' 중 네 명이 아직 한참 어린 소녀이니, 정보를 캐내려고 하거나 포섭하려고 하거나 힘든 일이 생기지 않을까 싶고……. 그리고 우리는 C등급 헌터가 된 지 얼마 되지도 않았고, B등급이 되려면 한참 남았잖아요. 그런 신참이 너무 튀는 것도 좀……."

마일의 설명에 레나와 메비스는 잠시 생각에 잠겼다.

"으음~, 듣고 보니 그럴지도 모르겠네……. 실력 이상으로 튀었다가 약점 잡힐 빌미를 제공할지도 모르고 말이야. 지금은 아직 우리 실력을 갈고닦는 데 전념해야 할지도……."

"으윽, 하긴 그것도 일리가 있어……."

메비스의 말에 레나도 마지못해 동의했다.

그 후, 그 부탁을 들은 '드래곤 블레스'의 멤버들은 "아~……"

하고 받아들이는 표정이었다. '염랑'의 세 사람 역시 대강 이해한 눈치였다.

하지만 결국은 누군가가 대표로 공로를 인정받을 필요가 있다.

'드래곤 블레스'는 B등급에 가까운 파티이므로 상식적으로 문제가 없었고, 이상한 참견을 단호히 거부할 만큼의 힘도 있다. 그래서 '드래곤 블레스'가 중심이 되어 '염랑'과 함께 대활약했고 '붉은 맹세'는 보조 역할로 상인들을 지켰다는 식으로 미리 입을 맞춰놓았다. 상인과 마부들은 마차 안에 숨어 자세한 전투 장면을 보지 못했으니 그쪽에서 정보가 새어 나갈 염려는 없다.

유명해져서 하루 빨리 괜찮은 보충 인원을 채우지 않으면 난관에 부딪히게 되는 '염랑'은 공로를 양보해준다고 하니 미안해하면서도, 가입 희망자가 쇄도하지 않을까 상상하며 입이 귀에 걸렸다.

"너희, 실력 이상으로 강하다고 광고한 파티의 결말을 모르나? 이 아가씨들이 실력을 숨기려고 하는 의미도 모르는 거야……? 죽는다고."

버트의 말에 어깨를 움츠리는 '염랑'의 세 사람.

"뭐, 소질은 나쁘지 않아, 그건 인정해주지. 보충 인원이 들어오지 않으면 힘들다는 것도 알고. 그러니 이번에는 '힘껏 활약했다'는 정도로 좋으니까, 가입 희망자와 말할 때는 원래 실력을 제대로 설명해. 거짓말은 파국의 씨앗이 될 뿐이야."

"""네……."""

그들도 '드래곤 블레스'와 '붉은 맹세'가 정상에서 벗어난 실력을 갖추었고 자신들을 도와주지 않았다면 전멸했으리라는 사실쯤은 충분히 알고 있었다. 우쭐해했던 것을 순순히 반성하는 모습에 버트도 안심했다.

영주는 이 도시와 같은 이름인 암로스 백작이었다.

"정말 훌륭했다! 계속 그런 상태였다면 우리 도시는 왕도 방면으로의 교역이 단절되어 재정 상황이 더욱 악화되었을 거야, 정말 고맙구나!"

부하인 코넬리인가 뭔가 하는 군인은 그를 두고 '평소에는 구두쇠'라고 말했지만, 헌터 따위에게도 정식으로 예를 표하는, 귀족 치고 됨됨이가 훌륭한 인물 같았다. 알현실 같은 높은 자리에서 내려다보는 형태가 아니라 커다란 테이블을 둘러싸고 대등한 자리에 앉았으며, 요리와 마실 것도 놓여 있었다. 헌터들이 식사 예절 때문에 당황하지 않도록, 큰 접시에 가득 담긴 서민풍 음식이었다. 아무래도 겉치레가 아니라 진심으로 환대해주는 느낌이었다.

"보아하니 어린 사람도 섞여 있는 것 같은데. 아무 상처 없이 무탈하게 46명이나 되는 병사를 쓰러뜨리다니 정말 큰일을 해주었어. 어때? 이대로 이 도시에 머무를 생각은 없는가? 후대를 약속하지."

그것은 중견 C등급 헌터로서 안전을 제일로 삼아 견실하게 활동하고 마흔이 넘어 몸이 예전 같지 않음을 느낄 때 은퇴, 모아둔 돈으로 부부끼리 작은 가게라도 하나 차리고 싶다는 헌터에게는 매력적인 유혹일지도 모른다. 하지만 B등급에 가까운 파티, 귀여운 여성 후위를 모집해서 앞으로 명성을 떨칠 야망에 불타오르는 젊은 파티, 그리고 '붉은 맹세'에게는 썩 구미가 당기는 제안이 아니었다.

왕도는 의뢰 수도 종류도 풍부하다. 상인도 많고 상단이 각지로 나가며 소재 채취 의뢰도 많다. 그리고 난이도가 높은, 나라 차원의 의뢰나 지방 길드만으로는 힘에 부치는 의뢰가 들어오기도 한다. 즉, 위험하지만 그만큼 보수와 승급 포인트가 높은 의뢰가 풍부하다는 뜻이다.

물론 영주도 그 정도는 당연히 알고 있다. 그저 단순히 듣기 좋으라고 한 말이거나, 안 되면 말고 하는 식의 가벼운 기분으로 제안해보았을 뿐이리라.

그 후 보상금으로 금화 300닢을 주겠다는 이야기가 나와서 모두, 특히 '염랑'은 크게 기뻐했다. 그야말로 흥분의 곰치였다. ('도가니' 대신 쓰는 이 세계의 표현. 곰치들이 항아리 속에서 흥분해 몸을 마구 꼬는 모습에 빗대었다.)

게다가 일인당 얼마, 가 아니라 각 파티에 100닢씩이어서 각자에게 돌아갈 몫이 늘어나니 더욱 대박이었다. 장비를 다 바꾸고도 당분간 먹고 살 만큼의 돈이니, 곤궁했던 그들은 마치 꿈꾸는 기분이리라.

만약 그 46명이 단순한 도적이었다면 이렇게 후한 대접은 받지 못했을 것이다. 그만큼, 다른 나라의 모략을 피해 적은 단계에서 막아 포로까지 잡아들이고 그 전모를 밝혀낸 공적을 높이 평가해주는 것이리라.

　……뭐, 만약 진짜 도적이었다고 해도 전원 붙잡아 범죄 노예로 팔고 대가를 받으면 그만큼의 돈은 벌었을지도 모르지만, 그 점을 고려해 그와 비슷한 금액을 쳐주었다고도 여겨진다. 충분히 고마운 배려라고 할 수 있다.

　그 후 어젯밤에 영주가 포로를 직접 문초했다는 것, 그 결과를 인정한 편지를 오늘 아침 국왕 폐하 앞으로 보냈다는 것 등을 듣자, 아무래도 영주는 내통자가 아닌 것 같다며 안도하는 일동이었다.

　또한 포로에게 협력하라고 설득한 사람이 왕도 호송부대에 직접 설명해주었으면 좋겠다는 것, 그 편이 포로들도 안심할 수 있다는 등의 이야기가 나와서 그들은 의뢰주인 상인들과 논의하기로 했다.

　숙소로 돌아가 상인들과 의논한 결과, 돌아갈 때는 '염랑'과 '붉은 맹세'만 상단을 호위하고 '드래곤 블레스'는 암로스에 남아 포로들과 함께 있기로 했다.

　아마도 왕궁은 퍼거스가 보낸 전령 때문에 행동에 나설 것이니 백작의 생각보다 하루 앞서서 이미 움직이고 있을 터였다. 아무리 괜찮아 보인다고는 해도 만일의 경우도 있으니, 독자적으로 전령을 보낸 사실은 백작에게 밝히지 않았다.

　"'드래곤 블레스' 여러분께는 저희가 그렇게 의뢰한 걸로 하죠. 길드에는 의뢰 완수, A평가로 전달해둘 테니."

"그렇게 해주면 고맙소."

상인의 말에 버트가 살짝 고개를 숙였다.

뭐, 이러한 전투성과를 냈으니 '계약 불이행'이라고 하면 참을 수 없으리라.

그렇게 해서 상단 전체 회의는 끝이 났지만, '염랑'과 '붉은 맹세'는 그 자리에 남았다. 내일 귀로에 나설 때의 호위를 논의하기 위해서였다.

"돌아갈 때는 내가 지휘를 맡아도 될까? 그쪽이 인원수는 많지만, C등급 헌터로서의 경험이나 더 신속한 지휘가 필요한 전위의 수는 이쪽이 더 많잖아. '붉은 맹세'의 실력은 알고 있으니 이상한 지시는 안 내릴게. 그 부분은 안심해."

'염랑'의 리더 브렛의 말에 '붉은 맹세' 사인방은 알았다며 동의했다.

"고마워. 그럼 호위 계획을 설명할게. 우선 마법으로 적 탐지가 가능한 것 같은 마일이 선두 마차에 타. 공격마법이 특기인 레나는 쫓아오는 적을 물리칠 수 있게 제일 후미에. 그리고 메비스 씨와 폴린 씨는 앞뒤 모두 도울 수 있도록 세 번째 마차에. 우리는 각각 한 사람씩, 전위로서 그리고 마술사 호위로서 붙을게. 모처럼 합동 임무니까 다른 파티와의 교류나 다른 방식 등을 배우는 것도 공부가 될 거야. 질문이나 다른 의견 있어?"

"그 생각에는 불만은 없는데, 한 가지만 질문해도 될까?"

"그래, 뭐?"

레나가 브렛을 노려보며 물었다.

"마일은 그렇다 치고 내 이름은 왜 막 부르지?! 폴린한테는 '씨'를 붙였으면서 폴린보다 나이 많은 내 이름은 그렇게 부른 이유를 설명해볼까?!"

"""헉………….""""

처음 알게 된 경악스러운 사실에 굳어버리는 '염랑'의 세 사람.

"11살 아니면 12살인 줄…….."

"그럼 내일부터 잘 부탁해…….."

몇 분 후, 브렛은 요동치는 심장을 간신히 부여잡고 약간 타서 눌어붙은 머리카락을 문지르며 해산을 선언했다.

＊　　＊

"마일, 다른 세 사람과는 어떤 계기로 알게 되었어?"

"아, 다들 헌터 양성 학교 동기로 같은 방에서 생활했어요. 그래서…….."

선두마차 마부석에 앉은 처크와 마차 덮개 위에 걸터앉아 다리를 앞으로 늘어뜨린 마일.

마부까지 합해 세 사람이 앉기에는 마부석이 너무 좁았고, 체중이 가벼운 마일이라면 덮개 위에 앉아도 지붕이 찌그러지지 않을 것이라서 그렇게 자리가 배치되었다. 돌아갈 때는 도적이 공

격하지 않길 바라므로, 호위의 모습을 보여주기 위해 짐칸 안에
는 있지 않았다.

한편 처크는 마일과 대화를 나눌 때도 절대 뒤를 돌아보지 않
았다.

위치상으로, 그리고 높이 상으로도 뒤를 돌면 마일의 치마 속
을 아래에서 올려다보는 형국이 되기 때문이었다.

마일은 무방비 상태여서 설령 처크가 뒤돌아봐도 전혀 눈치챌
수 없었지만, 처크가 한 번 뒤돌아보려고 했을 때 옆구리로 강렬
한 팔꿈치가 들어왔던 것이다. 옆에 앉은, 늙은 할아버지의 팔꿈
치가. 그리고 그전까지 생글거리던 얼굴이 일변하여 무시무시한
표정으로 마일에게는 들리지 않게 작지만 살벌한 목소리로 속삭
였던 것이다.

"죽여버린다, 이 자식아…….."

이후로 처크는 매우 신사적인 태도로 일관했다.

브렛의 엄명인 '사이좋게 지낸 다음, 왕도에 도착했을 때는 다
시 한 번 파티 가입을 권유하는 작전'에 따라야 했으므로 여러 가
지로 마일에게 말을 붙이는 처크.

브렛에게 그런 명령을 듣지 않았어도 적군의 참격에서 구해주
고 중부상을 당했던 왼팔 치료까지 해준 데다가 마일은 솔직하고
밝고 귀엽다. 그리고 마법 실력이며 검 실력도 B등급에 상당한
다. 꼭 파티에 들어와 주면 좋겠고, 가능하면 그 이상의 관계로
발전하길 바랐다. 앞으로 이삼 년 후면 자신은 20살, 그녀도 성인
이 될 것이니 그때까지 천천히 깊은 관계로…….

그러한 속내를 알지도 못하는 마일은 처크와 즐겁게 대화를 나누었기 때문에, 꽤 호감이 있는 것 같다며 기대하는 처크였다. 만약 이곳에 그 노파가 있었다면 이렇게 중얼거렸겠지.

"옹홍홍, 마일은 나쁜 여자구먼……."

그리고 세 번째 마차, 제일 마지막인 여섯 번째 마차에서도 같은 광경이 연출되었다.

자신을 완전히 무시하고 노트에 뭔가를 계속해서 써넣는 폴린은 일찌감치 포기하고, 메비스와 검술과 관련된 담화를 나누는 브렛. 그리고 창사 다릴 역시 아무리 외모나 마법을 칭찬해도 전혀 반응을 보이지 않던 레나가 '염랑'의 과거 실패담이나 다양한 일을 통해 얻은 교훈, 마물 토벌에서의 사소한 비법 등에는 관심을 보인다는 것을 알아차린 다음부터는 대화에 물이 올라, 상당히 좋은 느낌으로 전개하고 있었다. '그들의 주관'에 따르자면 말이다.

하지만 물론 '붉은 맹세' 입장에서도 자신보다 조금 연상인 젊은 헌터로부터 여러 가지 이야기를 들을 수 있었던 것은 유의미한 시간이었기에, 마일은 답례 대신 저녁시간 때 오크 고기를 대접했다.

'그런데 매번 오크 고기네……. 가끔은 좀 더 비계가 적고 건강에 좋을 것 같은 고기도……. 고블린은 못 먹으니까……. 아, 오거 고기는 어떨까? 오크보다는 비계가 적고 몸에도 좋을 것 같은데. 오거 고기, 건강에도 좋은 오거 고기 요리……, 『오거닉 요리』?'

모처럼 생각해낸 말장난을 알아줄 사람이 이 세계에는 단 한 사람도 없다는 사실을 깨닫자, 마일은 실망해서 고개를 푹 숙였다.

　그리고 저녁식사 후.

　"오늘의 '일본 전래 허풍동화~!'"

　늘 듣는 마일의 옛날이야기 시리즈가 시작되려 하자 '붉은 맹세' 멤버들은 기대감에 눈을 반짝이는 반면, '염랑' 멤버들은 어리둥절한 표정이었다. 마일은 그들의 반응을 일절 무시하고 이야기를 시작했다.

　"오늘 이야기는 기사인 세 수인 자매의 이야기, '삼수자(三獸姉)'입니다."

　그리고 마일의 이야기는 계속 이어졌다.

　"이렇게 해서 30대(Around Thirty, 일본어로 '아라사'라고 발음) 올드미스 독수인(獨獸人), 통칭 '아라미스' 그리고 지방 출신이며 달라붙는(일본어로 '다키츠키'라고 발음) 버릇이 있는 고양이 수인 소녀 '다이타루냥'이 만나……."

　푸흡!

　이 대목에서 몇 명 정도 웃음이 터졌지만 개의치 않고 마일의 이야기는 이어졌다.

　"다이타루냥은 아라미스에게 물었답니다. '언니는 몇 살이냥!' 하고……. 그러자 아라미스는 주뼛거리며 대답했지요. '서, 서른넷(숫자 34와 제목 '삼수자'는 똑같이 '산주시'로 발음)……'."

　'염랑'의 세 사람은 눈에 흰자만 보였다.

　오늘 밤의 이야기는 원작의 흔적을 찾아볼 수도 없었고, 애초

에 '일본 전래 허풍동화'가 제목인데도 일본과는 전혀 무관한 내
용이었다…….

가정교사

마일은 한가했다.

조금 먼 원정 의뢰를 끝낸 직후, '붉은 맹세'는 휴가를 얻었다.

일할 때나 쉴 때나 늘 함께인 '붉은 맹세' 멤버들이지만 가끔은 개인적으로 볼일도 있고, 혼자 있고 싶은 순간도 있기 마련이다. 남자친구와 데이트……는 아니지만. 누구 하나 말할 것도 없이.

어쨌든 그런 이유로 메비스와 폴린은 각자 집에 갔고, 레나는 아버지와 '붉은 번개' 멤버들의 묘에 갔고, 집에 돌아가거나 부모님의 묘에 갈 수도 없는 마일은 혼자 왕도에 남았다.

휴가 첫날은 시끄러운 레나가 없어서 침대에서 뒹굴거리거나 언젠가 도움이 되리라며 점핑 도게자(점프했다가 엎드려 사죄하는 자세) 연습을 하면서 보냈지만, 이틀째부터는 더는 할 일이 떠오르지 않았다. 전생에서는 혼자 지내는 게 보통이었는데, 왜 지금은 이렇게 시간이 남아도는 것일까……. 친구와 보내는 시간의 맛을 알아버렸기 때문일까…….

마일은 그런 생각을 했지만, 사실은 단순히 이 세계에 텔레비전도 컴퓨터도 책도 만화도 게임도 없어서였다. 또, 교과서와 참고서도.

어쨌든 모두가 돌아올 때까지 몇 날 며칠을 숙소에서 죽치고 있을 수는 없는 노릇이었다. 따분함을 견디지 못할 것 같았고, 방 청소하러 온 레니에게 방해꾼 취급을 받는 것도 마음이 쓰라리리라.

이런 저런 고민을 하던 중 마일은 불현듯 좋은 아이디어가 떠올랐다

'혼자서 일하면 되지!'

그렇게 해서 찾아온 헌터 길드 왕도 지부.

이번에 맡을 의뢰의 조건은 마일 혼자 가능한 것, '붉은 맹세' 휴가 기간인 나머지 12일 안에 끝낼 수 있는 것, 그리고 무엇보다도 재미있어 보이는 것이었다.

"으~음, 재미있는 의뢰가…… 어디보자, 음…….."

얼마간 의뢰 보드를 응시하던 마일은 한 의뢰에 시선이 머물렀다.

'가정교사, 기간 10일. 의뢰 내용: 딸을 아우구스트 학원의 장학금 입학시험에 합격시키는 일. 성공 보수: 금화 세 닢.'

'……이거다!'

가정교사.

왠지 가슴 두근거리는 울림이었다.

마일은 전생까지 포함해서 가정교사를 해본 적도 없거니와 학생이 되어 배워본 적도 없었다. 하지만 이야기 속에 나오는 가정교사를 동경하고 있었다.

"이걸로 부탁드릴게요."

마일 일행의 전속은 아니지만, 어쩌다보니 갈 때마다 카운터에 있는 접수원 아가씨 레리아. 그녀는 마일이 내민 의뢰서를 보고 입을 쩍 벌렸다.

　"……마일 씨, 이거, 가정교사 의뢰인데요? 배우는 쪽이 아니라 가르치는 쪽인데요?"

　"알거든요, 그 정도는!"

　레리아의 실례되는 발언에 발끈하는 마일.

　"하, 하지만, 이거, 아우구스트 학원에 장학생으로 입학하기 위한……. 저기, 아우구스트 학원은 왕도에 있는 학원으로 평민 중에서 유복한 사람이나 혹은 가난한…… 그러니까 금전적으로 자유롭지 못한 귀족 자녀가 다니고, 입학시험은 필기시험과 마법 실기로 나눠서 치르는데요? 전투 능력과 체력시험 실기만 있는 게 아니라……."

　"시, 실례예요! 이래 봬도 저, 모국에 있는 학원에서 이론은 수석이었거든요!"

　"네?"

　"""""뭐어어어어어?"""""

　마일이 이상한 의뢰를 받으려는 것 같아 귀를 쫑긋 세우고 엿듣고 있던 헌터들이 일제히 소리쳤다.

　"""""그 미개한 나라는 도대체 어디야?!"""""

　"여러분, 저를 도대체 뭐라고 생각하시는 거예요!"

　……결국 학원을 졸업한 길드 직원이 몇 가지 질문을 해서 마

일이 이 나라의 역사만 빼면 자신들보다 훨씬 아는 게 많다는 사실이 증명되어 무사히 접수가 완료되었다.

그 사실을 직면한 헌터와 길드 직원들은 아연실색했고, 질문을 던졌던 학원 출신 직원은 큰 충격을 받은 나머지 조퇴해버렸다.

"다들, 저를 바보로 여기는 것도 정도가 있죠!"

뿡뿡거리면서 길드를 뒤로하는 마일이었다.

"……여기인가."

마일이 찾아온 곳은 의뢰주이자 중간 규모 '요노스 상회'의 회장인 크레디 씨의 저택이었다.

크레디 씨는 가게가 바쁜 시기나 중요한 거래가 있을 때를 제외하고는 상회를 장남에게 맡기고 의외로 느긋하게 지내는 듯했다. 아마 진짜 은퇴를 생각해서가 아니라 후계자를 단련시키기 위함이리라. 자식들은 나이 차이가 많이 났는데, 장남은 이미 처자식도 있는 그런 나이였다.

이번 의뢰의 대상은 크레디 씨의 막내인 셋째 딸 마리에트 양이었다.

"아무도 안 계십니까~, 헌터 길드에서 왔는데요~."

소화기 판매 사기꾼처럼 말한 마일은 메이드의 안내를 받아 안으로 들어갔다.

"……그래서 마리에트를 꼭 학원에 합격시켜주셨으면 합니다!"

크레디 씨의 의뢰 내용은 무척 이해하기 쉬운 것이었다.

이남 삼녀로 자식이 많은 크레디 씨는 장남에게 대를 잇게 하고, 예비책으로 차남을 장남 밑에서 일을 시키려고 조금 무리해서 두 사람 다 학원에 보냈다.

딸들은 학원에 보낼 계획이 없었지만, 셋째 딸이 생각보다 우수하게 성장했고 마법에도 재능이 엿보였기 때문에 학원에 보내 관록이 붙게 한 후, 못해도 중간 규모의 상가 후계자나 대규모 상가의 차남, 운 좋으면 대규모 상가 후계자나 하급 귀족의 셋째 아들 등을 노릴 생각인 듯했다.

하지만 아들 둘을 학원에 보내는 데 상당한 돈을 썼다. 더 이상 돈을 써서 상회의 운영자금에 영향이 미치게 하는 것은 그리 바람직하지 않다. 그래서 일반 입학이 아니라 장학금 입학을 목표로 삼은 것이다.

졸업하는 삼 년 후까지는 장학금을 일괄 변제할 수 있을 만큼의 여유도 생길 것이고, 딸에게 첫눈에 반한 상대의 집안에서 결납금(結納金) 대신 내줄 가능성도 있다. 최악의 경우에도 장학금 변제의 의무가 없어질 때까지 딸을 얼마간 공공기관에서 일하게 하면 된다.

장학금 입학은 재능이 있지만 가난해서 입학이 불가능한 자를 위한 제도인데, 딱히 부모의 수입 등에 따른 제한은 없다. 시험만 합격하면 되는 것이다.

아무리 그래도 규모가 큰 상가의 사람이나 가난해도 귀족 출신인 자가 장학금 입학을 노리는 것은 체면상 말이 안 되는 일이었지만, 중간 규모의 상가 그것도 삼남 이하나 딸들이라면 문제될 것 없다. 그리 드문 일도 아닌 셈이다.

마리에트의 경우 딱 한 부분만 제외하면 아무 문제가 없었다.

그 문제란 바로 '합격할 능력이 안 된다'였다.

……치명상이다.

그리고 어떻게든 해서 딸을 합격시키려고 크레디 씨가 생각한 것이 가정교사의 고용이었다.

하지만 정식 교사에게 배우는 것은 불가능했고, 학원 졸업생인 귀족이나 상가 사람이 이런 상가 셋째 딸의 교사를 기꺼이 수락해줄 리도 없었다. 만약 받아준다고 해도 엄청나게 비싼 돈을 요구할 것이며 교사로서의 능력도 변변찮을 것이다. 그래서 생각한 것이 바로 헌터 의뢰였다.

헌터도 천차만별. 그중에는 몰락한 옛 귀족이라든가 망해버린 상인 집안의 자식들도 섞여 있다. 게다가 성공 보수라면 불합격했을 경우 동화 한 닢도 낼 필요가 없다. 그런 생각에 의뢰를 낸 것이다.

장학금 입학시험은 일반 입학시험보다 빨리 시행되고 결과도 바로 발표된다. 불합격인 자가 일반시험에 다시 응시할 수 있도록 하기 위해서다. 일반 입학은 합격해도 입학하려면 상당한 돈이 필요하기 때문에 그 결정과 학비 마련 등을 위해 기간에 여유를 준다는 의미도 포함되어 있다.

크레디 씨의 유일한 오산은 의뢰를 받아줄 사람이 아무도 없다는 것이었다.

당연하다. 애초에 대상이 될 조건을 갖춘 자가 적은 데다가 학생이 바보일 경우 자신의 노력과 상관없이 성공보수를 한 푼도 못 받을 테니까 말이다. 그런 의뢰를 받아들일 사람은 어지간한 바보 아니면 지나치게 마음씨 착한 사람뿐이다. ……이 자리에 있는 소녀처럼.

마일은 길드 직원이 써준 '이 사람의 능력을 보증한다'라는 취지의 서류를 건네고, 크레디 씨가 준비한 시험문제를 전부 맞춘 다음 정식으로 의뢰를 받아들였다.

"……선생님, 앞으로 잘 부탁드릴게요."

예를 갖춰 꾸벅 인사하는 마리에트.

크레디 씨의 셋째 딸 마리에트는 입학을 앞두고 있으니 당연히 열 살이었다.

나이에 맞는 표준 체형으로 마일보다 약간 더 작았다. 같은 나이인 레니와 비교해도 작은 편이었지만, 레니가 표준보다 큰 것일 뿐이다.

그리고 마리에트는 크레디 씨의 말대로 우수, 그러니까, 상당히 귀여웠다.

'부자의 딸에다가 이렇게 귀엽다니. ……다 가졌네!'

그렇게 생각한 마일이었지만, 다른 사람이 그 말을 듣는다면 아마도 '네 입으로 그런 말 하지 말아줄래?!' 하고 화내겠지.

'하, 하지만, 진짜 귀엽다!'

그렇다. 마리에트는 무척, 심하게 귀여웠다. 아버지 크레디 씨가 딸이 장차 지위 있는 남자를 홀리고 말리라고 기대하는 것도 무리가 아니다.

그리고 마일도 홀리고 말았다. 장차, 가 아니라 지금, 현재.

'이, 이 아이를 반드시 행복하게 해주겠어! 내가, 이 두 손으로!'

마일이 전생까지 포함해 지금까지 어느 정도 관계를 맺었던 '자신보다 작은 아이'는 전생의 여동생 그리고 레니 정도였다. 그리고 그 둘은 외모는 상당히 귀여웠지만 내면은 어른스러운 면이 있었다.

레니는 말할 것도 없고, 전생의 여동생도 무슨 영문인지 미사토가 외출할 때는 '언니, 손수건 챙겼어? 티슈는? 환승역은 제대로 기억해놨고? 모르는 사람이 말 걸 때 저번처럼 또 따라가면 안 돼!' 하며 마치 미사토가 어디 모자라는 것처럼 대해서 아무래도 마일이 '동생을 귀여워하는' 느낌은 아니었다.

그런데 마리에트는 귀여웠다. 보호해주고 싶은 의지를 마구 자극하는, '지켜주고 싶어!' 하는 생각이 절로 드는 귀여움. 그것은 손바닥 위의 문조 혹은 생후 삼 주차에 접어드는 새끼 고양이에 버금가는 공격력을 지녔다.

처음으로 느껴보는, '이 아이를 위해서라면 뭐든지 해줄 수 있어!'라는 들끓어 오르는 듯한 감정.

그리하여 마일은 온 힘을 다해 마리에트를 돕기로 마음먹었던 것이다.

'그러니까 올리아나 씨의 입장에 선 모니카 씨, 라는 거지?'

마일은 마리에트를 그렇게 해석했다. 그리고 그것은 정답이었다.

마일은 그 두 사람의 학력을 잘 알고 있었고, 다른 반까지 포함하여 애클랜드 학원 학생의 수준도 대략 파악하고 있었다. 아무리 나라가 다르다고는 하나 비슷한 위치에 있는 학원의 수준은 그리 크게 다를 리 없었다.

그리고 마일은 한 학년 아래의 입학시험을 도운 경험이 있었다. 임시 아르바이트였다. 그래서 입학시험의 수준도 대략적으로 파악했다. 크레디 씨가 최고의 적임자를 뽑은 셈이다.

"저야말로 잘 부탁드립니다. 그럼 곧바로 마리에트 씨의 실력을 확인해볼게요."

살짝 히죽거리며 바보 같은 미소와 함께 말한 마일은 마리에트에게 구두시험 문제로 하나씩 질문을 던졌다.

'으~음, 그냥 착실하게 공부한 걸로는 좀 힘들려나…….'

마리에트는 결코 바보가 아니었다. 아니, 오히려 상당히 총명했다.

다만 장학금 입학은 수준이 높다. 굉장히 높다. 그런 문제일 뿐이다.

그 올리아나도 얌전하고 눈에 잘 띄지 않았지만, 사실 머리 좋기로는 마르셀라를 훨씬 앞질렀다. 명석한 두뇌를 가진 그녀가 마르셀라를 치켜세웠기 때문에 반 아이들 말고는 그 사실을 잘 몰랐지만…….

'해볼까……'

마일은 전생의 지식을 그다지 공표하지 않았다. 자신과 주위 사람들이 조금 편해지거나 즐거워할 수 있다면 어느 정도는 지식을 이용했지만, 자신이 널리 알린 지식이 악용되거나 전투 시에 이용되거나 경제활동에 혼란을 야기하거나 지식을 목적으로 자신을 노릴지도 몰라 두려웠기 때문이다.

하지만 그것은 반대로, 그러한 걱정만 없다면 다소의 일은 신경 쓰지 않는다는 뜻이기도 했다.

"일단 구구단을 외워볼게요. 수업 중에 외우면 시간이 아까우니까 제가 없을 때, 오늘 밤 안에 다 외워주세요. 그리고 역사랑 법률 같은 암기과목도 내일 이후 밤 시간에 혼자 외워요. 산수는 구구단을 다 외운 내일부터 시작하겠습니다. 오늘은 일단 과학적 지식의 개념에 대해 설명하고, 세계의 구조에 관한 공부를 해보죠."

"헉……"

아무리 마리에트에게 푹 빠졌다고 해도, 아니, 그렇기 때문에 오히려 마일의 지도는 엄격했다. 이 모든 것이 마리에트의 행복을 위해서니까.

그리고 듣도 보도 못한 단어가 나열되자, 어리둥절한 표정을 짓는 마리에트였다…….

당연하지만 이 세계는 지식수준이 낮다.

결코 사람들이 바보여서가 아니다. 지식량이 전체적으로 부족하기 때문이다.

공부나 연구를 하려고 해도 책이 적고 엄청나게 비싸다. 도서관을 이용하기에도 상당한 비용이 드는 데다가 도서관에 가도 책이 별로 없고 장르가 편향되어 있다. 심지어 내용도 부실해서 착각이나 추측에 지나지 않는 것이 많았다. 또 연구자 대부분은 자신의 지식과 연구 성과를 숨기고, 남이 따라하지 않도록 기록류를 암호화하기도 했다. 즉, 본인이 죽으면 동시에 모든 성과도 사라지는 경우가 많았다.

일류 연구자도 자신의 전문 분야 이외의 것은 지식이 얕았고, 전반적인 지식량과 그 적확함을 볼 때 일본의 초등학생 수준에도 미치지 못했다.

하지만 그것은 어쩔 수 없는 일이었다. 사람들 사이를 떠도는 정보량이 지나치게 적다. 그러한 정보를 접할 기회도 거의 없다. 각국에 있는 학교, 학원, 일반 연구기관 등을 제외하면 일반인들이 얻을 수 있는 지식과 정보 따위, 친한 사람들과의 대화나 소문 이야기 정도에서 그칠 뿐이었다. 물론 마리에트도……

그래서 마일은 팔 일 동안 밀도 있게 공부를 가르쳤다.

구구단, 필산, 도형, 방정식의 기본 개념. 기초물리, 화학, 사회학, 경제학, 덤으로 부기(簿記).

그리고 마지막 이틀은 보험이었다.

말이 보험이지, 딱히 생명보험이나 상해보험 공부를 했다는 것이 아니다. 만일의 경우 이론시험에 실패했을 때를 대비한 보험이었다.

"그럼 오늘과 내일, 마지막 이틀 동안은 마법 훈련을 할게요."

“엣…….”

마리에트는 마법에 그럭저럭 재능은 있었지만, 장학금 입학이 가능할 정도는 아니었다. 단 이틀만의 훈련으로 다소 실력이 늘어난다고 한들……, 단 이틀…………?

마리에트는 갑자기 생각했다.

이 '단 팔 일간' 무슨 일이 일어났는지를.

“부, 부탁드립니다!”

그리고 마일의 특별 훈련이 시작되었다.

마르셀라 일행 때처럼 마법의 근간은 알려주지 않았다. 레나 일행에게 가르쳐주었던 것처럼, 응용할 수 없는 핀포인트 지도였다. 상인의 딸이니 전투용이 아니라 지원용이 나을 것이라며, 마일은 물마법과 치유마법을 중심으로 해서 가르치기로 했다. 그런데…….

'……늘긴 느는데, 뭐랄까 딱히 폭발적인 성과가 없네…….'

무리도 아니다. 레나와 폴린은 그래도 경쟁률이 높은 헌터 양성 학교의 입학시험을 돌파한 엘리트였던 것이다. '그럭저럭 재능이 있는' 정도인 마리에트에게, 일부러 기본을 뺀 지도를 해서 그 두 사람과 같은 성과를 기대하는 것이 잘못이었다.

'으음, 으음, 어떻게 해야 하지…….'

곤란해진 마일은 결국 최후의 수단을 쓰기로 했다.

그렇다. 평범한 보통 여자아이인 마일에게는 필요 없다고 생각해서 정말 곤란할 때, 혹은 긴급 사태 이외에는 되도록 의지하지 않기로 마음먹었던 바로 그것이다.

'……나노야, 있어?'

『네, 여기에!』

매번 '나노머신 씨'라고 부르려니 너무 길고, 알게 된 지도 꽤 되었기 때문에 조금 짧게 그리고 친한 느낌으로 불러본 마일이었다.

'저기, 너희 나노들은『전속계약』같은 제도가 있어?'

『…………네?』

*　　*

"아, 마일 씨, 요노스 상회에서 의뢰 완료 서류가 도착했어요. 평가는 A고, 특별 추가 보수까지 더해졌어요. 돈을 지금 드릴까요?"

예의 가정교사 의뢰를 마치고 열흘 정도 지난 어느 날, '붉은 맹세' 멤버들과 함께 길드를 방문한 마일에게 접수원 레리아가 말을 걸었다. 동료들에게는 휴가 기간 중에 너무 무료한 나머지 혼자 의뢰를 받았다고 미리 이야기했었다.

"돈이 생명인 상인이 추가 보수를? 그 말은 너를 상당히 높이 샀다는 거네……."

"그, 그런 일도 다 있네요……."

"……무슨 짓을 한 거야, 마일?"

눈을 가늘게 뜨며 마일을 쳐다보는 세 사람.

"아, 아이참, 아무것도 안 했어요. 말씀드렸잖아요, 그냥 가정교사였다고!"

메비스의 말을 부정하는 마일에게 레리아가 편지로 보이는 종이를 내밀었다.

"의뢰주께서 주신 편지입니다. 완료 보고 서류와 함께 왔어요."

그것을 레나가 옆에서 휙 가로챘다.

""아…….""

깜짝 놀란 레리아와 마일을 본체만체하며, 레나는 재빨리 봉투를 뜯어 편지를 읽었다.

"덕분에 딸은 필기시험, 마법 실기 모두 1등으로 장학금 입학시험에 합격, 입학 전부터 '여신 마리에트', '수폭왕녀' 등으로 불리며……, 이게 다 무슨 소리야, 마일!"

"죄, 죄송해요오오~!"

그렇다. 그 후 마일은 나노머신에게 부탁해 '마리에트의 전속이 되어 늘 마리에트의 마법 행사를 지원해줄 나노'를 모집했던 것이다.

마리에트의 사념파와 궁합이 잘 맞고 마리에트의 옆에서 그녀의 사념에 주의를 기울여줄 나노.

나노머신의 기나긴 활동기간을 봤을 때 수십 년은 찰나의 시간일 뿐. '한 인간의 일생과 함께하는 일'이 따분함을 달래줄 재미있는 임무라고 느꼈는지, 혹은 권한 레벨 5인 마일의 체면을 세워

주려고 했는지, 아니면 나노머신의 따뜻한 마음인지, 단순히 소녀에 대한 호의인지. 그중에 무슨 이유 때문인지는 몰라도 많은 나노머신이 받아주겠다고 나섰고, 그날부터 마리에트가 구사하는 마법의 위력이 몰라보게 커졌다.

하지만 안전장치로, 마일은 전속을 받아준 나노들에게 지시를 내렸다.

"마리에트가 나쁜 일에 마법을 쓰려고 할 때는 원래대로, 그러니까 자기가 가진 원래 위력밖에 나오지 않도록 해. 아, 약간 불량한 장난이나 까부는 것 정도라면 상관없어. 그리고 명백한 악질 범죄행위나 인간의 존엄성을 짓밟는 짓을 하려고 한 때에는 아예 전속을 해제해."

나노머신은 평소에는 어떤 마법, 어떤 사용법이든 구별 없이 반응한다. 하지만 권한 레벨 5인 마일의 의뢰로 받은 전속이므로 마일이 단 조건에 따르는 것이 당연했다.

원래 권한을 가진 자의 지시 없이 나노머신이 마음대로 누군가를 도와주는 것은 허용되지 않았다. 마일은 어디까지나 '부탁' 할 계획이었고 나노머신에게 받아들일 것인지 선택을 맡긴 것이지만, 실제로는 '전속, 이라는 재미있는 체험을 하는 허가를 준' 형태였다. 그래서 많은 나노머신이 쇄도한 것이다. 모집했을 때 근처에 없었던 나노머신들이 뒤늦게 마구 날뛴 것도 무리가 아니었다.

그리고 마일은 마리에트에게 거듭 당부했다.

"내 말 잘 들어요! 신의 가신에게 가호를 부탁해서 마법을 도와

주게 한 거니까, 나쁜 일에 악용하면 절대 안 돼요! 만약, 너무 잔혹한 범죄행위 같은 데 쓰면 가호가 사라질 거예요! 아, 물론 조금 짓궂은 장난 같은 건 괜찮으니까 그리 걱정할 필요는 없어요. 어디까지나, 체포되어 사형에 처해지거나 긴 징역형을 살 수준인 중죄를 저지르려고 할 경우에만 해당하니까요. 정당방위 같은 건 괜찮고요."

그리고 자신을 보호하는 것 또한 잊지 않았다.

"그리고 이건 비밀이에요. '훈련하다가 갑자기 마법에 눈을 떴다'라고 둘러대세요. 갑자기 마력이 강해진 비밀을 알려달라고 강요받아도 곤란하잖아요? 가르쳐줄 수도 없고, 다른 사람에게 가호를 해줄 수도 없는 거고. 신의 가호가, 같은 말을 내뱉었다간 종교며 권력이며 상당히 귀찮은 일에 휘말리기만 할 뿐이에요."

원래 총명한 마리에트는 고개를 끄덕이며 동의했다. 충분히 이해하는 모양이었다.

"저에 대해서는, 그냥 어디에나 있는 평범한 보통 C등급 헌터, 라는 걸로 부탁드릴게요. 그럼 아우구스트 학원의 장학금 시험 합격을 기원할게요. ……아니, 합격하지 않으면 열흘 동안 그냥 공일을 한 게 되니까요, 저! 부탁할게요, 진짜로!"

그때까지 얌전한 표정을 짓고 있던 마리에트가 키득거렸다.

마리에트는 마일에게 '다소 짓궂은 장난은 괜찮다'고 들었지만, 그래도 걱정이었다. 자신이 옳지 않은 행동을 하면 신의 가신님에게 버림받지 않을까 하고.

그래서 옳은 일을 하자고 마음먹고, 매일 노력하고 정진했다.

결코 나쁜 짓은 하지 않았다.

힘든 일을 겪고 있는 사람과 약자를 도와주고, 강대한 위력의 마법을 행사하는 귀엽고 총명한 소녀.

유명해질 수밖에 없다. 그렇게 해서 '여신 마리에트', '수폭왕녀', '폭렬성녀', '학원의 수호자', '여동생으로 삼고 싶은 소녀 넘버원' 등 다양한 별명이 널리 퍼질 때까지 그리 많은 시일이 필요하지 않았다.

살짝 착각한 소녀, 마리에트의 활약은 또 언젠가…….

작가 후기

여러분, 오랜만에 인사드립니다. FUNA입니다.

제 두 번째 출간작인 《저, 능력은 평균치로 해달라고 말했잖아요!》 2권을 여러분께 보내드립니다.

……설마 1권을 안 사고 2권을 사신 분은 없으시겠죠?

1권을 사주신 여러분 덕택에 무사히 2권도 출간되었습니다. 정말 감사드립니다! 2권을 사주신 덕분에 3권의 출간도 현실이 될지도! 분명 될 겁니다! ……될 것 같은 기분이 듭니다. ……되면 좋겠는데요…………(점점 불안).

그리고 무, 무려, 코믹화가 결정되어 8월부터 네코민트 씨의 그림으로 만화 연재가 『코믹 어스 스타』(http://comic-earthstar.jp/)에서 시작되었습니다!

이것 역시 전부 여러분 덕분입니다. 감사합니다!

이제 남은 것은 드라마 CD와 TV 애니메이션, 극장판과 게임화와 헐리웃 실사영화뿐이네요.

……엥? 마지막 것은 관두라고요? 흑역사? 없었던 일로? 으음…….

이번 2권은 1권에서 학원을 탈출해 새로운 동료를 사귀고 헌터가 된 마일이 어디에나 있는, 평범하고 일반적인 상궤를 벗어난 C등급 헌터로서 활약하는, 마일과 유쾌한 동료들의 이야기입니다.

모험은?

아니아니, 일단은 먹고살아야 하니 돈을 벌어야죠.

튀지 않도록, 튀지 않도록……

그리고 모국의 마르셀라 일행과 왕 등의 근황도 살짝 보고합니다.

아, 몸에 결석이 생겨 방을 뒹군 것 말고는 저는 건강합니다.

다음 3권(나와준다면)에서는 '그대로 서적화하기에 무리가 따르지 않을까?' 하는 소리를 들었던 그 (출판의 가부(可否), 라는 의미에서의) 문제작, '폴린 씨의 집안 사정', '메비스 씨의 집안 사정', 그리고 와이번과의 장절한 전투로 이어져 '이거, 방향성이 좀 잘못된 것 아니야?' 하고 독자 여러분의 불평이 쏟아질 전개로!

국외까지 전개된다면 번역자 분도 분명 머리를 쥐어뜯으시겠죠! 아, 미안합니다.

웹에 게재한 그대로 책이 될지 아니면 대폭 삭제, 대폭 수정을 거칠지!

수수께끼가 수수께끼를 부르는군요!

괄목하고 기다려 보세요, 다음 권을!

마지막으로 담당편집자님, 일러스트레이터 아카타 이츠키 님, 책 디자이너 야마카미 요이치 님, 교정교열 및 인쇄, 제본, 유통,

서점 등에 종사하시는 여러분, 감상과 지적, 제안, 충고 등을 아끼지 않으신 '소설가가 되자' 감상란의 여러분, 무엇보다도 이 작품을 인터넷이나 책으로 읽어주신 모든 분께 진심으로 감사 인사를 전합니다.

정말 감사합니다.

앞으로도 소설과 만화 모두 잘 부탁드립니다.

FUNA

후   기?

저, 능력은 평균치로 해달라고 말했잖아요! 코믹화를 축하드립니다!

"만화도
재미
있어요!"

레니

God bless me? Vol. 2
©2016 by Funa / Itsuki Akata
First published in Japan in 2016 by Funa / Itsuki Akata
Korean translation rights reserved by Somy Media, Inc.
Under the license from EARTH STAR Entertainment Co., Ltd. Tokyo JAPAN
Korean translation rights ©2016 by Somy Media, Inc.

저, 능력은 평균치로 해달라고 말했잖아요! 2

2016년 12월 1일 1판 1쇄 발행
2019년 3월 15일 1판 3쇄 발행

저   자 FUNA
일 러 스 트 아카타 이츠키
옮 긴 이 조민정
발 행 인 유재옥
본 부 장 조병권
담당편집자 조찬희
편   집 강혜린 김다솜 김민지 김혜주 이문영 박은정 정영길 조찬희
라이츠담당 오유진 박선희
디 지 털 박지혜 최민성
인쇄제작처 코리아피앤피
발 행 처 ㈜소미미디어
등   록 제2015-000008호
주   소 서울시 마포구 토정로222, 403호 (신수동, 한국출판콘텐츠센터)
판   매 ㈜소미미디어
마 케 팅 한민지 한주원
전   화 편집부 (070)4164-3962, 3963 기획실 (02)567-3388
          판매 및 마케팅 (070)4165-6888, Fax (02)322-7665

ISBN 979-11-5710-544-1 04830
ISBN 979-11-5710-478-9 (세트)